풀밭
위의
식사

풀밭 위의 식사

전경린 장편소설

문학동네

1

그 여자는 맥주를 마시고 있었다. 잔을 들어올리거나 내려놓는 동작을 따라 검은 머리카락이 어깨 위로 가볍게 흩어졌다. 유난히 팔이 긴 듯하고 손이 희었다. 기현은 그 여자의 옆 테이블에 대각선으로 앉아 있었다.

약속한 후배 도훈과 선배 인서 형은 조금 늦는다고 각기 문자를 보내왔다. 오래된 술친구들이 그렇듯 아무 이유도 없이 함께 있는 공기가 필요했던 약속이었다. 기현은 먼저 맥주를 시켜 마셨다. 얼린 맥주잔에 담겨온 시원하고 진한 맛의 맥주가 거품과 함께 목젖을 감으며 위장에 싸하게 스며들 때 통렬한 청량감이 몰려왔다. 그 집 맥주는, 늘 생각한 그대로의 맛이었다.

두 여자는 간간이 웃음소리를 냈고 이따금 음성이 바닥을 스치

듯 낮아졌다가 다시 올라가곤 했다. 대각선에 앉은 여자가 미소를 지으며 기현을 똑바로 쳐다보았다. 기현은 자신이 그 여자를 보고 있는 줄도 모르고 있다가 황급히 눈길을 피했다. 눈길을 피하면서, 미소지은 여자의 눈 속에 잠겨 있던 검은 섬광에 놀랐다.

맥주 한 잔을 빠르게 비우고 애써 창밖으로 고개를 돌렸으나 얼마 지나지 않아 다시 여자에게 눈길이 갔다. 여자는 발목 근처까지 오는 긴 치마를 입고 있었다. 몇 년 전에 유행했던 보헤미안 스타일의 치마였다. 여자에게 어울렸지만 어쩐지 여자의 정신마저 과거 어느 시간에 머물러 있는 듯한 유폐성이 느껴졌다. 여자의 어둑한 옷장에는 수년 동안 새옷이란 들어오지 않았을 것만 같았다.

여자가 그의 눈길에 이끌려 무심히 고개를 돌렸다. 어떤 정점의 방심상태에서 그를 보는 것 같았다. 그 얼굴은 웃고 있으면서 쓸쓸했고, 이곳에 있으면서도 아득히 먼 곳을 헤매며 눈앞의 것들을 냉소하는 듯했다. 기현은 우두커니 눈길을 받았다. 좀 멍해진 상태였다. 어두운 표정과 유난히 흰 피부가 대조적이었다. 턱이 짧고 약간 각이 져서 고집스러워 보였다. 여자는 무감각한데 맞은편에 앉은 여자가 고개를 돌려 기현을 쏘아보았다.

그때 마침 후배 도훈이 테이블로 다가와 섰다.

"어, 이누경씨, 이게 얼마 만이야……"

도훈은 그 여자에게 인사를 했다. 여자의 이름을 듣자 기현은 단전으로 뜨거운 기운이 훅 들어온 듯 배가 팽팽해졌다. 체구가 큰 도훈이 두툼한 손을 내밀자 여자는 그 손끝을 잡는 시늉만 했다.

여성지 기자인 도훈은 역시 마당발이었다. 늑장부리던 인서 형이 결국 못 온다는 연락을 해오자 도훈은 자연스럽게 여자들의 테이블로 넘어가버렸다. 도훈과 기현은 그 여자들과 테이블을 합쳐 맥주를 마시고 열시쯤엔 근처 와인바로 자리를 옮겼다.

기현은 직접 지하 저장고로 가서 이쪽저쪽 셀러를 돌며 와인을 골랐다. 도훈이 슬쩍 따라와 그럴 만한 손님은 아니라며 눈치를 주는데도, 기현은 결국 이태리 피에몬테 지역의 최상급 와인을 꺼냈다. 몇 개월 전에 기현의 회사 사보에서 이태리와 프랑스의 와인을 특집으로 다룰 때, 전문가인 그 가게 사장과 사귀면서 좋은 가격에 매입해 맡겨둔 물건 중의 하나였다.

도훈이 와인레이블을 읽으며 진지하게 설명하자, 누경이 낮은 웃음을 터뜨리며 친구 쪽으로 몸을 기울이고 속삭였다.

"이상하지, 분위기가 이런 식으로 우아해질 때면 내가 속물처럼 느껴져……"

그 소리는 작았지만 유리알처럼 굴러와 이상할 만큼 선명하게 들렸다. 누경이 한 말은 그뿐인데도, 우리가 생산국 사람들보다 거의 열 배나 비싼 값에 와인을 마신다는 사실이 상기되었고, 와인을 고르느라 혼자 심각했던 꼴이 우스워졌다. 현실의 단층이 삐끗 어긋나는데, 정확히 뭔지는 알 수 없는 기분이었다. 여자들은 값비싼 와인을 음료수 마시듯 대수롭지 않게 마셨다. 오랜 시간이 지난 뒤 여자들은 흔적도 없이 까맣게 망각할 그 밤의 시간을, 기현은 깊은 산기슭의 안개를 연상시키는 포도의 이름과 와인의 맛과 향기로 뚜

렷이 기억할 것이다. 도훈은 난감해하는 기현의 어깨를 툭 치더니 재미삼아 압생트를 시켰다. 도수도 낮추고 독성도 빼서인지 그리스 과일주 그라파(grappa) 같았지만 흐린 초록색만은 제대로였다.

압생트를 비운 뒤 누경의 친구 상미가 5월의 섬에 가자고 제안했다. 정말로 가야 하니까, 쉬운 섬, 서해안의 가장 가까운 섬에라도 가자고 반복해서 말했다. 5월의 섬은 꼭 압생트의 색일 거야. 해당화가 피어 있고 바다와 해변은 비어 있겠지. 텅 빈 해변에 우리의 발자국만 찍힐 거야……

모두 그 제안을 받아들였다. 다들 취한 상태였다. 그래, 섬에 가는 게 뭐가 어려워, 가장 가까운 섬에라도 가자고…… 꼭 가자고……

그런 와중에 기현은 우연히 누경의 눈을 보게 되었다. 누경의 눈은 겹꽃잎처럼 피어 있었다. 기현의 가슴이 철렁 내려앉았다. 어떤 여자도, 그런 눈을 그에게 보여준 적은 없었다. 어떤 여자도 그런 식으로, 사랑을 담고 출렁이며 그를 바라보지 않았다. 그러나 누경이 그를 바라본다고 확신할 수는 없었다. 그것은 갑자기 열린 타인의 창문 같았다.

도훈은 기현을 카운터 쪽으로 불러내어 물끄러미 보더니 목소리를 낮추었다.

"형, 고만 좀 쳐다봐. 눈에 핏발 서겠네. 처음 본 여자를, 왜 그래?"

10

"내가 뭘. 그런 거 아냐."

오래된 사이는 얼굴만 봐도 아는 게 있었다.

"형은 의식 못 하지만 그거 버릇이야. 뭔가에 푹 빠져버리는 거. 요즘엔 코르크스크루를 수집한다면서?"

"그게 왜?"

도훈은 어린 시절 곤충채집부터 시작된 기현의 수집 이력을 꿰고 있었다.

"같은 맥락이야. 숨이나 좀 쉬어."

기현은 잊고 있었던 듯 긴 숨을 쉬었다. 그러나 그게 왜 같은 맥락이라는 것인지 이해할 수 없었다. 누명을 쓴 기분이었지만, 먼 사이든 가까운 사이든, 사람 사이엔 늘 그런 억울함이 끼기 마련이었다.

"누경씨 집 멀어. 예전엔 광화문 쪽에 살았는데, 그사이에 신도시로 이사했다는군. 형이 잘 바래다줘."

그곳은 합정동이었다. 대리운전 기사를 부른 뒤 도훈이 당부했다.

"전화번호 묻거나 하지 말고, 바래다만 주고 돌아와. 자세한 이야기는 다음에 해줄게. 필요해지면, 내가 누경씨 번호도 줄 수 있어."

도훈이 기현의 등을 떠밀었다.

기현 주위의 지인들은 어떤 여자라도 기현과 얽혀주기를 바랐다. 두 달이든 석 달이든, 같이 살게 되면 더 좋지만 그게 아니면 단지 얼마간이라도…… 어쨌든 계속 혼자 지내는 것보다는 나을 테니까. 사람들은 혼자 사는 남자를 그냥 보지 못하고 여자들을 부지런히 소개했다. 하지만 좀처럼 마음이 더워지지 않았고, 집중력도 생기지 않았다. 사랑에 대한 미감을 상실한 것 같은 무미건조한 헛헛함을 자주 느꼈다. 모든 것엔 상미기간이 있는 것이다.

벚나무에 푸른 잎이 올라오며 꽃잎을 밀어내 떨어뜨리고 있었다. 바람이 불면 밤거리에 꽃잎이 흩날렸다. 그날은 기현의 생일이었다. 지난 십 년 동안 생일이 남들의 행사에 묻혀서 지나갔다. 행사조차 없을 때면 기현은 홀로 술 몇 잔을 마시며 보냈다. 홀로 술에 취해 자정 넘은 밤하늘을 보면 이상하게도 흰빛이었다. 그 독특한 생일날의 감각, 세포막이 열린 듯 체온이 공기 속으로 흘러들어가고 공기가 몸속으로 흘러들어와, 존재가 경계도 없이 세상 밖으로 번져나가는 느낌…… 마치 몸 안에 갇혀 살던 넋이 밖으로 나와 곁에서 나란히 걷는 것 같았다. 생일날이면, 자신이 얼마나 외롭고 아둔한 인간인지 새삼 절감했다. 방법은 없었다. 더 조심스럽게 사는 것뿐.

이누경의 집은 P시라고 했다. 어쩌다 지나간 적은 있었지만 안으로 들어가본 적은 없는 낯선 도시였다. 여자를 바래다주기 위해 심야의 강변도로를 달리는 일도 생전 처음인 듯했다. 차 안은 어두웠다. 누경과 나란히 뒷좌석에 앉은 기현은 한사코 차창 밖에 시선을 두었다. 어릴 때는 강물이나 바다 위에 떨어져 아른대는 불빛들이 삶의 안쪽 것이 내비친 심오한 비밀처럼 느껴졌었다. 지금은 그저 세속의 무늬일 뿐이란 것을 안다. 그런데도 그날 밤 물 위에 어린 불빛의 긴 꼬리들은 해석을 요구하는 불가사의한 표식들처럼 보였다.

훗…… 누경이 문득 웃었다. 돌아보니 누경은 좌석 등받이에 몸을 기댄 채 기현 쪽으로 고개를 기울이고 있었다. 남자를 가소롭게 여기는 닳고 닳은 코웃음인지, 어둠 속에 모르는 남자와 나란히 앉아 밤길을 달리는 것을 쑥스러워하는 수줍음과 장난기가 섞인 웃음인지, 아니면 장이 딸꾹질하듯 이유 없이 치솟은 웃음인지 알 수 없었다. 누경은 잠시 그 자세로 기현을 보고 있었다.

기현의 얼굴을 보려고 애쓰는 것 같기도 했다. 누군가 곁에 있다는 것은 알지만 취기와 어둠 때문에 앞이 보이지는 않는 모양이었다. 기현은 뻣뻣하게 굳은 채 그런 누경을 마주 보았다. 그를 향해 있던, 약간 낡은 비단처럼 화사하고도 슬픈 두 눈은, 기현을 보던 그 자세 그대로, 마치 비밀을 닫듯 스르르 감겼다.

잠들어가는지 숨소리가 느리고 깊어지더니 반대편 차창 쪽으로 머리가 기울었다. 누경의 숨소리는 보풀이 인 낡은 스웨터의 실을 당겨 푸는 것만 같은 소리였다. 그 숨소리를 따라 엷은 딸기향과 젖은 낙엽향과 마른 버섯향 들이 새어나오는 것 같았다. 그 냄새에 집중하는 사이에 두 사람의 숨소리가 뒤섞였다. 기현의 호흡이 누경의 몸속으로 흘러들고 누경의 숨소리가 기현의 몸속으로 흘러들었다. 정직하지 못한 것 같아 애써 호흡을 분리해내려 했지만, 밤 길을 달리는 동안 둘의 호흡은 엉겼다가 풀리기를 반복했다.

누경이 사는 아파트는 공사중인 기차역 뒤쪽에 새로 조성된 단지에 있었다. 단지 주변은 논과 밭이 펼쳐진 들판이었다. 기현은 차에서 내려 누경에게 문을 열어주었다. 누경은 그를 보지도 않고 목 안에 갇힌 작고 탁한 음성으로 고맙다는 인사를 했다. 그리고 아파트 정문 안으로 휘청휘청 걸어갔다. 어찌나 예사로운지 수백 번 수천 번은 그런 식으로, 모르는 남자를 뒤에 세워놓고 제 집으로 들어간 여자 같았다. 다음에 만난다 해도 그 여자는 기현의 얼굴을 알아볼 것 같지 않았다. 또각또각 울리던 여자의 구두 소리가 희미해져갔다.
기현은 갑자기 대리기사를 보내기로 결정했다.

혼자가 된 기현은 운전석에 앉은 채 한참을 그대로 있었다. 앞이 캄캄했다. 너무 엉뚱한 장소였다. 불과 몇 시간 전까지만 해도 그런 곳에 와 있을 거라고는 상상도 못한 일이었다. 들어온 길을 눈여겨보지 않아서 어떻게 돌아가야 할지 막막했다. 캄캄한 어둠 속에서 한참 헤매야 할 것 같았다.
시동을 켜려 할 때 전화벨이 울렸다. 저장되어 있지 않은 발신번호였다. 통화버튼을 누르자, 저편은 술집인지 왁자지껄한 소음이 들어오더니, 느닷없이 누군가가 외쳤다.

"야, 너 어디 있어? 너 어디 있냐고!"

모르는 목소리였다. 기현은 본능적으로 재빨리 전화기 폴더를 닫았다.

차를 움직이기 시작하자 예전에 누군가 손금을 봐주었던 일이 떠올랐다. 그자는 의기양양하게 손금을 들여다보더니 잠시 후 맥없이 놓았다. 왜 그러느냐고 묻자 맥주를 한 잔 다 들이켠 후에야 입을 열었다.

인생이 고독할 거라고 했다. 모든 것이 마구 흘러가버릴 거라고 했다. 아무것도 곁에 머무는 것이 없을 거라고 했다. 기현은 나쁜 놈이라고 내뱉고 그 자리를 파했었다. 서른 살 중반, 약혼녀가 그를 배반한 직후였다.

2

"실은 나도 누경씨 오랜만에 봤어. 몇 년 동안 통 보이지 않았거든."

기현이 전화번호를 달라고 하자 도훈은 뜸을 들였다.

"그전엔 홍보회사에서 일했다고 들었어. 회사 그만두고 뒤늦게 대학원을 나왔어. 유리공예가의 공방에서 누경씨를 알게 되었어. 유리공예가를 돕고 있었지. 형, 저, 그게 말이야……"

"말해봐."

기현은 조심스럽게 재촉했다.

"누경씨, 우울증을 심하게 앓았나봐. 그사이 더 야위고 어두워졌
더라고."

도훈이 담배를 물고 불을 붙이는 모양이었다.

"원래 밝은 사람은 아니었지만, 좀 변했어. 아직도 뭔가에서 헤
어나지 못하는 것 같기도 하고……"

기현은 자기도 모르게 한숨이 푹 쉬어졌다. 유난히 희고 긴 팔과
뼈가 선명하게 드러나던 야윈 손목이 떠올랐다.

"그리고, 형하고는 사실 어울리지 않는 여자야. 아주 다른 별의
사람이라고. 내가 알기론 두 사람은 고래와 기린처럼 달라."

누가 고래이고 누가 기린인지 묻고 싶었다. 사람들은 기현에게는
큰일 겪지 않고 조심스럽게 살아온 곱고 착한 여자가 어울릴 거라
고들 했고, 주변 사람들은 그런 여자들을 소개해주곤 했다. 그 여자
들은 기현 자신처럼 밋밋했다. 그를 흔들지도 않을 뿐 아니라 거슬
리지도 않았고 처음 보아도 전혀 낯설지가 않았다. 사람들이 어울
린다고 하는 것이 무엇인지 새삼 의아했다. 어떤 사람들은 처음부
터 남 같지 않다고 하고, 만나자마자 통한다고도 한다. 또 어떤 사
람은 서로 다른 말을 쓰는 외국인 같다고 하고, 고래와 기린같이 다
르다고 한다. 하지만 단번에 서로를 알 것 같은, 심지어 이미 다 아
는 것 같은, 그렇게 닮은 사람들이 과연 어울리는 것일까……

그 어울림에는 오히려 내용 없는 공소함이 자리를 다 차지하고
있는 게 아닐까? 같은 문화권 안에서 같은 세대로 살아내야 하는

생존본능과 얄팍한 기호와 소비취향, 공통된 경험과 습성 몇 가지가 불러일으키는 얇디얇은 착각이 아닐까? 이상적인 직업과 성격은 물론이고, 미혼남녀의 이상적 외형까지도 비슷하게 만드는 것이 대중문화의 힘이었다. 어쨌든 곱고 착한 여자들과는 아무 일도 이루어지지 않았다. 미지근하게 몇 번 만나다가 그마저도 식어서 저절로 끝이 났다.

"그냥, 밥이나 한번 같이 먹어보고 싶어서 그래."

"그래, 형이 알아서 해."

도훈은 단념하듯 전화번호를 불러주었다.

전화번호를 알고 난 뒤에도 기현은 연락할 수가 없었다. 갑자기 좀 바쁘기도 했고 며칠 바빴던 일이 지나고 한가해진 뒤에도 여자를 생각하면 마음이 버거워 제풀에 지치곤 했다. 때론 잘 알지도 못하는, 예컨대 다른 별의 여자이고 자기와는 고래와 기린처럼 다르다는 여자 때문에 애를 태우고 있는 것에 어리둥절해졌다. 다음 날이면 괜찮아지겠지 하고 와인을 취하도록 마시고 애써 잠을 청하기도 했다. 그러나 다음날이 되면 새로운 강박증같이 여자의 모습이 떠올라 뇌리를 떠나지 않았다. 요령부득으로 날을 보내던 중 뜻밖에도 도훈이 전화를 해왔다.

"형, 누경씨한테 전화해봤어?"

"아니."

"그럴 줄 알았어. 누경씨 만나보고 싶은 거지?"

"……"

"이번주 토요일 시간 어때? 하루 비울 수 있어?"

"괜찮으면?"

"누경씨와 섬에 좀 갔다 와. 그날 술자리에서 즉흥적으로 나온 이야기여서 나도 생각 없이 있었는데, 상미씨에게서 연락이 왔어. 그게 이번주 토요일이라고. 자기도 막상 못 가게 되었대. 섬 가는 거, 말하기야 좋지만 닥치면 좀 그렇잖아. 말이 그렇지, 가족 있는 사람이, 밤에 술이야 마실 수 있지만, 모처럼 휴일에 혼자 몸 빼서 배 타고 섬에 갈 수야 있나…… 그런데 누경씨가 혼자라도 가겠다고 고집부린대. 여자 혼자 섬에 가면 뭐 하겠어? 왠지 위험하기도 하고 모양 이상하잖아. 그러니, 내가 누경씨에게 적당히 말할 테니 형이 에스코트해서 섬에 가."

"나와 단둘이 가려고 할까?"

"가게 해줄 테니 술 사."

"그래."

재빠르게 대답해놓고 민망했다.

"누경씨, 까다롭게 굴 거야. 그냥 그러려니 해. 말 많이 시키지 말고."

"그렇게 무서운 여자야?"

기현은 농담처럼 물었다. 도훈은 맞장구치는 대신 면박을 주었다.

"둔하기는…… 어쨌든 낯선 남자와 단둘이 섬에 가게 됐는데, 어떤 여자든 예민해지지 않겠어?"

도훈이 누경의 편을 든다는 생각이 들었다. 전화를 끊자 낭패라도 당한 듯 마음이 허둥댔다. 바다 건너의 섬이 언뜻 눈에 보였다 가라앉았다. 기현은 마치 조난자처럼 조급하게 그 섬을 떠올리려 했다. 하지만 섬이라니…… 얼마나 오래 잊고 있었던 장소인가. 떠오르는 것이 아무것도 없었다. 대체 섬에는 왜 가는 것일까. 요즘 같은 세상에 굳이 섬에 가려는 사람은 어떤 부류일까. 그는 갑갑한 나머지 인터넷 검색창에다 서해의 섬, 이라고 찍어보았다. 그러자 뜬금없이, 누경의 속삭임이 떠올랐다. 이런 식으로 우아해질 때면 내가 속물처럼 느껴져…… 이런 식이란 게 무엇이었을까. 요즘 세상에 속물이 되지 않고도 사는 방법이 있을까. 특히 이 나이에.

3

배는 제 시간보다 조금 늦게 출발해 바람을 일으키며 바다로 밀려나갔다. 갑판 위 휴게실에 철제 테이블과 의자가 놓여 있었지만 바람이 거세 앉을 수 없었다. 계단을 올라 선실 안을 보니 삼삼오오 둘러앉아 화투패를 돌리거나 팔다리를 대자로 뻗고 자리를 차지한 낚시꾼들과 큰 소리로 떠드는 섬 여인네들로 만원이었다.

누경은 사람과 바람을 피해 배의 측면 난간 앞의 벤치로 가서 앉았다. 기현은 그 곁에 나란히 앉았다. 말간 아침 햇살이 얇게 발라낸 유리비늘처럼 투명하게 난간 위로 부서졌다. 배는 곧 인천대교

교각 공사현장을 지나갔다. 바다를 가로지르는 그 다리는 전설적인 다족 괴물을 연상시켰다. 송도와 영종도 사이에 믿어지지 않을 만큼 긴 다리가 놓이는 중이었다. 세계에서 다섯번째 긴 다리라고 했다.

이십대 초반의 여자애들이 오징어나 커피를 사기 위해 매점을 드나들었다. 굽이 구 센티가 넘는 하이힐을 청바지 밑단 아래에 감추고 평지에서마저 계단을 걷듯 어설프게 걷는 여자애들이었다. 갈매기떼에게 먹이를 던지는 연인들이나, 난간에 붙어서서 환호하는 연인들이 그날따라 유독 다정해 보였다.

누경은 그저 바다만 바라보고 있었다. 청바지에 운동화를 신고 반팔 위에 검정색 파시미나를 케이프처럼 두르고 챙 넓은 검은 모자를 푹 눌러쓴 차림이었다. 파시미나로 인해 누경은 한순간 두 팔이 없는 여자 같았다. 기현은 빈속이 쓰려와 배낭에서 커피가 든 보온병을 꺼냈다. 그러자 뜻밖에도 누경이 가방 안에서 작은 도시락을 꺼내 열었다. 샌드위치 네 조각이 가지런히 들어 있었다. 파시미나 속에서 음지식물처럼 희고 가느다란 팔이 뻗어나와 기현에게 샌드위치를 건넸다. 기현은 샌드위치보다도 누경의 새하얀 팔에 눈을 빼앗겼다. 누경이 독촉했을 때에야 기현은 샌드위치 조각을 받았다. 한 입 베어 씹으니 햄과 토마토와 피클과 겨자소스가 들었을 뿐인데도 생각보다 맛있었다. 기현은 울렁대는 낮은 파도를 즐기며 좀 눅눅한 샌드위치를 오래 씹었다. 여자가 손수 만든 음식을 먹어본 것이 언제였는지 기억도 나지 않았다. 기현도 커피

20

를 권했다. 갓 볶은 새 커피를 사서 정성껏 내렸지만 향도 날아가고 맛도 옅었다.

"다행히 아직 뜨겁긴 하네요."

누경은 무반응했다. 기현의 말이 훌렁 바다로 날아갔다.

짧은 아침식사가 끝나자 누경은 모르는 사람처럼 다시 바다만 바라보았다. 모자 챙 너머로 콧날 끝만 겨우 보였다. 잔을 잡은 가늘고 투명한 손가락 끝에 손톱들이 길었다. 깎는 것을 잊고 사는 듯 손톱 끝이 희었다. 흰 손톱 끝이 그의 살갗에 닿으면, 오싹 소름이 돋을 것이었다. 상상만으로도 심장이 뜨거워져 상대적으로 체온이 서늘해졌다.

누경이 고개를 돌려 그를 보았다. 기현은 싱긋 웃어주었다. 누경은 웃지 않고, 왜요, 하듯 눈을 크게 떴다가 외면했다. 짧은 턱이 옆에서 보니 귀여웠다.

기현은 누경이 꼭 다물고 있는 입술과, 입술로 닫고 있는 고요한 혀를 생각했다. 그 혀는 붉은 심장에서 나온 분홍빛 잎사귀 같겠지…… 기현은 순간적으로 떠올린 이미지에 놀랐다. 그 이미지는 자신이 만든 것 같지 않고 누군가가 선물로 보내준 것만 같았다.

5월의 바다는 임신한 생명체같이 싱그러웠다. 배는 시시각각 부풀어오르는 파란 바다 위를 넘실넘실 흘러갔다. 등장인물도 대사도 없고 장면전환도 없이 화면 가득 끝없이 바다만 펼쳐지는 영화관에 앉아 있는 것 같았다. 하나의 색, 하나의 리듬, 하나의 물질로

구성된 지속적인 하나의 풍경이 침묵을 시각화하며 둥둥 떠가는 것이다. 그 반복적 의미는 결코 낭비 같지는 않았다. 그것은 의미의 지속이었다. 기현은 두 눈을 부릅뜨고 침묵에 잠겨 있었다.

갑자기 행복감이라고 불러야 마땅할, 모세혈관들까지 팽창하며 잔뿌리를 펴는 것 같은 뿌듯한 충만감이 밀려왔다. 이상한 행복이었다. 존재가 실현된 듯한 행복감이었다. 상처와 불행과 고통이 이미 내포되어 있는 초연한 행복이었다. 아무리 거부를 당하고 또 당하고, 상처를 입고 또 입어도, 아무리 불행이 닥쳐와도, 아무리 고통이 오고 또 와도 그 안으로 흔적도 없이 스미고 말 것 같은 고요한 행복감이었다. 이 여자는 자신이 이미 얼마나 많은 것을 주고 있는지 짐작이나 할까……

"행복하네요."

기현은 그 말을 참을 수 없었다. 그래서 밑도 끝도 없이 내뱉어버렸다. 누경은 바다에 눈길을 둔 채 순순히 고개를 끄덕였다. 이해한다는 듯 스스럼없고 다정한 동작이어서 기현의 마음이 환해졌다.

"섬을 좋아하나요?"

누경은 피치 못해 하는 일이라는 듯 고개를 저었다.

잠시 뒤 누경은 나지막이 중얼거렸다.

"예전에 어떤 사람이 내게 섬으로 여행을 가자고 했었어요. 그런데……"

치통이라도 앓는 듯 통증이 가득한 음성이었다. 기현은 귀를 기울이고 다음 말을 기다렸으나 그것으로 그만이었다. 누경은 다시 입을 다물어버렸다. 누구나 섬에 가자는 말들을 주고받는다. 절실하게 말하기도 하고 실없이 말하기도 한다. 그러곤 누구나 쉽게 잊어버린다. 사람들은 섬에 잘 가지 않는다.

섬은 이 여자처럼 고요하겠지…… 이 여자처럼 맑을 것이다. 섬은 이 여자처럼 외로울 것이다. 누경을 대입하자 막연하기만 했던 섬이 저절로 그려졌다. 갈매기와 게, 밀물과 썰물, 토막토막 잘리지 않은 긴긴 시간의 몸뚱이가 그림자를 끌며 느리게 지나가고 바람도 포목점의 천들이 풀려나가듯 아무 곳에도 부딪치거나 엉키지 않고 바다의 정적 위로 펄럭펄럭 날아갈 것이다.

그리고 누경과 함께라면, 좁다란 틈새로 죽도록 내쫓겨온 그의 영혼도, 너덜너덜한 팔다리를 뻗고 망각 속에서 휴식할 수 있을 것 같았다. 폭죽이 터지듯, 기현의 머릿속이 번쩍이는 것 같았다.

모래가 섞인 채 간신히 돌아가던 생의 수레바퀴가 갑자기 중력을 벗어나 휘휘 헛돌아가는 느낌이었다. 얼마간의 보유주식과 홀어머니에게서 고스란히 상속받아 전세를 내어준 아파트 값의 등락 숫자에나 예민하고, 이십 년 가까이 한가하게 사보 편집이나 하며 별 야심도 없이 살아온데다 가족 하나 없이 혈혈단신이고, 취미라고는 겨우 와인 품평 정도에다 음악 감상과 코르크스크루 수집이며, 생에 대한 상미기간도 끝난 것 같다고 한탄해온 따분한 남자에게 전에 없던 이미지가 홍수처럼 범람하기 시작한 것이다.

선착장에 내려서 나가는 배 시간을 알아본 뒤 사람들이 가는 방향을 따라 해안길을 걸었다. 산과 큰 바위들이 놓인 밋밋한 바닷가 길을 따라 섬 모퉁이를 돌아가니 날카롭게 벼린 낫으로 단숨에 벤 듯 예리하게 휘어진 해변이 나타났다. 쩅하게 맑은 날씨여서인지 바다는 파랗고 해변의 살구색 모래는 눈부신 백광을 반사했다. 이상한 충격을 주는 풍경이었다. 사실 섬이란, 애초에 그다지 자연스러운 장소가 아닐지도 모른다.

푸른 해안선을 따라 거대한 날을 갈듯 포말들이 흰 거품을 일으켰다. 해변 모래 위에 붉은 해당화가 군락을 이루고 피어 있었다. 해변엔 점퍼와 양복바지에 구두 차림의 중년 남자 셋뿐, 텅 비어 있었다. 중년 남자들은 어협의 직원들 같기도 하고 인근 부둣가를 바닥으로 활동하는 조직원들 같기도 했다. 바다에 손을 담그거나 엉거주춤 서 있는 그 수상쩍은 남자들도 해변에서는, 사는 동안 하찮은 말썽을 몇 가지 저질렀을 뿐인, 작은 아이처럼 보였다.

누경과 기현은 폭폭 발이 빠지는 모래 위를 지나 바다를 향해 갔다. 해변은 풀 먹여 말린 뒤 시쳐서 오늘 처음 펼쳐둔 이불 같았다. 고요하고 포근하고 정갈해서 무슨 의식을 치르는 기분이 들었다. 해변을 발로 밟고 있는데도 어쩐지 먼 절벽 위에서 바다를 내려다보는 것같이 아득한 심정이었다. 섬 바로 앞에 바지를 걷고 건널 수 있을 것 같은 조그만 섬이 하나 떠 있었다.

아무래도, 그 해안을 예전에 본 적이 있었다. 어디에서 보았던가…… 해변의 끝 샤워장과 수도시설이 있는 장소에 이르러서야 기현은 발을 멈추었다. 한순간 귀신이라도 덮친 듯 몸이 오싹하고 마음이 섬뜩했는데, 그것이 좋은 느낌인지 나쁜 느낌인지 알 수가 없었다. 그것은, 전날 밤 꿈속의 바다였다. 꿈에 그는 위태로운 절벽 위에서 바다를 내려다보고 있었다. 보려고 하니 물속 깊이 잠수한 듯, 압생트 색깔의 바다 속이 보였다. 흐린 초록빛 물 속에 눈부시게 흰 여자가 균형을 상실한 채 둥둥 떠 있었다.

두 팔이 없는 밀로 섬의 비너스였다. 파도에 떠밀리는 의문의 비너스는 허리에 두른 천이 풀려 물결에 흘러가는데도 잡지 못하고 속수무책으로 떠 있었다. 속살이 곧 흩어질 포말처럼 위태롭게 희었다. 기현은 물결에 떠내려가는 치마를 잡으려고 손을 내밀었으나 절벽 위에서 허우적거릴 뿐이었다.

그 기이한 꿈을 한 번이 아니라 수십 번 수백 번 꾼 것처럼 기현을 압도하는 어떤 감정이 몰려왔다. 무엇을 의미하는지 알지 못한 채 덮쳐오는 일종의 믿음 같은 것, 우리 내부에는 그렇게, 이상한 일들을 믿게 만드는 또하나의 정신구조가 있어서 그 근원적인 지배력이 손을 뻗쳐올 때면 순수한 수긍 외에는 달리 방법이 없었다.

누경도 섬에서 달리 계획이 있는 것 같지는 않았다. 기현은 눈치껏 여자를 뒤따르기도 하고 앞서 가기도 했다. 누경과 기현은 슈퍼마켓에서 작은 생수를 사고 화장실을 사용했다. 그리고 달리 해야 할 일이 없었기 때문에 그 섬의 가장 높은 봉우리로 가는 길을 올랐다. 배에서 내린 사람들이 오르고 있었기 때문에 길을 찾기는 쉬웠다. 길가에 소박한 민박집들과 새로 지은 예쁜 펜션들이 있었는데, 손님들이 이제 막 방을 배정받아 떠들썩하게 들어가고 있었다.

기현도 아무렇지 않게 펜션들 중 하나로 들어가 방을 얻고 싶었다. 그리고 누경과 함께 가방을 들여놓고 임시방편의 가여운 살림살이라도 펴고 싶었다. 마당에 놓인 테이블에 휴대용 버너를 올려놓고 삼겹살이라도 구워 소주를 마시고 싶었다. 종이접시에 찬을 담고 종이잔에 물을 따르고 플라스틱 공기에 밥을 담아 한 끼를 함께 목 안으로 넘기고 싶었다. 그리고 저녁이 오고, 밤이 오겠지. 바다 위로 커다란 달이 낮게 떠오를 것이다. 그런 시간에 굳이 나가 나란히 바닷가를 걷는다면…… 그 한 걸음 한 걸음마다 새로운 현실을 낳을 수 있을 것 같았다.

기현은 그토록 성급한 상상에 빠진 것을 깨닫자 얼굴이 화끈 달아올랐다. 기현은 누경이 눈치챌까봐 앞서 걸어갔다. 높이 솟은 후박나무와 산벚나무와 마로니에와 은행나무 들을 지나 산으로 들어가자, 숲속은 불을 켠 듯 환한 연둣빛이었다. 바람이 샘물처럼 흘러와 어린 나뭇잎을 흔들었다. 여자가 곁에 있으니 냄새도 색도 촉감도, 모든 감각이 선명했다. 완만한 오르막이 이어지자 누경의 호흡이 거칠어지고 땀이 배는지 은은하게 체취가 풍겨나왔다. 앞에 걷던 사람들이 더덕 냄새가 난다고 산속으로 더덕을 찾아 들어갔다. 뒤에 따라오던 사람은 그것을 대마 냄새라고 했다. 기현은 무릎 냄새라는 생각이 들었다. 어린 시절 목욕을 한 날 무릎을 오므려 세우고 코를 대면 저 깊은 곳에서 나던 맑고 아늑하고 따스한 냄새였다.

누경은 기현의 존재를 잊은 듯했다. 기현은 침묵이 버거웠지만, 단지 그 이유로 공연히 떠들지는 않기로 했다. 때론 말하지 않는 것도 언어인 것이다. 하산은 반대편 길로 했다. 산을 올라갈 때나 내려갈 때나 기현에겐 아무런 의사도 없었다. 기현은 그저 누경을 따라 발을 옮겼다. 동사무소와 학교와 파출소 출장소와 보건소와 농협이 있는 마을을 지나 해수욕장이 있는 해안으로 가기 위해 섬을 반쯤 빙 둘러 바닷가 길을 걸었다. 짧은 반바지 아래 허벅지를 드러낸 젊은 연인들이 햇볕 속에서 자전거를 타고 지나간 뒤로 인적이 끊어졌다. 환하고 텅 빈 길은 광목을 펼쳐놓은 것 같았다. 그 길을 타박타박 걸어가자 오랫동안 세상 바깥을 헤맨 듯한 외로움과 피로가 몰려왔다. 발자국들이 모두 가슴에 찍히는 듯했다. 이젠 생의 안쪽 어딘가로 파고들어가고 싶었다.

"누경씨."

기현은 아무 작정도 없이 불쑥 이름을 불렀다. 누경이 기현 쪽으로 고개를 돌렸다. 기현이 눈만 맞추고 있자 누경은 기현의 시선을 털어내며 나이든 누나 같은 표정을 지었다.

"이야기 하나 해줄게요……"

누경은 햇빛이 뜨거운지 검정색 파시미나를 벗었다. 반소매 옷 아래 음지식물의 줄기 같은 희고 가느다란 두 팔이 드러났다. 기현은 이해할 수 없는 일에 봉착한 심정으로 누경의 팔을 바라보았다. 그런 팔은 무거운 것을 들어본 적도 없고, 무엇을 안아본 적도 없고, 햇빛조차 받은 적이 없을 것 같았다.

"옛날 착하고 가난한 남자가 살았는데, 어느 날 신이 그에게 선물을 주었대요. 눈물을 담으면, 그 눈물이 진주로 변하는 마술 유리잔이었어요. 남자는 진주를 얻기 위해 매일 눈물을 흘렸어요. 매일 눈물을 흘리기 위해 점점 더 슬픈 일들을 만들어야 했죠. 진주가 생길 때마다 남자의 인생은 비극적으로 변해갔어요. 더이상 눈물이 흐르지 않자, 어느 날 남자는 세상에서 가장 사랑하는 자기 아내를 칼로 찔러 죽게 했어요. 눈물이 멈추지 않았죠. 유리잔에 진주가 넘쳐흘렀어요…… 이 이야기를 들은 아이가 물었다고 해요. 그 남자는 왜 양파를 쓰지 않았을까요? 양파로도 눈물을 흘릴 수는 있었을 텐데……"

몇 걸음 더 걷던 누경이 살얼음같이 투명한 얼굴로 말했다.

"……난, 양파를 쓰지 못했어요. 양파로도 눈물을 흘릴 수 있는데 말이에요. 난 내 스스로 나쁜 인생을 만들어요."

기현은 양파를 쓰는 부류의 사람이었다. 자신의 일로는 울지 않았다. 위장에서 쓴물이 올라와도 결코 울지 않았지만, 다른 인간들의 진실에 직면하면, 마치 까맣게 잊고 있었던 삶을 기억하듯 참을 수 없이 울게 되었다. 기현은 누경이 자신을 울릴 거라는 예감이 들었다. 누경은 자신의 눈물로 제 뿌리를 적시며 생존하는 기이한 사막식물 같았다.

생수를 샀던 슈퍼마켓 옆 식당에서 점심을 먹고 해변의 소나무 숲 그늘에 앉아 나란히 담배를 피웠다. 사람들이 가끔 섬을 그리워 하는 이유를 알 것 같았다. 삶의 속성으로부터 벗어난 먼 곳, 존재 들의 고향, 삶 이전에 본질적으로 실현된 행복감이 거기 있었다. 모래사장에는 몸피가 큰 외국인 여자 셋이 일광욕을 하고 있었다. 속에 가스를 주입해 부풀린 흰 고무 같은 몸이었다. 여자들은 풍선 처럼 부푼 가슴을 모래에 묻다시피 하고 엎드려 있었다. 그사이 바 다엔 물이 빠져 아이와 어른 들이 흩어져 앉아 조개를 캤다. 단조 로운 풍경을 바라보고 있으니 엄마의 품에 묻혀 젖을 빨던 시절의 기억처럼, 태중의 기억처럼 졸음이 몰려왔다. 거미줄처럼 몸을 감 는 졸음이었다. 독이 퍼지듯 다급해서, 혼자 몸이라면 그 자리에 쓰러져버리고 싶었다.

"졸리네요."

"왜 이렇게 잠이 쏟아질까……"

기현의 말에 누경도 잠꼬대하듯 중얼거렸다. 그리고 비틀거리며 일어서더니 바로 앞의 섬을 향해 걸었다. 섬과 섬 사이에 바닷물이 빠져나가 해변이 연결되어 있었다.

섬으로 건너가는 모래밭엔 유독 굴껍데기가 많았다. 하얗게 바 랜 굴껍데기들은 목화밭에서 이제 막 수확한 목화솜처럼 몽글몽글 해 보였다. 섬의 안쪽으로 들어가니 오목한 해안이 나왔는데, 그곳 은 온통 굴껍데기들로 두툼하게 덮여 있었다. 기현은 잠에 취해 눈 꺼풀이 무거웠고 얼굴과 몸이 마비되는 것만 같았다. 누경은 굴껍

네기 퇴적층 위를 빠르게 걸어가더니 팥배나무 가지가 늘어진 그늘 아래에 반듯하게 누웠다. 그리고 파시미나를 길게 펴서 몸에 감았다. 기현도 그 곁 그늘에 누웠다. 처음엔 굴껍데기가 여기저기 찌르기도 하고 가슬거렸지만 체중에 눌려 골라지면서 이내 편안해졌다.

바다엔 물이 계속 멀리 빠져나가고 있었다. 거대한 운동장 같기도 했다. 아이들은 이리저리 공처럼 통통 튀고 어른들은 개펄에 고개를 파묻고 조개를 캐는 데 넋이 빠진 듯했다. 머리 위 팥배나무엔 흰 꽃이 흐드러지게 피어 있었다. 눈 감기 전에 본 풍경은 진공 상태처럼 고요했다. 바로 곁 숲속에서 바스락거리는 소리가 들렸다. 뱀일지도 모른다고 생각하면서도 눈을 뜰 수 없었다. 잠이 밀가루처럼 하얗게 쏟아졌다.

숲으로부터 밀려오는 한기를 느끼며 눈을 떴을 때, 멀찍이 나가 있는 바다와의 거리를 가늠하며 나가는 배 시간을 떠올렸다. 실제로 잤는지, 얼마나 잤는지, 혹은 전혀 자지 않았는지 혼란스러웠다. 맞은편 해안엔 외국인 여자 셋이 아직도 그대로 누워 일광욕을 하고 있었다.

기현은 그제야 누경의 존재를 떠올렸다. 기현은 화들짝 놀란 사람처럼 벌떡 일어섰다. 기현의 몸 아래 깔려 있던 굴껍데기가 소란을 피웠다. 그 소리 때문인지 팥배나무 아래에 누워 있던 누경도 눈을 떴다. 그녀는 아직 누운 채 무거운 잠에 젖은 아득한 눈으로

기현을 올려다보았다. 기현의 마음속에 알 수 없는 감정들이 소용
돌이쳤다. 마치 표류하던 꿈속의 여자를 이제 막 건져올려놓은 것
만 같았다. 잠이 어린 누경의 표정은 가늠하기 어려웠다. 희미하게
미소짓는 것 같기도 하고 두려워하는 것 같기도 했다.

"뭐 하는 거예요?"

몸을 일으킨 누경은 치한이라도 본 듯 화를 냈다. 누경의 눈 속
에 공포와 혐오가 스쳤다.

"예?"

기현은 누경의 기세에 놀라 둥그렇게 눈을 떴다.

"왜 그런 눈으로 나를 보고 있는 거예요?"

"내 눈이 왜……"

"자는 사람을 왜 그런 눈으로 내려다보고 있었냐고요!"

기현은 자기 눈이 어쨌다는 것인지 이해할 수 없었다.

"나, 나도, 지금 막 깼어요."

기현은 당황한 나머지 말을 더듬거렸다.

"아, 비린내나."

누경은 날카롭게 쏘아붙였다. 기현의 눈에서 비린내가 난다는
것인지 굴껍데기에서 난다는 것인지 알 수 없었다. 누경은 얼굴을
찌푸리고 파시미나에 묻은 지푸라기를 탁탁 털고 머리카락을 매만
졌다. 그리고 세상을 다 잃은 사람처럼 우두커니 서서 바다가 빠져
나간 검은 개펄을 보고 서 있더니 견딜 수 없다는 듯 굴껍데기를
함부로 짓밟으며 그곳을 빠져나갔다.

기현은 뜻밖의 반응에 당황스럽고 부끄러워서 얼굴을 숙이고 걸었다. 정말 치한이라도 된 기분이었다. 치한 같은 눈빛이란 어떤 것일까……

아무래도 꿈이 문제인 것 같았다. 그녀의 동의를 얻지 못한 일방적인 꿈이 자꾸만 그를 과잉되게 했다. 해변 곳곳에는 하트 모양의 사랑 맹세가 굴껍데기와 조개껍데기로 장식되어 있었다. 유치하게만 여겨온 조잡한 애정행각이 갑자기 기현의 가슴을 아프게 했다. 예전에도 그랬지만 앞으로도 평생, 자신은 그런 장식을 여자와 오순도순 할 수 없을 거라는 박탈감이 몰려왔다. 예닐곱 명의 젊은이들이 슬리퍼를 동그랗게 모아 모래에 꽂아놓고 게임을 하고 있었다. 그들이 노래를 부르고 떠들수록 해변은 점점 더 고요해졌다.

해변을 끝까지 걸어나간 뒤 도로에 올라 선착장 쪽으로 걸었다. 해당화 향내와 개펄 냄새가 뒤섞였다. 모퉁이를 돌자 그곳에는 바다가 가득 차 있었다. 파도가 들고 나는 바위 사이의 좁다란 모래 해변은 이제 막 걸레질해놓은 시골집 마루처럼 정갈했다. 잠에서 깬 뒤로 누경의 표정은 시시각각 어두워졌다. 거의 히스테릭하게 보일 지경이었다.

돌아오는 배에서 보니 먼 곳의 바다는 무엇을 잔뜩 쌓아 덮어둔, 희끗하게 바랜 천처럼 보였다. 가까운 바다는 물결이 갈라지며 몇 겹의 속살을 드러냈다. 기현은 그 겹들 속에서 꿈에 본 밀로 섬의 비너스를 떠올렸다. 처음부터 두 팔이 없었다는 설도 있고 두 팔에 엄청난 보석이 장식되어 있어 도굴꾼들이 잘라갔다는 설도 있었으며, 오랜 세월 묻혀 있는 사이에 퇴화되듯이 유실되었다는 설도 있었다. 그러나 두 팔이 없는 비너스는 불구인 채로 미지의 완전한 아름다움의 표상이 되어 신비한 아우라를 내뿜고 있었다.

두 팔이 없는 비너스를 하필 누경과 겹쳐서 생각하는 것은 그의 망상일 것이다. 누경이 알게 된다면 어처구니없어하며 무시하거나 미친놈이라고 냉소하거나 화를 참지 못해 뭐라도 내던지며 펄펄 뛸 것 같았다. 성질이 보통이 아닌 듯한 여자니까. 기현 역시 자신의 비약에 저항하고 싶기는 마찬가지였다. 하지만 망상은 힘센 용처럼 작동을 계속했다. 마치 두 팔을 잃고 표류해온 여자를 건져 물 위에 뜬 커다란 꽃잎 위에서 혼례의 꽃잠이라도 자고 육지로 돌아가는 것 같았다.

섬이 점점 멀어졌다. 누경은 검은 파시미나로 몸을 묶은 듯 두르고 얼음조각처럼 차갑게 앉아 있었다. 대체 이 여자가 왜 여기에 있을까, 하는 의문이 들었다. 동시에 무슨 이유인지는 모르지만, 그 여자에겐 기현 자신 말고는 누구도 없으며, 지금 기현 자신에게가 아니면, 그녀는 어디로도 갈 곳이 없다는 확신이 심장에서 혀뿌리로 조용히 밀려왔다.

4

차에서 내린 남자가 뒤쪽 차문을 열어주었다. 누경은 인사를 하고 돌아섰다. 누경의 뒷모습을 보고 있는 남자의 시선이 느껴졌다. 남자의 과잉되고 집요한 눈빛에 누경은 희미한 혐오를 느꼈다.

물론 그 남자가 애초부터 아무 이유도 없이 누경과 섬에 동행하지는 않았을 것이었다. 심지어, 누경이 한 번 본 남자와 섬에 간 것을 두고, 섬이 목적이 아니라 남자와 가는 것이 목적이었다고 넘겨짚을지도 모른다. 그런 남자들은 몇 번인가 알량한 식사와 술값을 지불하고 집 앞까지 바래다주고 나면, 어느 날 차 한잔 달라고 할 것이다. 차 한잔이라는 그 작고 가벼운 수락을 통해 누경의 아파트로 들어설 것이다. 그 남자들에게 그들만의 진심이 있다 해도, 진심이라는 이유조차 누경에게는 지겨웠다.

엘리베이터에서 내려 현관 앞에 섰을 때, 이 년여 사이에 현관의 벨을 눌렀던 남자들이 하나하나 떠올랐다. 일 년에 한두 번 신호등 없는 교차로에서 차가 얽히듯 간헐적으로 남자가 생겼다. 한눈에 빠져드는 열정도 없고 몰입되는 감정의 흐름도 없이 두어 달 동안 네댓 번 만나다가 누경은 그만두자고 밀어냈다. 이제 막 달아오르기 시작한 남자들은 단번에 절교를 받아들이지 못했다. 그들이 집요할수록 누경은 한사코 남자를 떨구어냈다. 가지에서 풋열매를 떼어내듯 시퍼렇게 아픈 일이었다.

남자들은 분노를 터뜨리거나 끝까지 쩔쩔매며 매달리거나 미친 여자를 보듯 고개를 저으며 돌아섰다. 어떤 남자는 누경을, 알 수 없는 감옥에 갇힌 포로라고 말했다. 어떤 남자는 누경을, 실의에 빠진 채 취미도 없이 홀로 늙어갈 가여운 여자라고 말했다. 어떤 남자는 누경을, 겉은 멀쩡하지만 속은 다 살아버린 노파같이 이미 텅텅 비었다고 말했다. 어떤 남자는 영원히 깨어나지 못하고 구제불능의 잠을 잘 여자라고 말했다. 홀로 죽어서 고양이에게 먹힐 여자라고 악담을 한 남자도 있었다.

아는 사람은 알 것이다. 삶에 낙심한 사람은 매일, 매시간 가파르게 늙는다. 주름이 생기거나 흰 머리카락이 올라와서가 아니다. 얼굴의 윤곽이 느슨하게 벌어지며 눈과 눈 사이가, 뺨과 뺨 사이가, 귀와 귀 사이가 점점 더 넓어진다. 보이지 않는 이음새가 헐거워져 하루가 다르게 넓적한 얼굴로 변하는 것이다. 그리고 남는 단 하나의 표정, 그것은 무뚝뚝함이다. 사람들은 서로 당기듯 오목하게 모여 있었던 누경의 얼굴을 잊어갔고, 스스로도 잊었다.

매일 밤 깊은 잠을 자고 아침에 잠을 깨어, 거울 속 자신에게 눈을 반짝이며 인사했던 시절이 누경에게도 있었던가…… 안녕, 어디 갔다 왔니? 스스로 새로웠던 날들. 그런 아침마다 찬물을 끼얹어 세수를 하고 거울을 보면 얼굴이 이제 막 채마밭에서 뽑아낸 야채처럼 싱그럽게 빛났다. 짧고 덧없는 사랑을 희용하며 공중곡예사처럼, 이 그네에서 저 그네를 잡고 날아오를 때, 화사하게 웃었던 그 잠시의 나날 속에서……

그리고 마지막 그네에서 손을 놓고 아득히 공중을 추락한 후로 누경은 영영 진짜 잠을 잃어버렸다. 밤마다 속눈썹을 떨며 가짜 잠을 잤다. 자신을 잊을 수가 없었다. 천년 동안 살고 있는 것같이 피로했다. 더이상은 생에 잘 보이고 싶지도 않았다. 화장을 하고 새 옷을 사입고 웃고 싶지 않았다. 심지어 머리카락조차 가위를 들고 직접 잘랐다. 얼마나 많은 눈물이 흘러나왔던가…… 마지막 사랑을 끝낸 그해 여름, 세상에 그토록 많은 비가 내리고 하천들이 범람하고 강마다 홍수가 지고 바다가 더욱더 넓어지는 것이 전혀 이상하지 않았다.

심야의 압력에 사지를 눌린 채 깨어 있으니, 머릿속 가장 깊은 자리에 전구가 환하게 켜져 있는 것만 같았다. 밤의 압류 속에서 의식은 자꾸만 섬으로 흘러가고 흘러갔다. 섬에서의 단잠이 그리웠다. 프시케가 지하세계에서 얻어온 잠의 상자를 열었을 때, 검은 잠은 그런 식으로 덮쳤을 것이다. 의식을 잃어갈 때, 깃털처럼 가벼워지던 몸의 환각…… 짧았지만, 생이 끝나고 말 것 같은, 절멸과 같은 잠이었다. 섬에 갈 때만 해도 섬 가장자리에 누워서 잠자게 될 거라고는 상상도 못한 일이었다.

남자는 누경을 전혀 방해하지 않았다. 간혹 곁의 남자를 의식할 때면, 그가 낯선 남자란 이유로 돌발적인 혐오가 엄습했지만 그것은 그의 탓이 아니었다. 단잠에서 깨어 위에서 내려다보고 있던 남자의 눈을 의식했을 때 덮쳐왔던 공포도, 실은 그의 탓이 아니었다. 그것은 누경의 몸에 새겨져 있었던 외상후장애였다.

전후 사정을 뻔히 알면서도 화가 났던 것은 그 남자의 눈 속에 들어 있던 누경에 대한 점유율 때문이었다. 어처구니없이 강한 확신이었다. 마치 누경은 모르는 일을 그가 알고 있기라도 한 것처럼. 어쩌면 그 남자조차 모르고 있는 것을 누경이 본 것 같기도 했다. 그런 눈빛을 예전에 본 적이 있었다. 그 빛은 불가능한 슬픔의 빛이었다.

오래 전에, 누경은 편지를 쓴 적이 있었다. 부치지 못한 편지였다.

'왜 그렇게 슬픈 눈으로 나를 보았나요? 눈을 감으면, 당신 눈 속의 눈동자가 내 눈 속에 고인 물처럼 흔들려요. 당신의 속눈썹이 내 속눈썹을 덮어요. 여린 속눈썹 아래서 이슬처럼 떨리는 이 집요한 시선…… 내가 당신을 보고 있는지 당신이 나를 보고 있는지 알 수 없어요. 이토록 보고 있다 해도 여전히 보고 싶어요. 어쩌다가, 어떻게도 할 수 없는 이런 일을 만들었는지, 우리가 원한 건 단지 보고 싶어하는 마음인 걸까요? 우리가 할 수 있는 건 그것뿐이라고 당신 눈이 말하네요. 그러면 나는 이 마음을 생의 끝까지 지니고 가야 하는 건가요? 그 외에 무엇을 더 할 수 있을까요? 차라리 이 마음을 부수어버리고 싶어요. 내 눈 속에 가만히 담아 익사시키고 싶어요. 화장시켜 멀리 날려버리고 싶어요. 그렇게 나를 해쳐서 헝겊인형 같은 무생물의 마음이 되어 당신이 죽을 때, 단 한 번 열리는 그 구멍 속으로 순장처럼 함께 사라지고 싶어요……'

그 남자가 과묵한 것은 다행이었다. 자신의 지난 이야기를 줄줄 늘어놓지도 않았고, 정치나 군대 이야기도 하지 않았고, 우스갯소리를 하지도 않았고, 누경에게 귀찮은 질문을 하지도 않았다. 말이 끊어진 채 흐르는 시간을 풍경과 바람과 햇살과 사물들로 채울 줄 알았다. 불감증 같은 무표정과 집요한 눈빛이 거슬렸지만, 그럼에도 불구하고, 그 평범한 독신 남자는 좋은 점을 갖춘 셈이었다.

방 안 공기가 보랏빛으로 바뀌고 지친 나머지 의식이 희미해져 갈 때, 하루의 마지막 순서처럼 어김없이 아카시아꽃과 클로버꽃 향기와 쑥향으로 가득했던 열여섯 살의 들판이 떠올랐다. 환한 햇살, 풀들을 쓰다듬던 바람, 풀숲에 버려진 헝겊인형, 후르르 떨어지던 아카시아 꽃잎, 날카롭게 깨어진 유리병 주둥이…… 기억은 과거로 물러나지 않고 육식동물처럼 매일 새롭게 현재를 물어뜯었다. 그것은 실제로 일어난 재앙 자체보다 더욱더 끔찍한 재앙들이었다.

누경은 제 스스로 상처를 소독할 수 없는 슬픈 짐승처럼 돌아누웠다. 잠시 후 돌아누웠던 몸을 또다시 뒤채며 돌아누웠다. 몸을 조금씩 더 웅크리며 몇 번인가 돌아누운 뒤에야 누경은 진압된 짐승처럼 고요해졌다.

5

"이기현입니다. 여기 P시예요."

섬에 다녀온 지 일주일 만이었다.

"어쩌다보니 여기까지 왔네요. 누경씨 집 앞에 있는 찻집입니다."

지나가던 사람처럼 건성건성 말했지만 말과 말 사이의 호흡에서 긴장이 느껴졌다.

"잠시 나올 수 있나요?"

누경은 무턱대고 와서 전화하는 사람이 반갑지는 않았다. 그러나 혼자 있기에도 지친 상태였다. 읽던 책이 테이블 위에 펼쳐져 있었다. 텔레비전 채널을 몇 번 바꾸고 접시를 들고 거실과 부엌 사이를 몇 번 오가면 어느 사이 어둠이 내릴 것이다. 그리고 간신히 다시 몸을 일으켜세우고 머리카락을 다듬고 앉았을 때는 이미 오갈 데 없는 한밤중일 것이다. 그리고 밤과 밤 사이에 아무 경험도 없이 다시 잠들기 위해 침대로 가서 누워야 하는 것이다. 그런 때면 침대가 눅눅한 관처럼 느껴졌다. 누경은 용기를 내었다.

"기다리세요."

이기현의 얼굴이 떠오르지 않았다. 흐린 먹으로 농담을 준 인물화처럼 옅었다. 키도 옷차림도 얼굴도 성격도, 어디에 세워두어도 잘 눈에 띄지 않을 남자였다.

누경은 세수를 하고 천천히 옷을 갈아입은 뒤 창가로 가서 밖을 내다보았다. 연금상태의 억류자 같은 눈빛이었다. 아카시아꽃이 피는 계절이었다. 누경은 그 계절에 번번이 무너져버리곤 했다. 공기가 보이지 않는 금속 실로 짠 것처럼 단단해 보였다. 밖으로 나갈 수 있을 것 같지 않았다. 바깥으로 나가도 금속 실 같은 공기를 뚫으며 걸어갈 수 있을 것 같지 않았다. 마치 벽이 움직이려고 하는 것처럼 불가능한 느낌이었다. 누경은 뻣뻣한 나무토막처럼 다시 소파 위로 쓰러져 누울 뻔했다. 그러나 찻집에서 남자가 기다리고 있었다.

찻집에 앉아 있는 기현을 보았을 때 누경은 속으로 놀랐다. 그는 그저 평범하고 낯선 남자가 아니었다. 그보다 훨씬 더 낯선, 도무지 남인, 그녀의 심상 저 바깥세계의 남자였다. 그런데 그 남자가 누경을 보기 위해 온 것이었다. 그 점이 심지어 흥미롭기조차 했다.

차를 마신 뒤에 기현의 제안에 따라 신사임당의 그림이 있는 자운서원을 찾아갔다. 생각보다 멀었다. 몇 번인가 한적한 시골길에서 헤매기도 했다. 율곡과 신사임당의 무덤을 둘러본 뒤 전시관에 들어갔을 때, 누경은 뜻밖에도 초충도 병풍 앞에서 발이 묶였다. 오랜 세월이 지나 종이와 물감의 색이 바랬지만 그림에 포착된 현재성과 초충의 생태만은 핍진하게 살아 있었다. 신씨는 집 안에 앉아 만물의 이치를 다 꿰뚫은 뒤에 단출한 초충도를 그린 것만 같았다. 신씨의 초연한 시선과 단아한 손길로 그려지는 동안 풀꽃들과 곤충들은 행복했을 것이었다. 통통하게 살찐 보랏빛 가지와 그 아

40

래를 지나가는 방아깨비의 배에 그려진 붉은 줄무늬가 애잔하고 명랑했다. 도둑처럼 수박을 파먹는 두 마리 들쥐의 표정이 우스꽝스럽고 뻗어나간 수박넝쿨 위에 파묻힌 듯 핀 노랑 꽃의 순수함과 꽃 주위를 살갑게 나는 나비가 귀엽다 못해 애처로울 정도였다. 원추리 꽃줄기를 음흉스럽게 끌어안은 매미와 팔랑거리는 나비에 취해 허공을 올려다보는 개구리의 붉은 눈이 많은 이야기를 담고 있었다. 여뀌꽃 주위를 나는 벌과 더듬이를 바짝 세우고 땅을 기며 벌을 노리는 사마귀, 검붉은 맨드라미 아래서 쇠똥을 굴리고 가느라 바쁜 쇠똥벌레 세 마리, 양귀비꽃 아래를 지나는 도마뱀이 위협을 느끼는 듯 고개를 돌려 장수하늘소를 엉거주춤 쳐다보는 모양새…… 영원 같은 침묵 속으로 발돋움하듯 피어 있는 꽃과 초월적으로 날갯짓하는 나비들, 그리고 생업과 먹고 먹힘에 숨가쁜 땅 위의 미물세계를 신씨는 태연하고 자애롭게, 지극히 일상적이고 섬세하게 새겨놓았다. 무엇보다 놀라운 것은 신씨의 독립성과 균형감이었다. 신씨는 그 그림을 그릴 때, 당대를 초월해 눈앞 세계와 마주 선 개인이었다는 것을 알 수 있었다. 누경은 여덟 폭 병풍 그림을 차례차례 보고도 다시 처음부터 보기를 반복하다가 까맣게 잊고 있었던 남자를 떠올렸다. 남자는 입구에서 누경을 기다리고 있다가 돌아보았다.

초충도의 병풍을 두고 떨어지지 않는 걸음을 옮길 때, 남자와의 데이트에서 남자를 잊은 채 그림에 빠져든 것이 쓸쓸하기도 편안하기도 했다. 그런 지점 어디쯤에 누경의 진실이 있는 것 같았다. 누경은 곤충 같은 눈을 조용히 깜박이며 낯선 남자의 뒤를 따랐다. 그 남자는 누경을 한낮의 햇빛 속으로 이끌었다. 누군가와 걸은 것이 아주 오래 전의 일 같았다.

누경은 의식적으로 남자의 눈을 보지 않았다. 그의 눈을 보면 허공이 유리처럼 깨져버릴 것만 같았다. 외면하는 시선 속에 기현의 뒷모습과 옆모습이 언뜻언뜻 담겼다. 어색함이란 수줍음과 다른 것이었지만 결국 같아 보일 것이었다.

그는 대기업의 사보 기자라고 했다. 누경은 그 일이, 작가들이나 유명인사들에게 원고를 청탁하고, 회사 뉴스를 정리하고 모범사원을 인터뷰하고, 사원들의 시와 산문을 뽑아 책에 싣고, 그 달의 책 같은 것을 선정하는 업무일 거라고 상상했다.

"실은 법학을 전공했어요. 대학 졸업 후 몇 년 동안 산속 암자에 박혀 고시공부를 했어요. 그런데 어느 날 갑자기 싫더군요. 그때까지 완전 풀 먹인 모범생과였는데, 그냥 힘 빼고 살고 싶어졌어요. 시간 많고 스트레스 적고 안정된 직장 하나 가지고 좋은 여자 만나서 작은 아파트 하나 마련해 반들반들 닦고 조이며 알뜰살뜰 한평생 지나가고 싶었어요. 정치 참여는 꼬박꼬박 투표나 하는 정도로 하고, 나 자신이 속물 같다는 자괴감이 들면, 연말에 불우이웃을 위해 성금을 보내구요. 한심하죠?"

누경은 손을 저었다.

"아뇨, 아니에요. 개인적 인생이란, 그런 거죠."

"그런데, 보잘것없는 직장이 생기자 뻔한 인생에 실망했는지, 약혼녀가 달아나버리더군요. 그뒤로는 여자와 잘 되지 않았어요. 그렇게 작은 꿈도 이루기가 어렵더군요. 그리고 내 인생은 조그만 아파트에서 홀로, 바람대로 정말 한가하게 흘러왔죠."

기현은 유난히 크게 웃었다. 스스로를 비웃는 것 같았다.

"그렇게 웃지 말아요. 난 한가하게 사는 사람들이 좋아요. 나 역시 그런 유의 사람인걸요."

누경은 기현의 명품 손목시계를 빤히 보며 말했다.

"이런 상품도 난 일종의 예술이라고 생각해요."

누경은 고개를 끄덕였다.

"기현씨는 현세를 사랑하는 사람 같아요. 말 그대로, 물질로서 만져지는 이 현세 말이에요."

"당대의 최고 상품과 인생을 같이하고 싶어하는 욕망이 거슬리나요?"

"아니에요. 형편이 된다면, 그걸 향유하며 자기 시대의 세계와 일체감을 느낄 수도 있을 거예요. 단지 내겐 그런 게 와 닿지 않아서요. 그뿐이에요."

기현은 근심스러운 표정을 지었다.

"누경씨는 세상과 사이가 나쁜 사람 같아 보여요. 등을 돌리고 사는 사람 같기도 하구요. 미안해요. 몇 번 보지도 않았는데, 벌써 이런 말을 하다니."

누경은 대답하지 않았다.

"나처럼 단조롭게 살아가는 유형의 사람에겐 사물과의 사이에 깊은 우정이 생기기도 하죠. 옛 무덤에서 출토되는 부장품들을 생각해보세요. 나도 살아가면서 무덤까지 가지고 갈 사물들을 몇 개쯤 갖고 싶어요."

누경은 그의 무덤 안에서도 재깍재깍 돌아갈 당대 명품시계를 상상해보았다. 나쁘지 않았다. 누경도 희로애락을 가파르게 오가는 사람의 감정보다는 견고한 평정을 이룬 사물들 쪽이 때론 더 믿음직했다.

"그러면, 누경씨는 이 삶에서 무엇을 갖고 싶나요?"

기현의 질문에 누경은 희미하게 웃었다.

"정원. 아주 작은 것이라도 갖고 싶어요. 신씨의 초충도처럼, 내 정원의 꽃과 곤충들과 고양이에 관한 추억을 무덤까지 갖고 가고 싶어요. 대야만한 연못을 만들어 수초를 띄우고, 내가 좋아하는 자두나무를 심고, 울타리를 따라 일 년생 꽃씨를 뿌리고, 히야신스와 튤립 구근을 비좁도록 심고 싶어요. 한쪽엔 고랑을 파고 고추와 가지와 오이 모종도 심고 싶은데, 요즘 세상에선 정원을 갖기란 참 어려워요. 옛날 사람들은 누구나 가졌던 것인데 말이에요. 아주 가난한 사람부터 부자까지, 노인도 아이도, 누구나요. 지금은 정원이, 어쩌면 명품보다 더 사치가 되었는지도 몰라요."

"그보단 명품시계나 가방과 구두, 접시 같은 것이 훨씬 갖기 쉽죠."

둘은 갑자기 의견이 일치된 데 통쾌함을 느끼며 웃음을 터뜨렸다.

"누경씨는 유리공예를 한다고 들었어요."

"최근까지 유리공예가의 조수로 일했어요. 지금은 유리공예가가 유럽에 가 있어서 일이 없어요. 선생님은 일 년쯤 그곳에서 지내고 돌아오면 갤러리를 열 거예요. 저도 그 일을 하게 되겠죠. 그때까진 휴업상태예요. 나에게 키를 주고 갔지만 공방에 나가 혼자 작업하기는 싫어요. 전시실은 화려하지만 작업실은 창고나 빈 극장 같은 곳이에요. 작업이 한계에 부딪힌 기분도 들구요."

한계라기보다는 간헐적으로 고통이 몰려왔다. 그럴 땐 유리를 만질 수도 없거니와 유리에 대해 생각하기도 싫어진다.

"유리라니, 정말 특이하네요."

그의 말에 누경은 시큰둥하게 반박했다.

"흔한 게 유리인걸요."

"어쩌다가 유리공예를 하게 된 거예요?"

누경의 얼굴이 굳었다. 사람은 왜 상처가 있는 곳으로 다가갈까…… 전쟁이 일어나면 세상의 유리들부터 깨어질 것이다. 모든 폭력의 장소에서 유리는 가장 먼저 깨어진다. 유리가 깨어질 때 인간의 마음도 부서진다. 세상에서 가장 싫은 것이 뭐냐고 물으면, 누경은 생각할 것도 없이 유리라고 대답할 것이다. 세상에서 가장 매혹적인 것이 무엇이냐고 물어도 누경은 유리라고 대답할 것이다. 그러나 이 순간 유리에 대한 애증마저 균형을 잃어버렸다. 누경은 혐오와 적개심을 지그시 누르며 무성의하게 대답했다.

"그냥, 우연히 끌려서 시작했어요."

기현은 그런 누경을 물끄러미 보았다. 누경의 눈 속에서 불안하게 번쩍이던 검은 섬광이 서서히 가라앉았다. 기현으로선 도무지 알 수 없는, 고래이거나 기린인 여자였다.

고급 레스토랑에서 통후추를 얹은 안심스테이크에 보르도 산 레드와인을 곁들여 저녁식사를 한 뒤 근처 허브가게를 구경했다. 기현은 누경에게 마음을 안정시켜준다는 캐모마일 차와 숙면을 도와주는 라벤더 오일을 선물했다.

돌아오는 차 안에서 기현은 이 주 후에 서울시향이 연주하는 말러 음악회에 가자고 제안했다. 누경은 멈칫했으나 그 제안에 응했다. 삶의 공백에 지친 나머지 끌리지도 않는 남자를 만나 뒤따라다니는 자신이 부도덕하게 느껴져서 문득문득 제동이 걸렸다.

카 오디오에서는 카치니의 〈아베마리아〉가 흘러나왔다. 카치니의 음색은 격렬하면서도 맑았다. 그러자 자기의 진실과 다르게 시간이 흘러간들 어떠랴 싶었다. 흐르는 시간 속에서 새로운 진실이라도 생겨나기를 바라는 심정이었다. 누경은 남자와 자신 사이의 덤덤한 빈터가 편안했다. 이대로라면, 숲 한가운데의 풀밭 같은 빈터에서 숨쉬기 위해서, 그 남자를 또 만나게 될 것 같았다. 기현은 누경을 아파트 현관 앞까지 데려다주고 예의바른 인사를 건넨 뒤 돌아갔다.

집 안에 들어갔을 때는 자정이 막 지나 있었다. 그날 누경은 현관문을 열 때 벽 속으로 들어가 박히는 듯한, 벽과 동화되는 듯한 숨막히는 압박감을 겪지 않았다. 세상과 자신 사이에 쿠션을 댄 듯한 둔감함과 비슷했다. 이제 막 헤어진 남자를 생각해도 신기할 만큼 떠오르는 것이 없었다. 초충도와 레스토랑의 미끄럽고 차가운 바닥과 높은 천장과 샹들리에의 부드러운 조명빛, 부엌 쪽에서 번져나오던 음식 냄새와 앞자리에 앉은 여자의 푸른빛 상의와 유난히 색이 붉고 화려했던 와인의 화사하고 기품 있는 맛과 카치니의 〈아베마리아〉 같은 것만 선명했다.

누경은 그 모든 것을 합친 부드럽고 순수한 공기를 느끼며 세수를 한 뒤, 관자놀이와 귀 뒤쪽과 손목에 라벤더 오일을 바르고 침대에 누워 그대로 잠이 들었다.

6

정기검진을 마친 산부인과 의사는 누경의 나이를 새삼 강조했다. 무리 없이 초산을 할 수 있는 시간이 앞으로 이삼 년 정도라고 했다. 그러니 건강한 아이를 낳아 키우고 싶으면 결혼을 서둘러야 한다는 것이 요점이었다. 의사는 누경이 낳아야 했으나 낳지 않은 아이가 어느 장소에 결박되어 있기라도 한 것처럼 말했다.

앞으로 몇 년이 그냥 흘러가면 그 아이는 영영 태어나지 못하는 것이다. 누경은 순간적인 전율을 느꼈다. 절망적이고 두렵기까지 한 슬픔이었다. 세월이 흘러간다는 막연한 초조감과 의사의 시한부 선고를 듣는 것에는 커다란 차이가 있었다.

누경은 상미가 사는 오피스텔 근처 아이스크림 가게로 들어가 그녀를 불러냈다. 그리고 흰색보다 더 새하얀 레몬 아이스크림 일 인분을 주문해 혀 위에서 천천히 녹여 먹었다. 누경은 시고 달콤한 아이스크림의 맛만큼이나 그 속의 냉각 공기를 즐기는 편이었다. 혀가 얼얼했다. 상미는 좀체로 나오지 않았다.

누경은 화장실에 갔다가 거울 앞에 멈춰 섰다. 지독히 무표정한 얼굴이 비쳤다. 누경은 물을 틀고 물비누를 눌러 천천히 손을 씻었다.

'나이가 문제가 아니에요. 의사 선생님, 나이가 문제가 아니라, 진짜 문제는 다른 데 있다구요. 언제나 그게 문제라구요……'

가방에서 손수건을 꺼내 손을 닦았다. 눈앞이 흐려졌다. 누경은 손을 닦고 또 닦았다.

상미에게 산부인과 의사의 말을 전하자 가볍게 비웃었다.

"그래서 서둘러 남자를 물라고? 마흔 살 넘어서도 초산하는 여자 많아. 그리고, 안 되면 할 수 없는 거지, 우리가 왜 예비국민을 낳겠다고 허둥지둥거려야 해?"

상미는 늘 그런 식이었다. 아이를 예비국민이라고 불러서 의미를 희석시켰다. 매사를 대수롭지 않게 만들어서 위로하는 방식. 그러나 상미 역시 예외가 아니란 것은 누구보다 누경이 잘 알고 있었다.

"우리 요즘, 마음이 복잡한 건 사실이잖아."

누경의 말에 상미는 피스타치오아몬드 아이스크림을 꼭꼭 씹었다. 그리고 한숨을 쉬었다.

"그래, 인정!"

환부와 열등감과 결핍에 대한 솔직한 인정은 상미와 누경의 우정에 있어서 가장 기본적인 매너였다. 그것에 대한 공감작용으로 우정의 두께를 쌓아왔다.

"한 시대를 풍미한 관능적인 댄스가수가 그런 고백을 했었어. 서른두 살이 되었을 때, 누구든, 남자가 청혼만 하면 바로 결혼하겠다는 이상한 결심을 했었다는 거야. 그런데 공교롭게도 그해엔 단 한 명의 남자도 엮이지 않았다더라. 그 가수는 지금도 혼자야. 그 이상한 결심의 정체가 뭐였겠니? 사실, 요즘 그래. 예전의 난, 남자를 진심으로 좋아하고 아이는 가식적으로 좋아하는 척했는데, 지금은 남자를 가식적으로 좋아하는 척하고 아기를 진심으로 좋아해. 모든 아기가 다 신비롭고 눈물이 쑥 빠지게 예뻐."

상미가 자백이라도 하듯 중얼거렸다.

"질투심일지도 몰라. 박탈감 같기도 하고. 공원이나 길에서, 병원에서도 아장아장 걷거나 새로 찍은 동전같이 반짝이는 음성으로 재재거리는 아일 보면 가슴이 덜컥 내려앉는다니까. 심지어 어느 일요일 낮에는 옆동네의 아파트를 찾아가 놀이터에서 아이들을 훔쳐보며 몇 시간씩 보낸 적도 있어. 누군가 지켜봤다면 예비유괴범 같았을 거야. 맘에 드는 남자는 차차 만나더라도, 우선 아기부터 갖고 싶어. 나 정자은행이라도 가봐야 할까?"

그렇게 해서 닻을 내리고 싶은 것일까? 순수한 몸의 욕망 자체인지, 혹은 이 세상에 중심을 만들지 못하고 미끄러져내리는 듯한 좌절인지, 현실 타협의 실패에서 온 불안감인지, 자기재생을 하지 못한 종으로서의 고립감인지, 결정적인 결정을 하지 못한 의지박약한 초조감인지, 열패감의 정체를 정확하게 파악하기는 쉽지 않았다. 이성적으로 이해하기 어렵다 해도, 꽃피운 뒤에 열매맺으려는 육체적인 강박이 사나운 것은 사실이었다. 더구나 시한부가 아닌가. 숨쉬며 살아가는 하루하루가, 한편 중요한 기회를 잃어가는 상실의 시간인 것이다. 호흡 자체가, 시간 자체가, 하루와 한 달, 그 자체가 무의식적인 우울의 원인이었다.

"우리나라에서 믿을 만한 아빠 없이 아이를 낳는 건, 아직은 만용이야."

"그걸 왜 모르겠니."

둘은 잠시 침묵에 빠졌다.

"여태 잘 살아오다가, 아이를 생각하면 막다른 길에서 구멍에 쑥 빠지는 기분인 거야. 결국 섭리인가봐."

삶에는 인간 개인의 내부의지뿐 아니라 섭리라는 외부의지가 틀림없이 작용했다. 그것이 이른바, '때'라고 하는 우주의 간섭이었다. 나와 세상을 구별 못하던 아이의 시간, 나와 타자를 구별 못하던 소녀의 시간, 생리를 하며 여자의 몸을 살게 되는 시간, 자아를 발견하는 시간, 자연으로까지 신체 감각기관이 열리는 시간, 인생과 싸우는 시간, 싸움을 멈추고 평화협정을 맺는 시간, 현재를 아는 시간, 나를 3인칭으로 여기는 시간, 긴장이 풀리고 선량해지는 시간, 죽음을 향해 돌아가는 고독의 시간, 육체를 잃고도 의식이 뭉쳐 있을 시간, 그마저도 해체될 시간······

상미가 시무룩한 얼굴로 중얼거렸다.

"차라리 이 애매한 시간이 빨리 지나갔으면 좋겠어. 그런 식으로도 문제는 해결되는 거니까."

둘은 동시에 창밖으로 고개를 돌렸다. 칠십대로 보이는 노부부가 느릿느릿 지나가고 있었다. 머리카락이 새하얗고 왜소한 체격에 양복을 입은 할아버지가 검게 물들인 파마머리에 스웨터와 몽당치마를 입은 통통한 할머니의 소맷부리를 잡고 걷는 모습이 다정해 보였다. 할아버지는 다른 손에 할머니의 손가방을 달랑달랑 들고 있었다. 평생을 같이 살고도 다감한 그런 노부부의 모습을 볼 때만 결혼이 신비로웠다. 그들만이 결혼의 비밀을 알고 있을 것 같았다.

아이스크림 가게를 나가 맞은편 거리의 지하 맥줏집으로 들어갔다. 카운터와 그 앞으로 테이블 세 개가 전부인 작은 가게였다. 이른 저녁시간이어서 어둑한 실내는 텅 비어 있고 높은 천장에서 줄을 내려뜨린 알전구가 휑했다. 벽과 나무 바닥 구석구석에 밴 묵은 술냄새와 먼지 냄새가 더 진하게 느껴졌다. 근처에 새로운 맥줏집이 생기면 돌파구라도 찾은 듯 가보지만, 어느새 돌아오게 되는 야릇한 힘을 가진 가게였다.

오십대 초반의 깡마른 주인 남자가 청바지와 재킷 차림에 벙거지 모자를 눌러쓰고 70년대 팝송을 틀어주는 분위기에다 메뉴는 병맥주와 마른안주만 가능했다. 주인 남자는 어제 장사한 설거지를 뒤늦게 하는 중이었다. 그 게으른 버릇 때문에 실내가 더 퀴퀴한 냄새를 풍기는 것 같았다. 스콜피언스의 노래가 나오고 있었다. 누경과 상미는 붉은색 비닐 소파에 편하게 자리잡고 앉아 각자 늘 마시던 맥주를 시켰다.

"나 어제 음악회 갔었어."

"누구와?"

"어떤 낯선 남자."

기현과의 시간에 대해 누경은 늘 저항감과 편안함이라는 모순된 감정을 느꼈다.

"그러니까, 누구냐니까!"

"아무리 봐도 낯선, 그런 남자 있잖니…… 다음번엔 다르겠지 하며 만나지만, 여전히 내 눈에 들어오지가 않아."

"혹시, 섬에 갔던 그 남자 아니니? 예의바르고 차분하더라. 흔히 말하는 좋은 사람 타입이던데. 그래서?"

"말러의 교향곡 5번은 천국의 소리 같았지만, 난 좀 지루했어. 음악회가 끝나고 세종문화회관을 나와 삼청동 이태리식당에서 늦은 저녁을 먹었어. 그 남자가 가져온 와인을 콜키지해 마시면서……언제나 그렇듯이 최고의 와인이었어. 그가 얼마나 예의바른지, 얼마나 섬세하게 배려하는지, 얼마나 나에 대해 확신에 차 있는지 놀라곤 해. 음악 이야기와 와인 이야기, 외국에 여행 갔던 이야기, 친구들이 저지른 우스꽝스러운 이야기들…… 그는 다른 남자들과 달리, 아직은 자기 이야기를 하지 않아. 모든 것이 완벽하게 우아했지. 그리고 완벽하게 공허했어. 마치 상대가 없는 것 같은 데이트였어. 그 사람과 데이트를 할 때면 내 몸 주위에 우수 어린 푸른 빛이 감도는 기분이야. 나쁘진 않아. 대신 몸과 마음의 리듬이 낮고 고요하게 흘러가니까. 감정의 소모도 없고 흥분할 필요도 없어. 그런 게 전혀 일어나지 않아."

상미는 누경의 얼굴을 살피며 무슨 생각이라도 골똘히 하는 것 같았다.

"그런 데이트도 나쁘진 않네 뭐. 이제 우리 나이란 게, 뜨겁고 생생한 것도 한심하고 지겨울 나이 아니니?"

주인이 맥주를 내왔다. 그는 늘 첫 손님에게 술병을 따주었다. 그로서는 장사를 시작하는 의식 같은 행위였다. 누경과 상미는 잔을 부딪치고 맥주 첫 모금을 깊숙이 들이켰다.

"하루하루 기온이 오를수록 맥주가 점점 더 맛있어지고 있어."

얼굴까지 말끔하게 씻긴 표정을 지으며 상미가 중얼거렸다.

"넌 한겨울에도 맥주 맛이 기막히다고 했잖아."

"그랬나? 나이들수록 확실하게 더 잘 알게 되는 건 첫 맥주 맛인 거 같아. 그 외엔 점점 더 모를 일투성이야."

두 여자는 동시에 큭 웃었다.

"누경, 너무 꼿꼿하게 굴지 말고 그냥 댄스가수처럼 결심하고 적당한 남자 붙잡아봐."

상미는 술이 들어가자마자 목소리 톤이 한 음 올라갔다.

"사실 이 바닥에 별 남자 있니? 그 동안 네가 만났던 남자들을 생각해봐. 아들을 키우던 상처한 남자도 있었고 두 아이를 키워주는 홀어머니와 살던 남자도 있었지. 부모와 집안 친척들이 새며느리 들어오기를 학수고대하며 주변에 진을 치고 있던 남자도 있었고, 한 동네에서 세 명의 누나에게 에워싸여 살던 사대독자도 있었어. 주식 때문에 밤잠을 못 자던 강박증 남자도 있었고 주말이나 휴일이면 땅을 보러 다니던 탐욕스러운 남자도 있었지? 심지어, 네가 직장이 없다고 무시했던 남자도 있었고, 너를 성격이 이상한 여자라고 퇴짜놓은 남자도 있었어. 게다가 근거도 없는 이상한 자신감과 뒤틀린 열등감 사이를 오락가락하는 모양들이라니…… 새로운 남자들이 비처럼 하늘에서 뚝뚝 떨어지는 것도 아니고, 이 바닥에 돌고 돌다 남아 있는 재고들이란 뭐 그렇잖아."

서른둘을 넘기면서 상미는 비혼족이 되었다. 사랑하면서 결혼생활을 유지할 자신이 없다는 것이었지만, 그보다는 사랑도 하고 결혼도 할 수 있는 남자를 만날 수 있는 가능성이 없다는 것이 더 큰 이유였다. 대신 남자를 사귀면 동거로 들어갔다. 그런데 동거 터울도 차차 뜸해졌다. 초기엔 남자가 나가고 서너 달 안에 새남자가 들어왔고 중간에도 일 년 이상 비지는 않았었다. 그런데 지금은 짧은 연애를 할 뿐 삼 년째 혼자 지내고 있었다.

"나도 알아. 그래서 몇 번이나 만난 거야. 좋은 사람 같으니까, 할 수 있으면 좋아하고 싶었거든."

누경은 손으로 턱을 괴었다.

"그랬구나, 에구……"

상미가 손가락을 활짝 펴고 누경의 머리에 올리더니 머리카락을 흩뜨렸다. 머리카락이 흐트러진 누경은 희미하게 웃었다.

"어제 집으로 갈 때 대리기사가 운전을 하고 그와 난 나란히 뒷좌석에 앉아서 왔어. 서울을 빠져나와 어두운 국도를 달릴 때 릴케의 시를 암송했어. 사랑이 어떻게 너에게로 왔는가, 하는 시 생각나?"

"스무 살 무렵에 읽은 거여서 기억 안 나. 맙소사, 그런 낭만주의 시를 암송했다고?"

상미가 고개를 절레절레 저었다.

"들어봐. 스무 살은 너무 오래 전이어서 넌 그 시를 기억조차 못 하잖아."

"해봐."

"사랑이 어떻게 너에게로 왔는가. 햇살처럼, 꽃보라처럼, 또는 기도처럼 왔는가…… 그는 특히 마지막 구절을 내게 들려주고 싶다고 했어."

"뭐지?"

"불빛으로 가득한 크리스마스를 보듯 나는 본다. 네가 밤 속을 걸으며 꽃송이 송이마다 입 맞추어주는 것을…… 그리고는 내 손을 잡는 거야."

상미가 웃음을 터뜨렸다.

"그 남자 이제야 첫사랑 하는 거 아니니?"

누경은 웃는 상미를 빤히 보기만 했다.

"난 그 손을 못 견디고 빼내버렸어."

상미가 이마를 찌푸렸다.

"손을 빼니까, 그래서 어떻게 됐어?"

"움찔하는 것 같았어. 그리고, 내가 서둘렀나요, 하더라. 난 대답할 수 없었어. 그건 사실 서두르는 것과는 다른 문제였거든. 그 사람과 난 아주 다른 성격의 관계, 말하자면 손을 잡는 것이 무의미한 관계 같았어. 그 접촉에 아무런 느낌도 없었어."

"그래도 어딘가 끌리는 점이 있었을 거 아니니?"

"그 사람이 아니라, 그 사람과 나 사이의 비어 있는 부분에 끌린 것 같아. 편안하고 조용했지. 그 부분이 아직은 비어 있기를 바라. 그 사람이 내 곁에 있지만, 사랑 운운하면서 얽히지는 않기를 바라는 거야. 곁에 있어도 조금 먼 거리에 있는 것처럼."

상미가 고개를 끄덕이며 한숨을 내쉬었다.

"그후로 남자는 말이 없었어. 나는 그가 무슨 생각을 하는지 궁금했어. 내가 요조숙녀인 척한다고 여길까, 아니면 단지 콧대를 높인다고 여길까? 혹은, 그 역시 손을 잡는 것이 소용없다는 것을 알아챘을까. 나는 그의 손에 낙심하면서, 한편으론 그가 나를 단념할까봐 두렵기도 했어. 그 남자가 필요해지기 시작했거든. 그와의 외출이 나를 잠들게 해. 그리고 주말에 데이트 계획이 있는 편이 그래도 나아. 그 사람 봐도 가슴이 뛰지 않는 편이 오히려 좋아. 눈도, 가슴도 뜨거워지지 않고 감정을 과장하지 않고 담담하게, 그냥 함께 식사하고 음악을 듣고 길을 걸으며 천천히 시간을 쌓아가는 사이라도 좋겠어. 느리게, 아주 느리게 말이야."

무엇을 제어하려는 것일까? 그 남자의 성급함이 문제인가, 아니면 낭만적인 시가 덮치는 감정의 정치가 문제인가, 혹은 애초에 부자유스러운 나 자신인가. 현명해지려고 할수록 사랑은 흩어져버렸다. 내 마음은 싸늘하다. 내 마음은 이제 응집되지 않는다.

"집 앞에 도착했을 때, 그가 차 한잔 달라고 했어. 한시가 넘은 시간이었어."

"그래서?"

"거절했어."

"한밤의 차 한잔이야말로, 중의적 표현이잖아. 거절했더니?"

"너무 고단해서, 자고 가고 싶은데 안 되겠느냐고, 직설적으로 물었어."

"남자와 여자가 만나다보면 그런 단계가 자연스럽게 오는 법이지. 누군가 그 남자에게 훈수를 둔다면 지금쯤 좀 밀어붙여야 한다고 충고했을 수도 있어. 또 어쩌면 정말 고단했을 수도 있고. 다시 돌아가 잠자려면 새벽 두세시가 되잖니? 그만한 남자 찾기 어려운데, 그냥 잘해보지 그랬어?"

"농담하지 마. 그런 두루뭉술한 의중들이 싫어. 나로선 낯선 남자를 겨우 눈에 익히고 둘 사이의 공기에 편안해지려 하는 중인데, 그 사람은 벌써 내 집에 들어오려는 거야. 내가 손을 떨쳐냈는데도, 이쪽 감정은 헤아리지도 않았어. 그 남자 역시, 서둘고 서툴고, 상대방의 감정에 둔감한 사람인 거야. 사랑에 관한 한 사람들은 자기의 감정에 엄청난 권리가 있다고 착각하는 것 같아. 상대와 내가 이렇게 어긋날 때마다 좌절감이 들어."

"두루뭉술한 의중들 속의 밀고 당김이 바로 연애란 거야. 네 문제는 그게 아니야. 너 아니? 네가 만난 모든 남자들을 넌 낯선 남자라고 했어."

"그랬던가……"

누경은 의식하지 못한 일이었다.

"모든 남자는 너무나 낯설고, 막상 조금 익숙해질 때쯤엔 아무 이유나 붙여 막무가내로 헤어지잖아. 너, 남자에게 굉장히 못되게 굴어. 늘 처음엔 순순히 만나다가 남자가 너를 좋아하기 시작할 때, 혹은 사랑에 빠질 때 일방적으로 숨어버리거나 연락을 끊거나 작별 통고를 하지. 그거 굉장히 잔인한 일이야. 남자 일반에게 무슨 보복이라도 하는 것 같아. 난 잘 모르겠어. 네가 남자를 필요로 하긴 하는 건지, 차라리 두려워하거나, 미워하는 것 같아…… 남자를 일방적으로 끊어버릴 때마다 네 속에서 대체 어떤 일이 일어나는 거니? 사실은 오래 전부터 그게 궁금했었어."

누경은 말없이 맥주를 마셨다. 대답이 소리없이 목구멍을 타고 흘러갔다.

'상미야, 그때 난, 팔이 없는 것처럼, 두 팔이 펴지지 않아. 아무리 펴려 해도 펴지지 않아. 두 팔이 꽁꽁 묶인 채로 고스란히 남자에게 내맡겨지는 느낌, 난 그것이 두려워 도망치는 거야. 누군가가 나타나 먼저 내 두 팔을 좀 풀어주면 좋겠어. 늘 기다리지만 그런 일은 일어나지 않아. 그건 오직 나 스스로 해야 하는 일일까…… 하지만, 난 나 자신이 너무 힘들어.'

상미는 누경에게 눈길을 고정시킨 채 접시를 천천히 더듬었다. 그리고 해바라기 씨를 한 움큼 입에 넣고 꼭꼭 씹었다.

"미안하다. 이렇게 말해서. 하지만, 마음이 그렇게 얼어붙어 있다면 시간 끌지 말고 그 남자와 헤어지는 게 나을 거 같아."

누경은 순순히 고개를 끄덕였다. 상미는 술잔이 무슨 무거운 물건인 것처럼 힘주어 들어올리더니 남은 맥주를 벌컥벌컥 마셨다. 그리고 탁 소리나게 잔을 놓고 말했다.

"삶이 고역이다."

얼마 전까지는 삶이 고해다, 라고 했는데, 고역이라고 하는 편이 더 가슴 깊숙이 치고 들어왔다. 매일 삶의 끝에 서 있는 기분이었다. 고대왕국처럼 삶의 변방에서는 끊임없이 전쟁이 일어났다. 적이 쳐들어오거나, 잃어버린 영토를 되찾기 위해 군대를 파견해야 하거나 그도 아니면 내부의 한가운데서 난이 일어났다. 평정을 이룬 날은 짧고 간신히 이룬 균형은 이내 흔들리고 변방의 전쟁은 또다시 발발하고 성들이 무너진다. 살아 있는 한 끊임없이 부침을 계속하는 나와 나의 접경지대, 타인과 나의 접경지대, 나와 세상의 접경지대.

상미를 만난 날 밤, 누경은 잠드는 것이 아니라 몸이 깊이 모를 바닥으로 떨어지는 것 같았다. 그것이 병드는 증상이라는 사실을 알아챈 것은 새벽녘이었다. 몸이 무언가에 격렬하게 저항하듯 펄펄 끓었다.

7

병원에서는 유행성 독감이라고 했다. 오한과 발열과 기침, 코막힘, 편도가 부어오르고 목소리가 잠기는 것이 주증상이었다. 빈집에서 사흘 내내 누워 앓았지만 독감은 더 악화되는 것 같았다. 약을 먹어서인지 잠이 끝도 없이 쏟아졌다. 잠과 잠 속으로 이상한 결심을 해버린 댄스가수가 두 팔이 없이 춤추며 돌아다녔다.

일주일 동안 꼬박 앓은 뒤에야 몸살이 물러났다. 젖은 머리로, 젖은 옷을 입은 채 젖은 이불에 눌린 것 같았던 날들이었다. 아직 완전히 낫지 않았지만 오한과 습기가 가신 것만으로도 안정이 되었다. 누경은 이불을 걷고 침대에 걸터앉아 있다가 안방 창문을 열었다. 공기가 차게 느껴지지 않았다. 5월 말의 공기니 실은 차가울 리가 없었다. 누경은 방을 나가 거실을 걸어보았다. 몸이 헛것처럼 가벼웠다.

오랜만에 전원을 켜고 전화기를 확인했다. 기현의 전화와 문자들이 여러 번 들어와 있었다. 문자는 며칠 사이에, 안부를 묻다가 보고 싶다, 그립다는 고백으로 바뀌었다가 걱정으로 변해 있었다. 그 남자의 다급함과 감정의 일방성에 누경은 또다시 놀랐다. 그가 외우던 시를 떠올려보았다. 사랑이 어떻게 너에게로 왔는가. 햇살처럼, 꽃보라처럼, 또는 기도처럼 왔는가…… 불빛으로 가득한 크리스마스를 보듯 나는 본다. 네가 밤 속을 걸으며 꽃송이 송이마다 입 맞추어주는 것을…… 누경은 손바닥으로 두 눈을 꾹 눌렀다. 그의 속마음을 느껴보려 했으나, 그보다 더 빠르게 저항감이 치솟았다. 네가 밤 속을 걸으며 꽃송이 송이마다 입맞추는 것을…… 사랑이란 그렇게, 밤의 안대를 쓴 어두운 도취에 지나지 않는 것이 아닐까. 그의 감정의 정체라는 것도 결국 새벽 한시에 여자의 집에 들어오고 싶었던 것에 지나지 않을 것이다. 두 사람 사이에 무엇인가가 흐른다 해도, 그것의 양과 질과 모양은 서로 다르며 아직 각자의 것일 뿐이었다. 손을 잡았을 때의 불감처럼, 그 남자도 누경의 감정을 느끼지 못하고 누경도 그 남자의 감정을 느낄 수 없었다. 그때 전화벨이 울렸다. 이기현이었다.

"여보세요?"

누경이 전화를 받자 남자는 긴 숨을 내쉬었다.

"연락이 닿지 않아 많이 걱정했어요."

"좀 앓았어요."

"빈집에서 혼자 앓지 말고 좀 알려주지 그랬어요."

나무라듯 말했다. 누경은, 아프다고 알릴 만큼 가까운 사이라고
는 생각하지 않았다.

"보고 싶네요."

누경은 전화기를 귀에서 약간 떼어냈다. 부담스러운 고백이었다.

누경은 대응을 하지 못한 채 엉거주춤 서 있었다. 그런 비약적이
고 감정적인 말은 하지 말라고 당부하고 싶었다.

"지금 집 앞으로 가도 될까요?"

"그러지 마세요."

"갈게요. 얼굴만 보고 올게요."

"안 돼요. 오지 마세요."

누경은 분명하게 저지했다. 남자가 누경의 마음도 모른 채 혼자
감정을 발전시켜 밀어붙이는 것이 불쾌했다.

"아버지 기일이 다가와서 시골집에 갈 거예요. 한동안 그곳에서
지낼 거예요."

"얼마나 있을 건데요?"

"잘 모르겠어요."

"전화는 해도 되나요?"

"아뇨, 하지 않는 게 좋겠어요."

"내가 뭘, 잘못했나요?"

"……"

그의 잘못을 꼬집어서 말해주기도 난감했다.

"아뇨, 잘못한 건 없어요."

"다행이네요."

그의 목소리 톤이 툭 떨어졌다.

"잘 다녀오세요. 다녀와서 꼭 전화해주세요. 기다릴게요."

"……"

전화가 끊어진 뒤 누경은 거실을 서성댔다. 부엌에서 찬물을 마
시고 창가에 오래 서 있다가 전화기 폴더를 열고 문자를 넣었다.

제 전화 기다리지 마세요. 우린, 그만 만나는 편이 좋겠어요.
미안해요. 그 동안 감사했어요. 기현씨는 좋은 사람이에요. 다만
제 마음은 기현씨와 달라요. 마음 상하지 않기를 바라요. 잘 지
내요.

누경은 트렁크를 꺼내 옷가지들을 넣기 시작했다. 기현에게선
답이 없었다.

8

어릴 때는 이 세계가 놀라움의 연속이었다. 어린 누경이 가장 크게 놀랐던 것은, 고향마을 너머에 또다른 마을이 있다는 사실을 인식했을 때였다. 무수히 많은 마을마다 해와 달이 떠서 하늘을 지나가고, 개울엔 물이 흐르고, 집들 사이로 오밀조밀 길이 나 있고, 아이들은 자라고 어른들이 부산하게 살아가고 소와 닭이 울고 라디오 소리가 들리고, 들판엔 곡식이 자랐다. 조금 더 자라 기차를 타고 도시들을 지나갈 때도 마찬가지였다. 도시 너머에 또다른 도시들이 있었다. 어른이 되어 비행기를 타고 다른 나라에 갔을 때도 마찬가지였다. 국경 너머에 또다른 나라들, 또다른 나라들의 도시, 다른 마을들…… 세상은 넓게 펼쳐져 있지만, 실은 투명상자들 속에 셀 수 없이 겹겹이 들어 있는 투명상자들같이 존재했다. 사람들 속의 진실 하나하나도 그렇게, 투명상자 속의 투명상자처럼, 인간의 숫자만큼이나 많은 겹과 층으로 포개져 제각각 따로이 존재했다.

어린 누경은 여름밤에 늦도록 밖에서 놀다가, 달이 누구를 따라가는지 알고 싶어 친구들과 사방으로 흩어져 달려가본 적이 있었다. 달이 모든 아이들을 하나씩 따라가는 것을 알았을 때, 누경은 놀라 진저리를 쳤다. 거대한 눈동자 같은 달은 증인처럼, 수호천사처럼 아이들 한 명 한 명의 뒤를 밟는 것이었다.

어른이 된 지금도 누경은 이따금 이해하기 어려운 의문을 느끼곤 했다. 우리가 산다는 것의 의미가, 과거를 이끌고 현재 위에서 미래로 나아가는 일인 것처럼 매순간 모든 시간이 결합하는 것이라면 시간이란 무엇인지, 분절된 현재가 정말 존재하지 않는다면, 우리는 영원 속에서 빙빙 돌고 있는 것이 아닌지……

"나는 이게 다 꿈인 거 같아요."

제사 시간을 기다리던 친척 남동생이 말했다. 아버지의 세번째 기일이었다.

"어느 날 정신을 차리면, 내가 칠십 살 노인이 되어 있을 거 같아."

누경은 그가 가면처럼 얼굴을 벗고 칠십 살 노인이 되어 문득 잃었던 의식을 되찾는 것을 눈으로 보는 듯했다. 그는 가전제품 대리점을 하는 지극히 평범한 남자였다. 침묵이 흘렀다. 낮추어놓은 텔레비전 소리만 윙윙됐다. 공무원인 친척오빠가 말했다.

"너 요즘 많이 힘든가보다."

"아니에요. 오히려 예전보다 힘들 게 없어요. 기사를 들인 뒤로는 그저 가게만 지키는걸요."

잠시 뒤에, 다시 친척오빠가 말했다.

"난 어느 날 이상한 기분이 들어서 하루 동안 내가 하는 일을 수첩에 적어보았어. 일주일 내내 똑 같았어. 그 일주일은 다음 일주일과 똑같았고…… 나중엔 수첩을 펴보면, 다가올 일주일을 미리 적어놓은 것 같더군. 그래서 적는 것을 그만두었어."

그들은 이 모든 것이 왜 이럴까, 하듯 어리둥절하고 두려운 눈으로 누경을 쳐다보았다.

"너는 잘 지내니?"

친척오빠가 불쑥 물었다. 누경은 대답 대신 짧은 웃음으로 얼버무렸다. 아버지가 돌아가신 날이기 때문일까. 바닥 없는 곳을 딛고 아득히 빠져드는 것 같은 슬픔을 느끼고 있던 차였다. 곁에 누워 있던 칠순 고모가 중얼거렸다.

"인생 공휴일처럼 보내는 애가 저 나이에 얼마나 허전할까. 여동생은 애를 낳아 버젓이 젖 물리고 있는데…… 집안 번성하고 오빠들이 멀쩡한데, 여동생 짝 하나를 못 찾아주냐? 경이 너는 뭐 하냐?"

누경은 인생 공휴일이라는 말에 마음이 상하는데, 오빠 상경은 상경대로 벌컥 짜증을 냈다.

"제가 소개해준 게 몇 번인데요. 애가 번번이 퇴짜를 놓았다고요. 엄마도 그렇고, 다들 속으로 내 탓만 해."

"여동생이 결혼 못 하는 건 오래비 탓이 맞아."

고모는 아버지 없는 세상에 엄마가 오빠 몫이듯이 누경도 오빠 책임이라고 여기고 있었다.

"왜 오빠 탓이래요? 그러지 마세요. 제가 알아서 해요."

"알아서 하기는, 딸애가 알아서 할 수 있는 게 어디 있다고. 세상 바뀐 것 같아도 겉똑똑이들이 겉모습에 속는 거다, 애야. 세상 바뀐 거 하나도 없다. 그걸 알아야 해."

고모가 단호하게 일침을 놓았다.

센베과자의 파래향이 코끝을 스쳐갔다. 여든 살의 엄마가 마루에서 비닐 소리를 내며 과자를 뜯어 제사상에 올리고 있었다. 과자를 떨어뜨렸는지 두 며느리가 뭐라고 간섭했다. 서강주가 보냈을 과자였다. 그는 해마다 아버지의 제사에 백화점에서 산 유기농 과일들과 일본에서 들여온 센베과자를 보내왔다.

"강주 형, 영국 간다더라. 교환교수로 가나봐."

오빠 상경도 그 순간에 서강주를 생각한 것 같았다. 누경의 눈이 동요했다.

"얼마나 가 있는데?"

"안식년도 보태서 한 삼 년. 귀찮은 일거리 없이 좀 보내고 싶다고 했어. 큰딸도 영국에서 공부하고 있으니 잘된 거지. 네 안부를 묻더라. 강주 형은 늘 내게 당부해. 너를 잘 챙기라고……"

누경의 표정이 순식간에 뒤틀렸다. 가슴 깊숙한 곳을 태우는 아픔이 모세혈관을 타고 번져나갔다.

"언제였어?"

"엄마 생일날 왔다 갔어. 강주 형은 엄마 생일에 꼭꼭 오는데, 너는 하는 일도 없이 왜 안 오냐?"

상경은 갑자스럽게 화를 냈다. 그런 때는 영락없이 아버지 같았다. 나이들수록 상경은 신기할 만큼 아버지의 단점들과 권위적인 태도를 따라 했다. 엄마 생일은 아버지 제사보다 이 주 앞이었다. 몇 해 전부터 누경은 아버지 제사에만 왔고 서강주는 엄마의 생일에만 오고 있었다.

엄마가 무릎걸음으로 안방으로 들어와 돌아앉은 상경의 등을 기운 없이 밀쳤다.

"그 먼 데서, 누경이가 어떻게 총총 붙은 엄마 생일에 오고, 아버지 제사에도 오냐? 지척에 사는 너와 같냐? 그리고 난 누경이 걱정 안 한다. 팔자가 그러면, 인생 공휴일처럼 보낼 수도 있는 거지. 저만 편하면 됐다. 누경아, 마음쓰지 마라……"

엄마는 어느새 눈가를 닦아내더니 어렵게 몸을 일으켜 장롱 문을 열고 상자를 꺼냈다.

"이걸, 너 전해주라고, 강주가 놓고 갔어. 그 사람은 얼마나 곱고 자상하고 인정이 있는지……"

포장지에 싸인 상자를 두 손으로 받았으나 안이 텅 빈 것처럼 허전했다.

"영국에 언제 간대?"

젖은 눈으로 누경이 묻자 상경은 멀뚱하게 쳐다보다가 뒤늦게 대답했다.

"다음주에 간다고 했지…… 수요일인가?"

누경은 상자를 들고 옆방의 문을 열었다. 여동생이 모로 누워 젖먹이 조카를 재우고 있다가 올려다보았다. 누경은 현관 옆 창고방으로 들어가 상자를 풀었다. 치마였다. 흐릿한 비둘기색 바탕 위에 그보다 더 옅은 색의 나뭇잎과 흰 꽃무늬들이 점점이 흘러가고 있었다. 치마를 뒤집어 라벨을 보니 독일 브랜드였다. 서강주가 베를린에서 사온 선물 같았다. 상자 바닥에 봉해진 편지봉투가 있었다. 심장 속에서 누가 북을 치듯 쿵쾅거리기 시작했다. 누경은 한 손으로 가슴을 누르고 앉은걸음으로 몸을 뒤로 밀고 가 벽에 기댔다.

예전에, 베를린에서 사왔던 치마다. 이 치마를 고르기 위해 카데베 백화점과 로자 룩셈부르크의 여러 옷가게를 들렀었다. 같이 간 동료들이 눈치를 채고 농담을 던졌었지. 어렵게 사왔는데, 내가 방법이 없다보니 그만 아내의 선물로 둔갑해버렸어. 무슨 생각인지 아내는 빼앗아만 놓고 입지 않더구나. 오랫동안 장롱 속에 그대로 묻혀 있었다. 빈집에 혼자 있는 날, 가끔 서랍을 열고 허리가 좁은 치마를 들여다보곤 했다. 이번에 이삿짐을 싸다가, 갑자기 빼냈어. 네 거야. 아무것도 따지지 말고 그냥 치마라고만 생각해. 네가 입기를 바라. 나는 삶에 지면서 살아가는 가여운 사내일 뿐이지만, 너를 얼마나 귀하게 여기는지, 너를 얼마나 예뻐하는지 알아주기 바란다. 무슨 일로 나 자신을 생각할 때면, 언제나 너를 함께 생각했다. 꼭 잘 지내야 한다.

누경은 그때서야 깨달았다. 그와의 사이에 결정적인 균열을 만든 것은 그 치마였던 것이다. 누경은 하루도 서강주를 극복한 적이 없었다. 그를 해결하려 하지도 않았다. 그를 잊으려 하지도 않았다. 그런 식으로, 서강주는 더 완전하게 누경 속에 들어와 있었다. 마치 그가 내쉰 숨을 받아마시며 살아온 것처럼……

9

노트는 안방의 붙박이 화장대 위 수납장 속에서 다른 해묵은 일기장들과 함께 나왔다. 태우려고 했지만 막상 태우기가 마땅치 않아 손이 잘 닿지 않는 높은 수납장에 밀어넣었던 것이다. 지난날의 일기를 보는 것을 좋아하지도 않을 뿐 아니라 오히려 언짢아하고, 다른 누군가가 보기라도 할까봐 꼭꼭 숨겨두며, 태울 장소조차 쉽지 않아 언제나 처치곤란이면서도 누경은 해마다 일기를 썼다. 사람들이 생존을 위해 끼니를 해결하듯 누경은 일기를 썼다. 쓰지 않고는 우울과 비관을 털기 어려웠고 삶의 초조를 다스리지 못했고 내면의 부유를 정돈하지 못했다.

연말이 되면, 일 년이란 시간이 지나간 것처럼 일기도 저절로 사라지지 않는 것이 때론 유감스러웠다. 누경은 베란다 창고의 박스 안이나, 손이 잘 가지 않는 서랍 맨 아래칸이나 책장의 사각지대인 코너 칸에 밀어넣어 일기장을 숨겼다. 고양이가 배설물을 숨기듯.

노트는 정식 일기장이 아니라 젊은 여성을 대상으로 하는 잡지사에서 정기구독자에게 보낸 기획물이었다. 누경이 홍보일을 할 때 우연히 손에 들어온 것이었다. 표지에는 '마리안느'라는 글자가 인쇄되어 있었다. 서너 페이지마다 야생꽃 사진이 편집되어 있어서 일기를 쓰기에 마땅치는 않았다. 속지를 넘기면 햇살이 한줌 떨어진 숲속의 빈터에 나뭇잎과 도토리가 흩어져 있는 사진이 페이지를 가득 메우고 있었다.

한 해 전의 낙엽처럼 상수리 나뭇잎들은 흙색으로 삭았는 데 비해 도토리들은 이제 막 도토리집에서 굴러나온 듯 여린 껍질이 반들반들 빛났다. 도토리들은 크기와 색과 모양이 모두 달랐다. 머리는 다갈색이고 몸은 초콜릿색인 짤막하고 앙증맞은 도토리, 머리는 금빛이고 몸은 갈색인 도톰하게 살찐 도토리, 연한 노란빛 머리와 모랫빛 몸의 유순하고 여린 도토리, 머리는 흰빛이고 몸은 연둣빛이고 꼭지는 푸른빛인 수줍은 표정의 도토리, 몸은 환한 노랑빛이고 꼭지는 선명한 민트그린색의 신비롭도록 유혹적인 도토리…… 아무도 가지 않는 숲속에, 그 작은 도토리들이 그처럼 생생하게 자기 존재를 투신하여 살아온 계절들을 반짝반짝 노래하고 있었다.

누경은 도토리들과 그 사이의 여린 빛과 그림자 사이에서 오래 망설이다가 페이지를 넘겼다.

암호처럼 흘려쓴 글자여서 본인조차 재독하기가 쉽지 않았다. 오직 쓰기 위해서만 쓰인 것 같은 글자들이었다. 쓰는 것 자체로 목적을 다했거나, 혹은 자신이 쓴 것을 기억할 수 있는 동안만 읽으려고 썼는지도 모른다. 난해한 글자를 암호 해독하듯 읽고 있으니 이상한 느낌이 들었다. 내가 이 일기를 쓴 장본인이 맞을까…… 자신이 쓴 것이 아니라 다른 여자의 일기를 훔쳐보는 것같이 초조했다. 예컨대, 마리안느라는 이름의 젊은 여자 말이다. 마리안느는, 다시 읽어주지 않으면 영원히 부재한 채 사라졌을 이름이었다.

보통 누경은 해마다 일기장을 새로 마련하는 식으로 썼다. 띄엄띄엄 쓰기 때문에 일기장들은 대개 반쯤 채워지고 나머지는 백지로 빈 채 다음해의 일기장으로 넘어가는 것이 예사였다. 그런데 그 노트는 그해 늦가을에 새로 마련되었고 날짜도 거의 뛰어넘지 않은데다 어느 날은 두 번 세 번씩 기록을 했다.

말하자면, 그 시기에 매우 당혹스러운 어떤 혼란의 소용돌이에 빠졌던 것이다. 어쩌면 갑작스럽게 누경과 세계가 와락 겹쳐지면서, 그 중심에 부상한 시간의 찬란한 빛을 붙잡고 싶었는지도 모른다. 어쩌면 망각이 두려워졌을 만큼 갑자기 발생한 그 사건의 영원성을 의식했는지도 모른다. 아니면 만남과 만남 사이의 기다림을 메우기 위한 절박한 수단이었을 것이다. 한 번의 경험을 수시로 재생해 만남을 증폭시키고 경험을 심화하는 거울 유희 같은 것이다. 혹은, 그것이 어떤 내용이든, 뭔가를 끼적여 씀으로써, 현실에서 떠나 있고 싶었는지도 모른다.

이 기록을 하는 것이 두렵다. 그런데도 쓰지 않을 수가 없다. 누가 읽을까봐 무서워하면서, 나는 쓴다.

글자들은 망각의 물 위에 쓰인 것처럼 한순간 읽혀진 뒤에 다시 비밀 속으로 가라앉았다. 오직 글자들이 해독되는 순간에만 그 시절의 기억도 생생하게 되살아나는 것 같았다. 누경은 낯익은 자신과 낯모를 자신을 나누며 일기를 읽어나갔다.

자신 속에 매몰되어버린 나, 각질처럼 떨어져나간 나, 소화되어 배설된 나, 눈물과 땀과 분비물로 흘러나간 나, 머리카락과 손톱과 발톱으로 잘려나간 나, 섬유질만 남은 나뭇잎처럼 나로부터 증발된 나, 겨울날 창문에 낀 성에처럼 결빙의 시간을 안고 녹아내린 나……

그래서 이제는 더이상 누구도 아닌, 익명의 여자, 마리안느.

10

11월 5일

숲속에서, 새 한 마리가 보이지 않는 덫에라도 걸린 듯, 허공의 한 자리에서 파닥거리고 있는 것을 보았다. 내가 한 걸음 한 걸음 다가가는데도, 새는 허공의 한 점에 붙잡힌 채 파닥거리기만 했다. 새의 공포가 나의 살 속까지 전해졌다. 새가 파닥거리는 허공에 눈에 보이지 않는 덫이 있는 것만 같았다. 새는 한참이 지나서야 문득 풀려났다. 새는 떨어질 것처럼 가파르게 기울어지더니 간신히 균형을 잡고 낮게 날았다. 나는 공포에 사로잡힌 채 새가 붙잡혔던 허공 아래에 멍하니 서 있었다.

나 역시 그런 무의 뜨거움에 붙잡혀 파닥거리는 게 아닐까?

그는 나에게 전화를 하지도 않는다. 나는 그 시간 안에서 꼼짝할 수가 없다. 나는 집요하다. 포기하지 않는다. 그런데 무엇을 포기하지 않는다는 말인가…… 오랜 시간이 그냥 흐른 뒤에, 마음도 몸도 아플 만큼 아파 굳은살이 박인 뒤에, 이제는 정말 아무렇지 않게 된 뒤에, 마침내 그가 나의 생애 바깥으로 나갔다고 생각한 뒤에, 지금 와서 돌연히 어떻게 이런 일이 생겼을까……

대체 내가 바라는 것이 무엇이란 말인가?

11월 11일

비가 내렸다. 그에게선 여전히 연락이 없다. 여러 번 전화기의 숫자들을 누르고 망설였으나, 끝내 통화버튼을 누르지 못했다. 갈망보다 더 큰 것은 두려움이었다. 차를 몰고 나가 구기동 그의 빌라 주변을 맴돌았다.

돌아오는 길에 곧바로 집으로 오지 않고 광화문과 덕수궁과 남대문을 몇 바퀴나 돌았다. 세종문화회관 벽면에는 오페라 공연을 알리는 대형 현수막에 걸려 있었다. 왠지 서강주가 그 공연장에 가 있을 것만 같았다. 그의 아내와, 혹은 예전의 조교나

74

다른 과의 독신 교수 같은 여자와…… 슬픔이 밀려왔다. 숨겨진 비밀 따위는 없는 밝고 붙임성 좋은 먼 친척여자라면 좋았을 것이었다. 그 가족과 친해져서 집을 들락거릴 수도 있었고 그와 일 년에 몇 번쯤 사람 많은 공원에서 자연스러운 산책을 하고 가끔 레스토랑에서 자연스럽게 식사를 할 수도 있었을 것이다. 어쩌면, 그와 거리낌없이 나란히 오페라에 갈 수도 있었을 것이다.

이제 영영 그를 잃을지도 모른다. 그의 얼굴을 보지 못하고 살아가야 하는 것이다. 나는 경복궁을 지나 청와대를 지나 자하문 터널을 지나 다시 그의 빌라 쪽으로 갔다. 갑자기 거센 비바람이 칠 때마다 거리에 은행잎이 마구 날렸다. 젖은 채 비바람에 시달리는 은행잎은, 바로 그날, 내가 주머니 속에 넣었던 동화 속의 황금열쇠같이 보이지 않았다. 그런데도 차를 세우고 나가, 미친 여자처럼, 젖은 은행잎을 코트 주머니 가득 퍼담고 싶은 충동을 억제하기 어려웠다.

11월 13일
그런 일이 있은 후에, 안부전화조차 하지 않는다. 오늘은 전화를 해보았다.
대체 무슨 생각인지, 나의 전화를 받지도 않는다.

11월 15일

마침내 전화가 연결되었다. 그의 음성은 예사로웠다. 그 일이 그냥 지나가기를 바라며 나를 밀어내는 음성이었다. 그는 근신을 가르치느라 나의 전화를 받지 않았다고 했다.

"제게요?"

내가 물었다.

"나 자신에게."

"그러면, 계속 제 전화를 받지 않을 건가요?"

"……"

이렇게 해서, 사람과 사람이 다신 볼 수 없게 되는 것일까……

침묵이 흐른 뒤에 그가 대답했다.

"내가 할게."

결국 그는 나의 전화를 막았다. 그러니까, 내가 그에게 전화해서는 안 되는 것이다. 전화해도 받지 않겠다는 뜻이다.

그가 스스로에게 가르치려 하는 근신이란, 열흘 전에 일어난 일에 관한 것이다. 그는 나와의 사이에서 일어난 그 일을 두고 근신하기로 한 것이다. 근신이라니, 반성하고 조심한다는 뜻이었다. 그가 그렇게 명확한 태도를 보이는데도 불구하고, 왜 나는 헤어나지지 않는 걸까.

"내가 할게."

단정하고, 심지어 단호한 그의 음성이 나를 좌절시켰다. 나는 생애 끝까지, 어린 시절에 그랬듯이, 간간이 그의 얼굴을 보기를 원했었다. 일 년에 서너 번씩, 이삼 년에 서너 번씩이라도. 그날 이전까지 맹세코, 내가 바란 건 그것뿐이었다. 구두 굽이 부러져 푹 꺼지던 순간이 떠올랐다. 내가 부주의했었다. 모든 것이 구두 굽 때문이었다. 그 생각을 하자 몹시 후회스러웠다.

11월 17일

어쩌면 포옹이 더욱 위험한 일이다. 완벽한 대칭을 가진 두 몸이 한가운데 심장과 폐같이 예민하게 움직이는 장기들을 네 개의 팔로 끌어안고, 서로의 등과 팔로 심장 박동과 혈관의 떨림을 끌어안고 네 개의 다리로 결합의 균형을 지탱하는 사이에 만남의 합의가 제도와 같이 완강한 형식이 된다. 영혼의 일부일처제 같은 형식 말이다. 두 심장이 함께 뛰고 폐가 함께 숨쉬고 내 어깨뼈가 그의 빗장뼈 속에 파고들던 그 포옹을 잠시도 잊을 수 없다. 이상한 일이다. 그것은 어떤 행위보다 지속적으로 내게 작용하고 있다. 분명히, 나는 두 팔을 한껏 뻗어 온 힘을 다해 그를 끌어안았던 것이다.

실은, 우리 둘 다 똑같이 너무 오랫동안 그것을 소망했던 것이다. 그리고 둘 다, 더욱더 파고들기를 소망하고 있었던 것이다. 포옹이 풀렸을 때, 우리의 두 눈은 꽃처럼 많은 겹으로 피어 있었다.

인간의 눈 속에 그토록 많은 눈꺼풀이 들어 있었다니…… 우
리가 포옹한 시간이 실제로 몇 분 동안이든, 그 순간은 감각작용
의 편애를 받으며 시간을 벗어나 영원이 되어버렸다. 그런 일은
더이상 시간에 속한 일이 아니다. 그날 이후, 나는 몇 개의 영원
속에서 살고 있다.

11

2005년의 사진 속 누경에겐 아직 서정적인 처녀성이 남아 있었
다. 어깨와 등이 좁고 팔은 가늘고 허리는 납작했다. 작은 바람에
도 곧은 머리카락이 흩어져 새하얀 뺨을 간질일 것 같다. 가만히
뜬 두 눈은 눈앞의 것을 볼 때도, 긴 속눈썹 그늘 아래로 먼 곳에
대한 그리움이 애잔하게 빛났다. 반듯하고 편편한 이마와 약간
나온 광대뼈와 날렵한 각을 이룬 코와 각지고 짧은 턱은 부조화
스러우면서도 단단한 균형을 이루었고 얼굴 표정은 안개가 걷히
지 않은 아침처럼 환하면서도 어딘가 흐릿해서 속이 잘 드러나지
않았다.

그해 초에, 누경은 대학 졸업 후부터 줄곧 다닌 홍보회사에 사표
를 냈다. 회사 사옥이 이사를 했고 진급에서도 누락된데다 급변하
는 업계의 환경에 적응해나가는 데 한계를 느낀 것이 이유라면 이

유였다. 총 팔 년여의 사회생활이 가져온 누적된 피로도 이유였다. 그렇다 해도 보통의 경우 회사 근처로 이사를 하거나, 이 악물고 버스와 지하철을 환승하면서 한 시간 이십 분의 통근거리를 몸에 익히고, 과장으로 승진한 남자 동료에게 만년대리로서 온순하고 유연하게 협조하며, 쉼없이 물갈이가 이루어지는 업계 환경을 버티어나가는 것이 마땅했다. 누경 역시 죽 그렇게 해왔다.

몸뚱이들이 경매시장의 상자들처럼 포개져 남녀노소가 엉덩이와 가슴을 부벼대고 콧김을 나누어 마셔야 하는 러시아워의 지하철과 반복되는 과중한 업무와 계급간의 스트레스와 야근과 금요일 저녁의 회의들과 전략전술 워크숍을 묵묵히 견뎌왔다. 그러나 2005년 초에 누경은 출근길의 버스 안에서 내려야 할 정류장을 지나친 채 계속 실려가버렸다. 버스 종점에서 도로 집으로 돌아와 회사에 전화해 병원이라고 둘러대고 이틀 뒤에 나가 사표를 냈다.

사람들이 결혼하느냐고 물을 때마다 누경은 고개를 저으며 그냥, 좀 쉬다가 다른 일을 하고 싶어요, 라고 대답했다. 사람들은 이해하기 어렵다는 얼굴로 누경을 쳐다보았다. 그러나 누경을 더이상 견딜 수 없게 한 것이 뉴스라고 설명했다면 사람들은 더욱 이해할 수 없었을 것이다. 의식적으로 텔레비전도 보지 않고 신문도 기의 읽지 않았지만, 이 사회 구석구석 어디서에나 뉴스의 조각들은 떠다녔다. 이를테면 몸뚱이들을 더 많이 쌓기 위해 의도적인 난폭운전을 일삼는 출근길 버스 안의 라디오에서도.

그즈음, 일주일 내내 연쇄 성폭력 범죄가 보도되고 있었다. 아나운서는 1989년 기준으로 성폭력 사건이 한 해 32만 건씩 일어나는데, 이는 하루 평균 877건에 해당하며 시간당 37건, 삼 분마다 두 건이라고 전했다. 강간 사건은 52퍼센트에 달하고 이중 2.2퍼센트만 신고되며 피해자는 성인 여성이 42퍼센트이고 20세 이하 미성년자가 57퍼센트, 13세 미만이 38퍼센트라고 했다. 그리고 신고한 여성들은 불합리한 진술과 재판과정 때문에 두번째, 세번째, 성폭력의 상처를 입고 있다고 전했다.

누경은 더이상은 견딜 수가 없었다. 그런 뉴스들과 아침저녁 버스와 지하철에서 부대끼는 낯선 남자들의 엉덩이와 골반과 가슴과 콧김과 머리 냄새와 눈빛…… 한 번만 더 제 기억의 덫 속으로 떨어진다면 이젠 기어올라올 수 없을 것 같았다.

퇴직금이 나올 무렵 오빠 상경도 얼마간의 돈을 계좌에 넣어주었다. 아버지가 돌아가신 후 반년 만이었다. 큰오빠 상경과 둘째오빠 한경이 유산 정리를 의논하며 뜸을 들이더니 법대로가 아니라 고향마을의 관례대로 딸에게는 겨우 표시만하는 정도로 마무리를 지었다. 집조차 큰오빠 명의로 넘어가서 늙은 엄마는 갑자기 오빠집에 얹혀사는 꼴이 되었다. 누경에게도 집이 없어진 셈이었다. 대신 자연스럽게 오빠가 엄마를 보살피고 제사를 비롯해 집안 대소사를 떠맡게 되었으니 의무도 없는 누경이 권리를 내세워 무슨 불만을 토로할 수도 없었다. 누경은 퇴직금 일부로 전세금을 넣고 오빠가 보낸 돈은 보통예금통장에 그대로 두었다.

조금씩 아르바이트를 하며 아껴 쓰면 얼마간 지탱할 수 있는 생활비가 눈에 보이니 안심이 되었다. 액세서리 디자인 쪽으로 진로를 바꾸어 유학을 해볼까도 생각했지만, 그런 공격적인 노력이 생각만으로도 피곤했다. 물건이 팔리도록 홍보하는 일에 염증이 난 것처럼 상품을 디자인하거나 생산하는 노동에도 염증이 났다.

누경은 소비를 좋아하는 타입이 아니었다. 여행조차 좋아하지 않았다. 무거운 여행가방을 꾸리는 것도 싫고 기대나 불안 따위의 감정도 싫었다. 낯선 곳에서 예상치 못한 일을 겪는 것, 외국인들의 시선과 부딪치는 것도 싫고, 남의 나라를 기웃거리는 것도 구차하게 느껴졌다. 누경은 유행을 즐기지 않았고 먹는 것을 탐하지도 않았다. 누경의 존재행태는 소비사회와 얼마간 어긋나는 데가 있었다.

적게 벌고 적게 쓰고 적게 움직이고 적게 말하고 적게 만나고 혼자 집 안에서 빈둥빈둥대는 삶이 누경의 천성에 맞았다. 예컨대, 그 무렵 누경에게 최선의 삶은, 뉴스를 듣지 않고 사람을 가장 최소한만 만나면서도 영위할 수 있는 삶이었다.

누경은 모교의 미학과 대학원 강의실을 선택했다. 시간이 생겼으니 공부를 더 해보는 것도 의미가 있을 것 같았다. 새로운 삶을 모색하며 정신적인 휴양이라도 하듯이 말이다. 그러다가 새로운 일거리를 찾을 수도 있을 것이었다.

가까운 친구 상미는 퇴행이라며 혀를 찼다. 누경이 단조롭고 소극적인 대학생활을 한 것을 단짝이었던 상미는 잘 알고 있었다. 누경의 동선은 강의실과 도서관과 자취방과 제2외국어를 공부한 프랑스문화원 정도였다. 그렇다고 장학금을 받을 정도로 성적이 좋지도 않았다. 동아리 활동도 거의 하지 않았고 남자친구를 두 번쯤 사귀긴 했지만 짧게 끝이 났다. 상미는, 누경같이 학교를 재미없게 다닌 애가 다시 학교에 간다는 것을 이해하지 못했다. 그 무렵 상미가 물었다.

"대체 무엇을 원해?"
"나의 고유한 리듬."

누경은, 그렇게 대답했다. 그것은 암호 같았다. 내 고유한 리듬…… 그 리듬이 어떻게 생겨나게 될지는 미지수였다. 다만 자신에게 맞추어 살기로 하자 두려울 것이 없었다. 꼭 어떻게 살아야만 한다고 정해져 있는 법이 있는가. 천성이란 게 있다면, 천성대로 게으르고 천성대로 외롭고, 천성대로 불행하고 천성대로 가난하고 천성대로 만족하기는 어렵지 않을 것 같았다. 천성대로 고독한 것도.

그러나 막상, 직장을 정리하고 대학원에 등록을 하자마자 뜻밖의 일이 시작되었다. 죽은 아버지에게 시달리게 된 것이었다. 그 무렵 아버지는 꿈속의 무대에서 사는 전속 배우같이 매일 밤 누경의 잠 속으로 침입해 들어왔다.

꿈에 아버지는 자주 누경이 잡고 있는 술잔을 빼앗아 집어던졌다. 술잔이 바닥에 팽개쳐져 산산조각나는 소리가 요란했다. 누경이 감고 있던 이불을 풀어 창밖으로 내던졌다. 책과 시디 들도 변기에 빠뜨렸다.

죽음과 아무 상관 없이 아버지는 존재했다. 죽음의 부재란 또다른 형식의 존재형태였다. 아버지는 오히려 고향집을 벗어나 도처에 추상적으로 존재하면서, 꿈을 통해 마치 핏속으로 명령을 흘려넣듯이 더 직설적으로 지배하려 했다. 일하지 않는 것은 아버지에겐 부도덕한 짓이었다. 세상에 필요하지 않은 인간은 살 이유가 없다는 것이 아버지의 인간관이었다.

아버지는 죽었다. 이제 내게 금지할 사람도, 강요할 사람도 없다. 난 내가 바라는 대로 살 수 있다.

일기장에다 그런 문장들을 부적처럼 반복해서 썼지만 누경은 아버지로부터 벗어나지 못했다. 사춘기 이후부터 아버지에게 등 돌리고 입을 다물어온 누경으로서는 새삼 꿈속으로 마구 침범하는 죽은 아버지를 어떻게 대해야 할지 곤혹스럽기만 했다. 일말의 죄책감이 없지는 않았다. 아버지가 평생 살고 싶은 대로 살지 못하며 모은 돈을 누경은 얌전히 앉아 탕진하기로 결정한 것이었다.

그러나 진심으로 말하면, 얼마간의 상속금으로 일생의 한때를 사들이는 일을 퇴폐적인 탕진이라고는 생각하지 않았다.

12

학기 마지막 강의가 끝난 뒤였다.

누경은 지도교수를 만나러 캠퍼스 뒤쪽 숲으로 둘러싸인 교수 연구실을 찾아갔다. 쥐똥나무 울타리를 따라 난 오르막길은 적막했다. 어깨엔 가방을 멨고 한쪽 손엔 책이 들려 있었다. 돌이 깔린 길이어서 구두 소리가 작게 울렸다.

나이들어 공부하는 일이 생각처럼 녹록하지 않았다. 강의실은 괴괴하고 교수는 냉소적이고 학생들은 지나치게 몸을 사렸다. 세 시간씩 진행되는 수업시간 동안 양쪽 다 입을 잘 열지 않았다. 말과 말 사이로 마른 먼지가 떠다녔다. 스무 명의 학생 중 반 이상은 자격증 따듯, 혹은 진로의 공백에 대응하는 대기의 방법으로 강의실에 앉아 있는 것 같았다. 누경은 학교를 오가다가 강의실보다는 학교 근처의 유리공방에 흥미를 더 느끼게 되었다. 수업을 일찍 마친 오후나 수업이 없는 날은 유리공예를 배우며 시간을 보냈다.

1200도의 고열에 녹은 유리는 말랑말랑하고 유연하고 부드러웠다. 이제 겨우 블로잉 기법으로 두루뭉술한 유리병을 만드는 수준이었지만 누경의 마음속에서는 이미 현대 유리의 마술사들에 대한 숭배가 시작되었다. 그즈음 누경은 특히 릴리크의 향수 유리병과 티파니의 스테인드글라스 램프 갓에 완전히 매료되어 있었다.

3층 지도교수의 교수실 문엔 부재중 사인이 들어와 있었다. 대학으로 오지 않았더라면 더 크게 성공했을 거라는 평판이 난 사람이었다. 정치적이고 권력적이며 수완이 좋은 오십대 후반의 남자교수였다. 그렇기 때문에 학생들로서는 오히려 무시할 수는 없는 인물이었다. 교수의 부재에 누경은 안도감이 들었다. 귀찮은 일이 무마된 것이었다. 여름방학이 끝난 뒤, 그가 서운해하면, 애써 찾아갔는데 안 계시더라고 얼버무릴 수 있었다. 누경은 손수건을 꺼내 축축하게 느껴지는 손바닥과 목을 닦았다.

어둑한 복도를 돌아나오는데 육중한 석조건물 전체가 텅 비어 있는 듯한 정적이 느껴졌다. 발소리를 죽이며 계단을 내려가다가 누군가 올라오는 기척이 느껴져 난간을 잡고 아래를 내려다보았다. 한순간이 지난 뒤에야 누경은 서강주를 알아보았다.

군청색 여름 양복에 흰색 셔츠 차림이었다. 넥타이는 없었다. 서강주는 무심하게 지나갈 기세로 올라왔다. 안 좋은 일이라도 있는 듯 표정이 불안하고 험상궂었다. 서강주도 혼자 있을 땐 저런 표정을 짓는구나…… 누경은 고개를 약간 숙인 채 계단을 막아섰다. 서강주가 놀란 눈으로 올려다보았다.

"누경아."

누경이 그를 아저씨라고 부르던 시절에 그가 누경을 부르던 바로 그 음성이었다. 그 음성 속으로 지나간 모든 시간이 금맥처럼 흐르고 있었다. 감당할 수 없는 것에 떠밀리듯 누경의 몸이 휘청하며 왼쪽으로 쏠렸다. 한 계단 아래 서 있던 그가 긴 팔을 뻗어 누경의 어깨를 잡았다. 그리고 누경의 왼팔을 붙들고 계단을 올라가 3층 로비에 안전하게 세워놓고 손을 뗐다. 야위었지만 악력이 강한 손이었다.

누경은 몸을 바로잡고 앞으로 쏟아진 머리카락을 넘겼다. 그 바람에 쥐고 있던 책이 바닥에 떨어졌다. 누경은 서강주가 입은 군청색 여름 양복과 흰색 와이셔츠 때문에 혼란에 빠졌다. 그 옷차림은 꿈속에 등장하는 아버지의 옷차림이었다.

"괜찮아?"

서강주가 책을 주워들고 물었다. 어느 사이 험한 인상이 지워지고 그만의 독특한 표정이 돋아났다. 그 나이에도 내성적인 눈빛과 쑥스러워하는 듯한 풋풋함이 여전했다.

"아프네요."

누경은 팔을 주물렀다.

"여긴 어쩐 일이지?"

"저번 봄부터, 학교 다녀요."

서강주는 새삼 책을 확인하고는 누경의 안색을 살폈다. 서강주의 깊숙이 팬 눈은 전과 같지 않았다. 눈빛이 마모된 듯 누그러지고 지친 듯 흐릿했다. 그는 이제 해마다 빠르게 늙는 것 같았다.

"바쁜 일 없으면 차 한잔 마시고 가지?"

예전 같으면 도망쳤겠지만 누경은 그의 뒤를 따라갔다. 특유의 꼿꼿한 자세는 여전했다. 서강주의 연구실은 4층이었다. 몇 번 찾은 적이 있었는데도 인상에 남은 게 없었다. 창문과 출입문을 빼고는 온통 책장으로 둘러싸인 방이었다. 창과 직각으로 책상이 놓여 있고 그 맞은편에 삼 인용과 일 인용 갈색 가죽소파와 오래된 목재 테이블이 있었다. 책상 곁엔 알루미늄 서류장이 있고 그 위에 꽃 핀 양난 화분이 놓여 있었다. 창문엔 담쟁이넝쿨 한 줄기가 비스듬히 늘어져 있었다. 방 안에 익숙한 냄새가 떠돌고 있었다. 누경은 그 냄새를 기억하고 있었다. 서강주는 양복 윗도리를 벗어서 옷걸이에 걸었다. 새하얀 반소매 셔츠 차림이었다.

그는 누경을 소파에 앉게 하고 선풍기를 틀어준 뒤 무선 전기주전자에 물을 끓이고 녹차를 준비했다. 그런 사소한 동작들을 할 때도 그는 정확하고 단정하게 움직였다. 녹차와 함께 그가 서랍에서 꺼내놓은 것은 부채 모양의 테두리에 파래를 넣은 센베과자였다. 그 과자는 누경의 아버지가 담배를 끊은 뒤 즐겨 했던 군것질거리였다. 누경은 마음이 내킬 때면, 생과잣집을 찾아가 아버지의 군것질거리를 사서 시골집으로 부치곤 했다.

"졸업한 지 한참 지나 대학원에 들어오는 학생들이 간혹 있어. 나는 그 학생들 얼굴만 봐도 관상쟁이처럼 알아봐. 승진을 위해 왔거나, 전문직으로 이동하기 위해 왔거나…… 심지어 결혼을 잘하기 위해 오기도 하지."

그는 물을 식혀 도자기 주전자에 부었다.

"누경 같은 얼굴도 있어."

그는 차가 우러날 동안 아무 말도 하지 않았다. 누경의 말을 기다리는 것 같았다. 그가 찻잔에 차를 따라주었다. 길쭉하고 뼈가 드러난 손이었다. 여전히 군살이라곤 없는 약간 야윈 몸이었다. 찻잔에 입을 댈 때, 녹차향보다 먼저 그의 체취가 맡아졌다.

"세상에 등을 돌리고, 강의실로 되돌아오는 거야. 아무 목적도 없이."

그는 목적 없는 일 같은 건 해본 적이 없는 사람처럼 말했다.

"나 같은 얼굴을 보면 어떤데요?"

그는 누경을 잠시 바라보았다. 예전의 날카로움은 없었다. 심지어 흐릿한 눈빛이 서글퍼 보였다.

"걱정이 돼."

그 순간 어린 시절의 공기가 몸속에서 뭉클 떠올랐다. 어째서 그의 몸이 누경 자신의 시간을 고스란히 담고 있는지 묻고 싶었다. 누경은 어릴 때 본 서강주의 얼굴을 결코 기억하지 못했다. 얼굴을 모르는 채, 어린 시절의 특별히 다정한 시선과 공기와 냄새와 감각으로 기억하고 있었다. 머리의 기억이 아니라 체온과 체액의 기억이고 더듬이 같은 감각의 기억이었다. 그 기억을 단 하나로 표현하자면, 기쁨이었다. 체액 속의 기쁨, 체온 속의 기쁨, 머리카락 한 올한 올 사이에 밴 기쁨. 누경이 그를 보고 있는 동안 서강주도 누경을 바라보았다. 의식하지 못한 채 오래 눈이 얽혀버린 시간이었다.

서강주는 수업중에 지루할 정도로 농담도 없고 재미도 없었지만 독특한 어법이 매력적이었다. 그의 말은 절제되고 정확하고 밀도가 있었다. 대개 경직되고 차갑게 보이는데, 문득 드러나는 수줍음과 어색해하는 동작 때문에 여학생들은 그를 어려워하면서도 사랑스러워했다. 깊게 팬 눈과 뚜렷한 얼굴 윤곽과 큰 키와 바른 자세 때문에 그의 별명은 르 클레지오와 제레미 아이언스를 합친 제레미 클레지오였다. 특히 그가 굳게 잠근 셔츠의 단추를 풀고 곧은 목과 길고 단단한 팔뚝을 드러내는 계절에 여학생들은 더욱 그를 화제에 올렸다. 잘 웃지 않는 그가 웃음을 터뜨릴 때는 강의실에 한동안 긴장감이 돌 정도였다. 대개 마지못해 미소 정도를 짓는 그도 한 학기에 두어 번쯤 공기까지 새하얗게 만드는 웃음을 터뜨렸다. 그가 웃을 때면 수피가 새하얗고 줄기가 곧은 자작나무가 떠올랐다.

　"담배를 끊었나봐요."

　"담배를 끊었더니 이 과자가 생각나더군."

　누경은 훗, 웃고는 센베과자를 똑똑 부러뜨려 먹었다. 누경이 부러뜨린 센베과자를 그가 집어먹었다. 어느 때보다도 편안했다. 그가 늙어 보이기 때문이었다. 이제 위험한 시간이 다 지나갔다. 이렇게 늙었으니, 가까이 있다 해도 아무 일도 일어나지 않을 것이다. 누경은 몸에서 긴장이 풀려나가는 것을 느꼈다.

　"엊그제 어머니와 통화했어. 시골집을 팔고 상경네로 합치려던 계획을 바꿔 그대로 살기로 했다면서 좋아하시더군."

"연로한데도 오빠네 갑갑한 아파트 방에 갇혀 지내기보다는 시골에서 독거하는 편이 좋다고 하세요. 노인회관에서 어울리는 동네 분들도 아직 있구요. 겨울이면 할머니들이 자기 집 보일러를 꺼놓고 회관에서 같이 점심을 해먹고 화투치며 하루 종일 보내거든요. 엄만 그 곁이 좋은가봐요."

"그렇지. 상경이 효자지만, 친구도 없고 흙을 못 밟는 도시 생활이란 게, 답답하실 거야."

그를 마지막으로 본 것은 아버지 사십구재 때였다. 일 년 육 개월 전쯤이었다. 그러나 형식적인 인사나 나누었을 뿐, 그런 식으로 보는 것은 늘 비켜가는 셈이었다. 누경은 서강주와 자신이 얼마나 가까운 사이인지, 혹은 얼마나 먼 사이인지 가늠이 되지 않았다.

"아직 방학인데, 강의가 없는 날도 그런 차림인가요?"

서강주의 표정이 신중해졌다. 그는 자신의 옷차림을 새삼스러운 듯 살펴보았다. 그리고 누경의 옷차림을 물끄러미 보았다. 누경은 흰색 바탕에 바랜 초록색의 넝쿨잎사귀 무늬가 옆구리 선을 따라 치맛자락까지 이어진 반소매 원피스를 입고 납작한 샌들을 신고 있었다. 직장을 버린 뒤, 옷장에서 지긋지긋하던 정장들을 걷어 박스 안에 넣어버렸다. 정장들은 옷이라기보다는 가구같이 느껴졌다.

"나야 늘 이런 차림인걸."

사실이었다. 그는 한결같이 그 차림이었다. 그것은 흔히 세상에 지친 가장들의 차림이기도 했다.

"마음이 한가해지는군. 인생이 아주 길어. 어느새 어른이 된 누경과 마주 앉아 있으니…… 다니던 회사는 어떻게 되었지?"

"그만두었어요. 학교 다니며 유리공예를 조금씩 배우고 있어요."

"부럽군."

진심과 비웃음 사이의 음색이어서 그나마 다행이었다. 그는 오빠들과 달리 간섭도 비난도 할 생각이 없어 보였다.

"아깐 걱정된다고 하셨어요."

"걱정도 돼."

누경 역시 그런 양면성을 이해했다.

"유리공방에 앉아 있으면, 가끔 이상한 느낌에 빠져요. 텅 빈 극장에 홀로 앉아 있는 것 같은…… 내가 주인공인 영화가 세상 어딘가에서 상영되고 있는데, 난 그곳에 없는 거예요. 나는, 내 인생의 다른 곳에, 필름이 없는 텅 빈 극장에 홀로 앉아 있는 거예요."

"걱정 마. 뭔가를 하다보면 곧 새로운 현실이 단단한 형태를 갖게 될 거야."

누경은 훗, 하고 웃었다.

"모르시는군요. 전 그것을 못 견디는 거예요. 제 뜻과 다르게 굳어갈 인생의 단단한 형태에 갇히는 거요. 내가 공방에 앉아 있는 사이에 인생이 다른 곳에서 다 흘러가버려도 좋을 것 같아요."

"……"

"대신, 그 순수한 공기 속에서 자발적인 리듬이 생겨나길 기다려요. 내 몸속의 것과 같이 흐르는, 지속하는 의식과 같은 리듬요. 그

리듬은 너무 자연스러워서 나를 전혀 구속하지 않을 거예요. 생명력 자체처럼, 능동적이고 자유로울 테죠."

서강주의 눈 속에, 전혀 모르는 여자를 보는 듯한 당혹감이 들어찼다.

"왜, 인생이 자신의 뜻과 다를 것이라고 미리 상정하지?"

"이미 그러니까요. 시작부터……"

"잘못된 시작을 바로잡아 자기 것으로 만드는 것이 인생이지."

"그러니까요."

두 사람은 같은 말을 했다는 사실을 깨닫고 웃었다.

"일이 많은가요?"

누경은 상투적으로 물었다.

"수업에 들어가는 건 업무의 일부에 불과해. 잡다하게 치러내야 할 일이 많아. 나이가 드니 위로 아래로, 대외적으로 사람들과 얽혀 수작도 해야 하고. 조직 속에 있으니까. 때론 비열하고 천박한 사람도 겪어야 하고…… 주말에 뭔가 좀 해보려 해도 지쳐버려."

그의 얼굴에 혐오가 어렸다. 처음 보았을 때에도 본 생경한 표정이었다. 그로 인해 잠시 그를 알아보지 못했었다. 혐오를 노려보는 듯도 하고 머릿속에 자리잡은 혐오를 지나서 세상을 노려보는 듯도 한 얼굴이었다. 그가 천박한 것과 비열한 것을 가장 싫어한다는 것 정도는 누경도 알고 있었다. 그에게서 배운 모든 여학생들도 아는 바였다. 여학생들은 그가 공격당하기를 싫어하기 때문에 취하는 우아한 방어라고도 했다.

"일도 없고 사람도 없는 곳에서, 이를테면 누경의 유리공방 같은 곳 말이야. 그런 데서 몇 개월 푹 쉬면 정신을 차릴 것 같은데, 그럴 형편이 아니지. 눈 깜짝하는 사이사이에 현재가 부서지는 기분이야."

마지막엔 그의 음성이 늘어졌고 짜증이 섞였다. 너무나 사적인 음성이어서 누경은 놀랐다. 꼿꼿하기 그지없던 그가 누경에게 인간적인 푸념을 한 것이다. 그로 인해 누경은 자신이 한결 어른스럽게 느껴졌고, 그 역시 보통의 남자들처럼 순순히 나이들어가는 것이 느껴졌다. 그가 쉽게 열리는 헐거운 문처럼 편안했다. 그리고 앞으로도 계속 늙어갈 것이라는 사실이 어쩐지 즐거웠다. 누경은 빙긋 웃었다.

그는 누경의 웃음을 쳐다보고 있었다.

"힘들 땐 어떻게 하세요?"

"그냥 견뎌. 끝까지 견디는 거야."

인생에 다른 방법은 없다는 듯 말했다. 누구나, 정말 한 사람도 빠짐없이 누구나 그럴까? 서강주도 고독해 보였다.

그날 누경이 자리에서 일어설 때, 그는 책을 돌려주며 가끔 차마시러 들르라고 인사했다. 그냥 인사치레인지 진심인지 알 수 없었지만, 상관없었다. 누경 역시 그럴게요, 라고 대답했지만 무의미한 응답이었다. 그때는 허공에 던지는 그런 말들에 아무런 무게가 없었다.

방학이 끝나고 2학기가 시작된 9월 초에 서강주와 두 번이나 마주쳤다. 학교 앞 거리에서, 학교 본관 앞 계단에서. 매번 형식적인 인사를 나누고 바쁘게 스쳐갔는데, 그때마다 누경은 가슴이 죄어들던 예전의 질투와 동경 대신 안도감이 들었다. 그는 늙었다…… 그와 함께 누경의 팔을 잡았던 악력이 되살아났다. 무심중에 드러나던 혐오와 고독의 표정도. 누경은 그 표정을 통해, 저마다 견디는 것 외에는 방법이 없는 인간의 조건에 공감했다.

누경은 그즈음, 오빠 상경뿐 아니라 선배나 친구가 소개해준다는 남자들도 거절했다. 누군가를 통해 소개를 받은 남자들은 대체로 65점을 넘어서지 못하는 외모에, 정찰가격 표시제처럼, 저울 위에 올리면 누경과 팽팽하게 겨룰 만한 몇 가지 현실적 조건을 갖추었으며, 드러난 성격은 무던했지만 가식적이었고 특기는 과대망상, 취미는 착각, 내면은 굳건한 계산속으로 이루어져 있었다. 그리고 여자들이 그렇듯, 남자들 역시 자신에게 과분한 행운을 기대하고 있었다.

누경은 주말에도 한마디 말없이 유리공방에서 유리를 구워내거나, 독한 물감의 냄새를 묵묵히 견디며 유리에 채색을 하거나 고무장갑과 고무 앞치마와 마스크로 무장하고 롤러칼로 유리를 자르곤 했다. 아무리 무장을 해도 유리를 자를 때 튀어나간 유리가루가 몸속으로 들어가 짐승의 발톱에 긁힌 듯 상처가 나던 시절이었다.

그리고 10월 마지막 주 목요일이 되었다. 규명할 수는 없다 해도 무슨 일인가 일어나도록 현실이 휘어지는 어떤 지점이 있는 게 아닐까? 그게 아니라면 평생 동안 빤히 보며 다른 궤도를 돌던 두 사람이 왜 어느 날은 한 극점에서 포개지게 되는 것일까? 각자의 생애를 이끌어온 타인의 몸들이 어떻게 그토록 좁고 깊은 한 점으로 수렴될 수 있었을까?

13

꿈속에서 요란한 전화벨 소리가 울렸다. 누경은 부엌에서 거실 장식장 앞으로 다가가 수화기를 들며 무릎을 굽혀 앉았다. 귓속으로 적멸과 같은 한기가 흘러들어왔다. 꿈속은 늦은 오후였다.

"여보세요?"

"……"

아버지였다. 가늠할 수 없이 먼 곳에서 전화선을 타고 오는 창백한 음성은 무늬가 바래서 지워진 흰색 천같이 아스라했다. 한 사람의 음성에서 그 특색을 완전히게 탈색하고 남은 극단적으로 순수한 비존재적 음성이었다. 그런데도 불구하고 여보세요, 조차 명령하듯 권위적으로 단호한 의지를 전하는 아버지의 어투는 여전했다.

"아버지다."

그 음의 예기치 않은 따스한 조합이 순식간에 가슴을 뭉클하게 하면서 센베과자의 파래향이 떠올랐다. 그것은 아버지와 누경이 나눌 수 있는 최고의 교감이었다.

"어떻게 지내세요?"

"그곳으로, 돌아가고 싶구나."

햇빛 속의 흰 그림자같이 비존재가 된다는 건 불우할 것이다. 무중력 속을 부유하는 자음과 모음을 간신히 얽어맞추는 듯 아버지의 음성은 위태롭고 절실했다.

"나와 결혼해주겠니?"

아버지가 누경에게 청혼을 한 것이었다. 정중했다. 아버지의 말은 늘 그랬듯이 군더더기가 없었다.

"나와 결혼을 해다오. 내가 그곳으로 돌아가는 방법은 그것뿐이다."

하필이면 왜 나인가…… 그것이 처음 든 생각이었다. 엄마도 비록 늙었지만 살아 있었고, 다른 여동생들도 있었다. 그리고 살아생전에 바람을 피웠던 그 많은 여자들 중에도 더러 아직 쓸 만한 상대가 있을 것이다. 누경은 입장이 난처해 입술을 물고 있었지만 아버지의 침묵이 의미하는 완강한 강요를 이길 수 없었다. 엄마가 알면 몹시 어색해질 일이었다. 하지만 누경과 결혼하면 이 세상으로 돌아올 수 있다지 않는가…… 누경은 치마를 뒤집어쓰고 바다 가운데로 뛰어내리는 심정으로 호흡을 멈추었다가 대답했다.

"그럴게요."

"고맙다."

전화선을 타고 오던 음성이 삭은 실처럼 툭 끊겼다. 애틋하고 단정한 인사가 아득한 거리의 침묵 속으로 허전하게 사라졌다. 정적이 흘렀다. 순전히 소리만 들린 꿈이었다. 고맙다…… 아버지로부터 생전에 단 한 번도 들어본 적 없는 생소한 말이었다. 살면서 타인들에게나 간혹 했을 절박한 인사였다. 아버지의 인사는 흰 꽃잎한 장처럼 늑골의 뼈를 열고 들어와 박혔다.

그리고 꿈은 간밤으로 이어졌다. 전날은 전화기를 통한 음성으로만 이루어진 꿈이었는데, 이번에는 무성영화처럼 소리는 삭제된채 영상으로만 보였다.

누경은 새하얀 웨딩드레스를 입고 면사포로 가려진 채 신부대기실에 앉아 있었다. 대형 거울 속에 흰 베일에 가려진 수수께끼 같은 자신의 모습이 보였다. 잠시 후에 누경은 부축되어 예식장 입구에 세워졌다. 누경의 발밑에 붉은 주단이 펼쳐져 있었다. 친척들이 옹기종기 앉거나 서 있다가 뒤를 돌아보았다. 모두 누경 쪽 친척들이나 고향마을 사람들이었다. 난감한 표정이 역력했고 몸둘 바를 몰라 어정쩡한 자세들이었다. 엄마는 가장 앞자리에 앉아 고개를 홱 돌리고 누경을 쏘아보았다. 아버지는 친구 몇과 함께 사회자석과 주례석 사이의 단상 아래에 뒷모습으로 서 있었다. 아버지가 몸을 돌려 누경 쪽을 바라보았다. 얼굴이 지워진 오십대의 아버지는 군청색 양복 차림에 넥타이를 매지 않은 흰색 셔츠 차림이었다. 누경은 붉은 주단을 밟지 않으려고 예식장 입구에 버티고 서 있었다.

침묵 속에서 시간이 흘렀다. 몸이 얼어붙는 듯 굳어갔다.

　꿈에서 깼을 때 누경의 몸은 식은땀에 푹 젖어 있었다. 새벽 세 시였다. 귀신이 들려는 꿈 같았다. 꿈속을 마음대로 드나들던 아버지의 혼은 누경의 몸에 들어와 살기로 작정한 것 같았다. 그렇게 해서라도 이승으로 돌아오고 싶은 것이었다. 잠이 남아 눈꺼풀과 머리와 몸이 실로 친친 묶은 듯 갑갑한데도, 누경은 남은 어둠이 두려워 침대에 누울 수가 없었다. 잠이 들면 예식장 안으로 걸어들어가 아버지와 결혼식을 올릴 것만 같았다. 남아 있는 어둠으로부터 도망칠 수만 있다면 어디로든 가버리고 싶었다.
　음악을 크게 틀었다가 견디지 못하고 꺼버렸다. 갈아둔 커피가 남아 있었지만 커피를 새로 갈았다. 모카포트에 물을 담고 새로 간 커피를 담아 거름종이를 덮고 뚜껑을 닫은 뒤 불에 올렸다. 그렇게 천천히 세 잔의 에스프레소를 잇달아 만들어 마시고 나서야 날이 밝기 시작했다. 누경은 기진맥진해서 아침 햇살이 환하게 쏟아지는 소파에 쓰러졌다.

　'난 하고 싶은 대로 살아본 적이 없었다. 평생, 억지로 살았어.'
　폐암으로 투병중이던 어느 날, 아버지는 그렇게 말했다. 기막히도록 슬픈 말이어서 눈물이 났다. 마치 새어나오듯이 주르륵 흐르는 눈물이었다. 울고 있는 누경에게 아버지가 말했다.
　'이상하지 않냐? 한 번도 살고 싶은 대로 살지도 못했으면서, 그

렇게도 온갖 애를 썼다니……'

아버지는 이 세상에 잘 보이기 위해, 이 사회에 영합해 살아남기 위해 죽을힘을 다했던 것이다. 아버지가 누경에게 자기 심정을 토로한 것은 그야말로 평생 처음 있는 일이었다. 어린 시절 이후로 아버지와 누경의 사이는 벽 같은 침묵이나 단답형으로 끝나는 짧은 질문이나 대답, 못마땅한 표정, 혹은 거친 호령이나 사나운 질타, 비난이나 무시로 점철된 관계였다. 누경은 아버지가 무서웠다. 아버지는 무엇보다 누경이 여자인 것을 질색했다. 눈물을 흘리며 고개를 들었을 때 아버지가 말했다.

'이 방의 채널이 마음에 들지 않습니다. 채널을 다른 데로 돌려주세요.'

누경이 대처를 못 하고 있는 사이에 아버지가 말했다.

'아가씨는 누구요?'

그 순간부터 아버지는 영영 누경을 알아보지 못했다. 한 달 뒤에 돌아가실 때까지…… 딸을 알아보지 못하는 사람이 자신인들 알 수 있었을까? 마지막엔 결국 자신조차 모르고 죽는다면, 대체 누가 죽는 것일까?

죽기 며칠 전에 아버지는 불분명한 소리로 중얼거렸다. 이런 일이 나 같은 평범한 사람에게 일어나다니, 이런 일은 영웅들이나 겪을 일인데…… 마지막에 아버지는 무엇을 겪은 것일까, 죽음이라는 것은, 귀천에 관계없이 모든 인간이 공평하게 겪을 뿐만 아니라 동물조차 겪는 일이지만, 그 비밀을 아는 이는 누구도 없었다. 아버지는, 죽음을 영웅들이나 겪을 일이라고 했다. 생명 있는 모든 존재는 누구나 그토록 영웅적으로 죽는 것이다. 누경은 저절로 되어지는 자연성과 영웅적인 수용의 용기 사이에서 죽음의 정체를 어렴풋이 감지했지만 그로 인해 죽음이 더욱더 신비로운 용해로 느껴졌다.

누경은 연이은 꿈의 공포에 질려 아침부터 집을 나왔다. 그리고 반쯤 꿈결 속에서 유리공방에 도착했지만 문이 잠겨 있었다. 공교롭게도 임시휴일이었다. 누경은 학교 앞 카페들과 미장원과 식당과 도서관을 이리저리 헤매고 다녔다. 꿈은 좀처럼 떨쳐지지 않았고 오후가 될수록 더 초조해졌다.

도서관을 나와 걷던 누경은 걸음을 멈추고 자신도 모르게 왼손을 들어올려 왼편 머리를 눌렀다. 순간적으로 그곳에 강렬한 전율이 지나갔다. 서강주는 그런 누경을 눈여겨보며 낮은 언덕길을 올라왔다. 그는 노타이의 흰색 셔츠에 군청색 양복 차림이었다. 간밤, 꿈속 결혼식장에서 본 아버지와 똑같은 모습이었다. 그는 늘 그런 차림이었으니 새삼스러울 것이 없었다. 그런데도 누경은 자리에 멈춰 서버렸다.

"두통인가?"

누경은 고개를 저었다.

"연구실 가세요?"

"해야 할 일이 좀 있어."

"바쁘시지 않으면, 차 한잔 주세요."

누경은 아침부터 그를 만나러 집에서 나온 사람처럼 거의 매달렸다.

"그러지."

서강주는 상관없다는 투로 말하고 빠른 걸음으로 앞서 갔다. 연구실 가는 길가에 심어진 은행나무가 잎사귀를 하나둘 떨어뜨렸다. 흐린 날인데도 은행잎은 거짓말처럼 환한 금빛이었다. 누경은 무심히 팔을 뻗어 이제 막 나뭇가지에서 놓여나 팔랑팔랑 떨어지는 은행잎 한 장을 받았다. 마법열쇠, 그 생각이 난 것은 몇 걸음을 걸은 뒤였다. 누경은 은행잎을 주머니 속에 넣었다.

"무슨 일이 있니?"

서강주는 차를 한 모금 마신 뒤 물었다. 연구실 창문의 창틀 아래로 넝쿨을 뻗은 붉은 담쟁이 잎사귀들이 엿보는 시선처럼 느껴졌다.

"좀 무서워요."

"무엇이 무서운 거지?"

그는 웬 어리광이냐는 표정을 지었다.

"아버지 꿈을 반복해서 꾸어요. 꿈 이야기, 해도 돼요?"

그의 표정이 난감해졌다. 발을 빼지도 넣지도 못하는 엉거주춤한 표정이었다.

"해봐."

누경은 이틀 동안 연이어 꾼 꿈 이야기를 했다. 죽은 아버지가 청혼을 했고 누경은 웨딩드레스를 입고 아버지를 향해 행진하기 직전에 깨어났던.

"어떤 의미일까요?"

"나쁜 꿈 같아."

"무서워요."

그는 누경을 빤히 쳐다보았다.

"빙의되는 꿈 아닐까요?"

"겁먹지 말고 단순하게 생각하도록 해. 그냥 좀 나쁜 꿈일 뿐이야. 아버진 누경을 각별히 사랑했어. 해를 끼치진 않으실 거야."

"오늘 밤에 꿈을 꾸면, 전 죽은 아버지의 아내가 될 것 같아요. 그런 일이, 꿈에라도……"

두려워서 한 말이지만 누경은 자신이 뱉은 말의 도발성에 놀랐다. 누경은 두 손으로 붉어지는 얼굴을 감쌌다. 어떻게 아버지같이 엄격한 사람이, 비록 죽었다 해도 세상에서 가장 금지된 제안을 해 온단 말인가. 그가 팔을 뻗어 누경의 어깨에 손을 올렸다.

"힘들겠다."

둘은 마주 보고 있었다. 문득 창밖에서 새가 울었다. 세상이 진공상태처럼 고요했다. 새 울음소리를 따라 긴 세월이 풀려나가는 느낌이었다.

"난 오늘 잠들지 않을 거예요. 자면 안 돼요."

그는 손을 들고 일어섰다. 그러고는, 학생, 이제 그만 가보지, 라고 할 것 같은 뚱한 표정을 짓고 서 있었다. 삶의 혐오를 정면으로 겨루며 서 있는 특유의 표정이었다. 신비할 정도로 남성적으로 느껴졌다. 남자와 여자가 어떤 때에 섹스를 하게 되는 것일까? 누경은 그 순간에 섹스를 하고 싶다는 선명한 욕구를 느꼈다. 어떤 장식도 없이 오직 삽입하고 싶은 욕구였다. 그 욕구는, 어쩌면 너무 오래된 것이었다. 분위기상 그만 가보겠다고 일어서야 했지만, 누경은 팽팽하게 버티며 앉은 자리에서 꼼짝도 하지 않았다. 불편한 침묵이 길게 흘러갔다. 그가 책장의 선반에서 위스키와 작은 금속잔을 꺼냈다.

"한잔하겠어?"

"할게요."

술을 한 모금 마셨을 때 그의 휴대폰이 울렸다. 그는 응, 응, 하고 간단한 응답만 한 뒤 태연한 어투로 말했다. 아니, 일이 좀 남았어. 김교수와 저녁 먹고 들어갈 거야…… 서강주의 아내 얼굴이 떠올랐다. 휴대폰을 귀에 댄 채 서강주는 누경의 얼굴을 바라보았다. 그 눈 속에 시원에서 바다까지 이르는 강물같이 긴 시선이 들어 있었다. 누경은, 그들이 함께 저녁을 먹을 거라는 사실을 알 수 있었다.

서강주는 위스키를 비운 뒤 시계를 확인했다. 저녁 먹기에는 이른 시간이었다. 그는 잠시 망설이다가 말했다.

"산책이라도 할까?"

14

공원 숲길의 단풍나무 잎들이 불꽃처럼 타는 듯했다. 차가운 불꽃 숲에 둘러싸인 풍경 속에서 서강주는 더 창백해 보였다. 두 사람은 호숫가 공원을 말없이 걸어갔다. 팔과 팔이 닿을 듯 둘 사이의 공기를 스쳤다. 누경은 곁에서, 라는 말의 의미에 가슴을 떨었다. 가족들 속에서, 친척들 속에서 그를 마침내 떼어낸 느낌이 들었다. 드디어 사적으로, 서강주와 단둘이 걷는 것이었다. 사적이라는 말에 함유되어 있는 자유로움과 비밀과 냄새에 이마가 뜨거워졌다. 큰 키와 바른 자세와 긴 다리 긴 팔 때문인지, 서강주의 곁은 공간적인 구도처럼 느껴졌다. 이 세계의 그 어느 곳에 비밀스럽게 존재하는, 지극히 아름답고 각별한 유적이나 풍경 속에 들어선 것처럼.

"아버지와 추억이 많니?"

서강주가 물었다. 누경은 실망스러웠다. 서강주는 기껏 누경의 아버지 생각을 한 모양이었다. 누경은 열여섯 살 이전의 일들이 거의 떠오르지 않았다. 애써 기억하려 해도, 이야기는 없고, 스냅사진처럼 장면 장면만 겨우 떠오를 뿐이었다. 그마저도 빛에 과다노출된 사진처럼 뿌옜다. 기억하려 하면 잠금장치라도 작동되듯 이내 머릿속이 뜨거워졌다.

"……어린 시절엔 어디든 아버지 손에 잡혀 다녔어요."

누경은 그에게서 조금 떨어지며 물 쪽을 바라보았다.

"유채꽃이 핀 들판과 발 아래로 강이 흘러가던 무서운 절벽길과, 연잎이 덮인 늪과, 조각배가 떠 있던 호수와, 모래운동장 같은 곳. 빠르게 물이 들어와 차던 바다도 모두 아버지 손에 잡혀 처음으로 보았어요. 어렸지만 전 존재를 압도하는 듯한 그 풍경들 앞에서 난 속으로 비명을 지르며 아버지 손가락들을 더욱 꽉 잡았죠. 아버진 친구들의 모임에도 나를 데려갔어요. 결혼식이나 장례식은 물론이고, 현충일과 광복절 행사 같은 기념식에도, 또 예쁜 마담이 있는 다방과 술집에도 아버진 나를 데리고 다녔어요. 어린 시절에는 아버지 무릎 위에서 놀았어요. 집안일이 많은 엄마에게 딸아이는 머리를 빗기거나 옷을 갈아입히거나 목욕을 시키거나, 늘 좀 거친 손으로 급하게 해야 하는 일거리일 뿐이죠. 그러니 여자애에게 아버지는 이상한 존재예요. 아버지와는 집에서 노니까요. 아버지의 손과 팔, 아버지의 목과 가슴, 장딴지와 발, 아버지의 음성, 그런 것에 안겨 남자를 경험하며 자라죠. 어른들에게 인사하는 법도, 여자답게 앉는 법도 세상에서 배운 첫 노래도, 아버지한테서 다 배웠어요. 슬픈 노래였어요."

"옛날 노래들은 다 슬펐지."

"소녀기를 지나면서, 아버진 갑자기 금지의 상징이 되었어요. 알고 보니 차갑고 경직된 사람이었어요. 군인처럼요. 중학생이 된 뒤로는 늘 아버지가 무서웠어요. 다정한 적이 없었어요. 나와 눈도 잘 안 마주친걸요. 무언가를 금지할 때나 나를 똑바로 보았죠. 아버신 이상한 논리로 제게 책조차 못 읽게 했어요. 소설책이든 삽지책이든, 금서였어요. 영화 보는 것도 싫어했죠."

"어떤 논리지?"

"잘못된 욕망을 생기게 해 인생을 어지럽힌다는 거예요. 어른이 되어 자기 판단력이 갖춰진 뒤에 접해야 한다고 했어요."

아버지는 공무원이셨다. 사는 것은 삶의 기본만으로 충분하다고 믿는 사람이었다.

"맞는 말이기도 해."

"설마, 동의하신다는 거예요?"

"사실 인생은 단순한 것인데, 책이나 영화 같은 것들 때문에 공연히 복잡해지기도 하거든."

"농담이죠?"

"난 농담 안 해."

누경은 어이가 없어 망연자실하게 쳐다보았다. 농담 안 해, 라는 말이야말로 농담일 것이었다.

"나중엔 제가 옷 입는 것도 간섭했어요. 짧은 치마나 블라우스 같은 여성적인 스타일도 싫어했지만 청바지나 점퍼는 더 질색했어요. 천박해 보인다나요. 늘 치마를 입으라고 했어요."

"나도 치마가 좋아."

"왜요?"

"남자들은 입을 수 없는 옷이니까. 그리고 예뻐."

"아버지와 닮았군요."

106

누경은 편견이 아니라 사적인 취향이기를 바라며 담담하게 말했다.

"난, 내 아버지보다는 차라리 누경 아버지를 닮고 싶었어."

서강주의 눈빛에 고즈넉한 슬픔이 어렸다. 그의 아버지는 그를 낳은 적이 없는 사람처럼 비정했다는 것을 누경도 알고 있었다. 누경은 그를 위로하듯 가볍게 말했다.

"두 분은 무척 닮았어요."

그 순간이었다. 한쪽 발이 푹 꺼지며 누경의 몸이 균형을 잃었다. 순식간에 지옥까지 추락하는 기분이었다. 서강주의 팔이 재빠르게 누경의 허리를 잡았다. 맙소사…… 멀쩡하던 구두 굽이 부러진 것이었다. 부주의한 여자애들이나 겪는 말도 안 되는 사고인 줄로 알았다. 그런데, 누경에게, 하필이면 그 순간에 일어난 것이었다. 호수를 꼭 절반쯤 돈 상태여서 주차장까지 거리도 가장 먼 위치였다. 어차피 같은 거리여서 두 사람은 그 자세로 계속 걸어야 했다.

칠 센티 정도의 굽인데도 누경의 걸음은 심하게 절룩거렸다. 한쪽 다리가 아래로 푹푹 빠졌다. 매달릴 데라곤 서강주의 팔뿐이었다. 바보가 된 기분이었다. 무엇보다 깔끔한 서강주를 낭패스럽게 만들었다는 것이 수치스러웠다. 할 수만 있다면 하늘로 솟아버리고만 싶었다. 운동하는 아주머니들이 노골적으로 질타의 눈빛을 던지며 지나갔다. 누경은 얼마 못 가 벤치에 앉아버렸다. 한동안 말없이 앉아 있던 누경이 불쑥 물었다.

"유리의 재료가 뭔지 아세요?"

뭔가 말을 하고 싶었으나, 유리만이 강박적으로 떠올랐다.

"그런 거 생각해보지 않았어."

서강주가 담담하게 말했다.

"모래와 소다, 석회예요."

누경은 처음에 모래로 유리를 만든다는 것이 좀 이상했었다.

"유리는 과학적으로는 액체예요. 아무리 높은 열에 끓여도 끓지 않고 아무리 높은 열을 가해도 수증기로 변하지 않는 액체죠. 고무 같이 신축성 있는 물질로 변했다가 식어서 단단한 덩어리로 굳는 거예요."

"액체면서 산산조각으로 깨어지다니 뜻밖이군."

깨어진 유리병 주둥이의 예리한 날들이 떠올랐다. 누경은 눈을 감았다.

"다시 열을 가해주면 산산이 깨어진 조각도 원래대로 돌아갈 수 있어요."

서강주가 고개를 끄덕였다. 다시 침묵이 흘렀다.

그즈음 누경은 중세 고딕 성당들의 장미창에 매료되어 있었다. 프랑스의 노트르담 대성당과 샤르트르 대성당, 체코의 성 비트 대성당, 영국의 캔터베리 대성당, 독일의 아우구스부르크 대성당······ 스무 장 정도의 장미창 사진을 수집했는데, 그중에는 벌교성당의 장미창 사진도 들어 있었다. 장미창은 처녀 잉태의 상징이며 수레바퀴 안에서 구르는 수레바퀴이며 부동의 진리, 깨침의 문을 의미하는 서구의 만다라라고 할 수 있었다. 장미창은 연인의 눈동자를 상징하기도 했다. 꽃잎처럼 겹겹이 피어나고 향기처럼 상대에게 퍼져나가는 연인의 눈동자 역시 진리의 한 형태인 것일까……

"죄송해요. 구두 굽이 이 모양이 되다니."

음성이 기어들었다. 서강주가 안심시키듯 부드럽게 누경의 눈을 보았다.

"어쩌죠?"

"일어서서 걸어가야지."

사실 그 방법밖에 없었다.

누경이 일어서자 서강주는 한쪽 팔을 단단히 잡아주었다. 어쩌다보니 두 사람은 팔짱을 끼고 발을 묶기라도 한 듯 밀착해 걷고 있었다. 걸음을 옮길 때마다 누경의 볼이 그의 어깨에 닿았다 떨어졌다. 체육복을 입은 나이든 남자들과 여자들이 눈을 흘기며 지나갔다. 한눈에 보아도 나이 차이가 많이 나 보이는 그들은, 타인의 시선도 가리지 않고 부둥켜안고 다니는 꼴불견 연인 같았던 것이다.

"이런 일은 처음이에요. 정말 창피하네요."

누경은 고개를 떨구며 낮게 속삭였다.

"나도 그래."

서강주도 사람들 시선에 힘들어했다.

수치심에 익숙하지 않은 서강주는 어찌할 바를 모르면서도, 한결같이 단단한 힘으로 누경의 팔을 잡고 부축했다. 단호한 손아귀 힘이 피부로 전해졌다.

갑자기 어둠이 내리기 시작했다. 낮에서 밤으로 넘어가는 사이 금지된 국경이라도 넘어가는 듯 아뜩했다. 누경은 저도 모르게 서강주의 팔에 온 힘으로 매달리고 있었다. 어깨와 팔이 아플 지경이었다. 두 몸 사이에서 지나간 모든 시간들이 뒤채며 흔들렸다.

간신히 주차장에 도착했을 때 서강주는 누경을 움켜쥐고 있던 손을 풀었다. 문득 시간이 멈추는 것처럼 느린 동작이었다. 서강주는 누경의 어깨에 두른 가방을 풀어 보닛 위에 올려놓았다.

누경은 굽이 빠진 한쪽 발의 뒤꿈치를 든 채 그를 바라보고 서 있었다. 교통사고가 일어날 때 시간이 갑자기 느리게 흐른다는 이야기를 들은 적이 있었다. 차선 한가운데서 자동차가 홱 돌때, 시간이 흐름을 멈추는 듯 느려진다고……

그가 누경에게 문득이 내려다보았다. 그의 눈에 드리워진 속눈썹이 한 올 한 올 자세히 보였다. 찰나들이 영원으로 변하고 있었다. 서강주의 등뒤로 어둠이 시시각각 겹을 더하는 장막처럼 빠르게 짙어지고 있었다. 누경은 천천히 팔을 들어올렸다. 그런 몸짓이 어떻게 소통되는지 알 수 없었다. 그가 누경의 어깨를 당겨 등을 안았다. 누경의 두 팔은 자신의 계획대로 그의 허리를 둘렀다.

누경의 얼굴이 그의 품 안에 묻혔다. 그가 약속 없이 불쑥 집에 오던 날들의 기쁨이 뭉클 떠올랐다. 오래된 노래, 어린 시절의 때묻은 인형, 들판에서 보낸 봄날 들이 떠올랐다. 노란 꽃다지와 흰

110

냉이꽃, 봄마중 같은 풀꽃과 나비와 그가 잡아준 푸른 여치, 그의 뒤를 따르면서 들었던 숲속의 박새와 휘파람새, 슬픈 뻐꾸기 울음 소리, 앨범 속에서 바랜 흑백사진들, 그가 불어준 풍선들, 함께 철봉에 매달렸던 한밤중의 텅 빈 운동장, 들판에 나가 함께 날리던 연들…… 그가 공부하는 책상 아래서 외울 때까지 읽었던 인어공주 이야기, 그가 보내준 줄자와 지구의와 컴퍼스 같은 것들, 치과에 갈 때면 시간을 내어 따라가 누경의 불안을 달래주던 자상함, 눈 내리던 크리스마스에 만든 눈사람들, 두 장의 카드와 세 장의 엽서, 그가 지내고 간 뒤의 텅 빈 방, 텅 빈 서랍들, 텅 빈 날들, 그리고 그의 결혼식, 헝겊인형이 풀숲 사이에 버려져 있던 열여섯 살의 들판……

누경은 들고 있던 발뒤꿈치를 놓아버렸다. 몸이 기우뚱 균형을 잃자 서강주는 누경을 위로 들어올릴 것처럼 더 힘껏 끌어안았다. 그 언젠가 어린아이를 안아 불어난 개울을 건네줄 때처럼…… 누경은 절대로 떨어지지 않을 기세로 군청색 양복 재킷을 꽉 움켜쥐었다.

15

11월 19일

구두 굽이 부러진 그날, 그는 나를 바래다주었다. 서강주는 3층 계단을 올라 집까지 나를 부축해 들어왔다. 그리고 우리는 곧장

침실로 들어갔다. 그가 군청색 양복 윗도리를 벗었다. 나 역시 코트를 벗었다. 그리고 우리는 겉옷만을 성급하게 벗고 침대로 들어가 나머지 옷들을 바닥으로 내던졌다.

나는 몇 날 며칠 동안, 하루 종일, 다시, 또다시, 수백 번 수천 번, 그 시간을 생각한다. 침대에 누울 때, 가슴에 칼을 꽂고 절벽에서 아득히 추락하며 죽는 것 같았다. 나의 바로 곁에, 호흡마저 잊혀지는 적멸의 틈이 있었던 것이다.

그는 손으로 나의 얼굴을 덮은 머리카락을 넘겨주었다. 그리고 내 눈을 뚫어지게 응시했다. 정적이 흘렀다. 내 몸속에서 첫 경련이 지나가고 있었다. 내 눈동자가 풀려 심장으로 흘러내려가는 듯했다. 그리고 숨마저 멎어버렸다. 그런 때에 사람은 숨을 쉬지 않아도, 다르게 숨을 쉴 수 있는 것이다.

그는 입을 맞추지 않았다. 다만 손으로 나의 머리카락을 넘기고 수레바퀴의 중심을 가늠하듯, 내 눈을 응시했다. 그 외에는 손끝 하나 대지 않고 내 중심에 들어왔다. 그것은 신성한 의무와 같은 결합이었다.

그가 옳다. 그런 것은, 단 한 번으로 충분하다.

지난 이십여 일 동안 내가 정말로 두려워하고 고통스러워했던 것은, 다시를 그를 볼 수 없게 되는 것, 그것뿐이었다.

11월 20일

이제 아버지 꿈은 꾸지 않는다. 한 생각뿐이다. 서강주.

나는 수심에 차 있고 끊임없이 번민한다. 나는 공원의 유령처럼 발밑이 푹 꺼지던 순간에 사로잡힌다. 언제나, 어느 곳에서나 내 정신은 그 공원의 호숫가와 주차장을 절룩이며 떠돈다. 그가 나를 좀 안정시켜주면 좋겠다. 하지만 어떻게 해주기를 바라는지 모르겠다. 오늘은 공원에 가보았다. 낙엽이 마구 쏟아지는 공원 풍경은 태연하기만 했다. 왜 전화조차 받지 않는단 말인가……

다음에 내가 할게, 그리고 정적이다.

11월 23일

단 한 번 상징적인 행위였다. 의례와 같은 그런 일이 있을 거라는 오래된 예감을 품고, 나는 기다려왔다.

씨앗처럼 작은 여자애가 자라서, 존재의 핵 속에 새겨진 한 남자를 끝내 찾아내어 사랑을 나눈, 그것으로 충분하지 않은가. 그의 생각이 그렇다면, 나 역시 단 한 번으로 충분하다.

하지만, 하지만 몸 안의 전율이 멈추지 않는다. 몸속의 장미창이 끝없이 동심원을 그리며 그를 찾아 헤매는 것 같다.

어쨌든 나를 불러 식사라도 해야 하지 않는가…… 이렇게 방

치하고 전화조차 받지 않다니, 그가 나에게 이렇게도 격식이 없는 것이 놀랍다. 이제 비참하고 화가 난다. 알량한 지성의 힘이란 이런 것인가? 무슨 일이 있었든 지성으로 무화시키면 바르게 사는 것인가? 지성이란 있었던 일조차 무화시키는 힘, 그것인가…… 그런데 왜 아버지 장례식 때의 일이 떠오를까.

서강주는 아버지의 영안실에 누구보다 먼저 와서 사흘 동안 검정색 양복을 입고 두 오빠와 나와 엄마와 함께 손님을 받았다. 이상고온이 시작되어 초여름인데도 연일 29도를 오르내렸다. 문상객들은, 염라대왕도 이상고온을 못 이겨 천당 문을 활짝 열어버렸을 테니 아버지는 틀림없이 좋은 자리를 잡을 거라고 위로했다. 장례식장에서 밤을 새운 상주들은 땀에 전 속옷도 갈아입지 못해 냄새가 날 지경이었다. 나는 그 와중에도 서강주의 양말만은 챙겼다.

장례식 절차를 밟는 동안 완고한 문중 친척들은 시시때때로 옛 유가의 허례허식을 내세우며 무리한 고집을 부렸다. 상주들은 죄인처럼 그들의 손에 내맡겨져 있었다. 서강주는 그때마다 나서서 상주들을 보호하며 합리성을 관철시켰다. 마지막 실랑이는 화장장에서 돌아오는 길에 동네 고갯마루에서 일어났다. 문중 어른들이, 상주들은 장의차에서 내려 집까지 걸어서 들어가야 한다고 주장한 것이다. 삼 킬로미터 가까운 거리였다.

괴괴하도록 고요하고 흰 하늘에서 불이 쏟아지는 듯했다. 마치 아버지의 관을 태웠던 화장장의 불가마 속 같았다. 상주들은 긴 병원생활에 지친데다 고인의 숨이 끊어지던 마지막 며칠에 이어 장례식 내내 밤을 새우다시피 한 몸으로 하루 종일 곡을 하느라 탈진상태였다. 나는 엄두가 나지 않아 서강주를 바라보았다. 우리의 눈이 마주쳤던가……

서강주는 문중의 친척어른들을 대담하게 무시하고 멈춰 선 장의차를 그대로 출발시켰다. 엄마와 오빠의 속은 몰랐지만, 초주검 상태였던 나는 그가 은인인 듯 고마웠다.

어릴 때부터 항상 서강주의 그런 서늘하고 명쾌한 합리성에 나는 감동했었다. 그것은 본성과 같은 지성의 힘이었다. 그가 집에 와 있을 때면 나를 둘러싼 이해할 수 없는 억압들과 불편과 긴장과 불쾌감이 사라졌다. 나는 어릴 때부터 서강주가 집에 있는 공기와, 그가 부재하는 공기의 차이를 생생하게 알아챘다. 나에게 그는 이 세상에서 유일하게 신뢰할 수 있는 질서였다. 그가 왔다 가고 나면, 그의 질서와 자상함이 늘 그리웠다.

그가 나에게 잘못된 것을 할 리가 없었다. 어린 여자애의 갈망과 기다림은 그렇게 시작되었을 것이다.

16

12월 2일

그가 전화를 했다.

"잘 지내니?"

그처럼 무신경한 인사라니…… 내가 정말 잘 지낼 수 있다고 생각하는 걸까?

어쨌든 서강주는 전화를 한 것이다. 자기가 전화하겠다고 한 후, 거의 한 달 만이다.

우리는 저녁에 만나 일식집으로 갔다.

그는 틈틈이 초밥을 먹는 나를 가만히 쳐다보았다. 애처로운 풍경을 보는 것 같은 눈이었다. 그는 대체 무슨 생각을 한 걸까……

"아버지 꿈은 안 꾸니?"

"안 꾸어요."

"다행이군. 난 좀 걱정이 되었다."

"저를 걱정했다고요? 전화도 받지 않으시면서요?"

내 반문에 그가 불쾌한 표정을 지었다.

"전화를 받고 안 받고, 그런 것은 중요하지 않다."

"그럼 뭐가 중요한가요?"

그는 성가시다는 듯 말했다.

"너를 계속 생각했어."

그리고 얼굴을 찌푸렸다.

"우리 사이에 아무 일도 없었기를 바라시죠?"

"그랬어야 했어."

그는 꼿꼿한 자세로 앉아 사케를 마셨다. 그러자 서강주가 나를 안았던 일이 실제 있었던 일 같지 않았다.

"어차피 우린 할 수 있는 게 없어."

"그렇다 해도 난, 우리에게 그 일이 있었던 것이 더 좋아요."

서강주는 무표정한 채 내 눈을 똑바로 응시하고 말했다.

"나도 좋았다."

그 순간 내 마음속에서 기쁨이 솟구쳤다. 그런 기쁨이 어디에 숨어 있었던 것일까?

"네 눈이 반짝이는구나."

"그 동안, 수치스러웠어요. 내 전화를 받지 않아서요."

"미안하다. 내 마음에 둔감하려고, 네 마음도 모르는 척하려고 애썼다."

"그런데요?"

"이미, 이렇게 되어버렸어. 이렇게 된 것을 아무 일 없었던 척하진 않겠어. 그게 나의 정직이야. 그뿐이다. 달리 더 생각한 건 없어."

그의 표정이 조금 험상궂어졌다. 세상을 마지못해 받아들이는 얼굴이었다.

"이제 내 전화, 받아줄 건가요?"

"넌 전화하지 마. 전화는 내가 할게."

"그게 원칙이군요."

"……"

"원하신다면 아무 일도 없었던 것으로도 할 수 있어요. 우리에겐 그런 능력이 있죠. 하지만, 왜 그래야 하는지 모르겠어요."

그는 가타부타 대답이 없었다. 그러다 한참 만에 말했다.

"어린 계집애가 자라 너 같은 여자가 되는 것이, 세상에서 제일 이상한 일 같다. 요즘은, 길 가다가 어린 여자애를 만나면 멈추어 서게 돼. 네 생각이 나."

그 말이 뜻밖의 감동을 불러일으켰다. 무슨 일이 있었냐든, 앞으로 어떻게 되든, 모든 것을 용서할 수 있을 만큼.

일식집에서 나왔을 때, 서강주는 택시를 잡고 나를 태웠다. 그리고 운전기사에게 차비를 지불했다. 택시가 떠날 때, 그는 손을 들었다가 내렸다. 그는 나와 함께 오지 않았다.

12월 11일

학교 앞 찻집에서 뜻밖에도 서강주를 보았다. 나는 상미와 앉아 있었다.

"서강주야."

그를 본 상미가 속삭였다. 여학생들은 제레미 클레지오 내지는 서강주라는 이름을 서슴없이 불렀다. 그가 우리 쪽을 힐긋 보았다. 그의 눈길이 한순간 내게 머물렀다. 그 짧은 순간 강력한 전류가 머리카락 밑 모근 사이를 빛처럼 빠르게 지나가는 것 같았다. 두피가 저릿했다.

상미는 늘 앞으로 쓰려고 하는 동화의 줄거리를 내게 말하는 버릇이 있었다. 말을 해야 정리가 잘된다고 했다. 시놉을 쓴 뒤에도 작품을 완성할 때까지 세 번쯤 내게 이야기를 했는데, 그때마다 내용이 달라졌다. 지루하지만 말을 해야 쓸 수 있다니 나는 견뎌야 했다. 우리는 샌드위치까지 시켜먹으며 두 시간 가까이 찻집에 틀어박혀 있었다.

나는 틈틈이 전날 공방에서 얻어온 조그만 초록색 유리판을 눈에 대고 서강주 쪽을 훔쳐보았다. 실내가 숲속처럼 온통 초록빛이었다. 서강주가 문득 자리에서 일어서더니 일행인 남학생들에게 양해를 구하고 우리 테이블로 다가왔다.

"잘 지내나?"

그는 누구에게랄 것이 없이 안부인사를 했다.

"둘은 늘 붙어다니는군."

"실은 그래서 문제예요. 연애가 안 되거든요."

머리카락을 도토리처럼 짧게 자르고 블랙으로 염색한 상미가 하소연했다.

"연애하는 거보다 보기에 좋은걸."

서강주는 내 눈을 보며 말했다.

"교수님 이상하시다. 다른 사람들은 이제 둘이 그만 떨어지고 결혼하라고 성환데……"

"난, 결혼하는 거 다른 사람들에겐 권하지 않는다. 죽어서 지옥 갈 것 같아서."

상미가 웃음을 터뜨렸다.

"우리도 그냥 결혼은 안 해요. 만약 한다면 제대로 할 거예요."

"제대로라니?"

그는 내 쪽을 보며 물었다. 상미가 대답했다.

"결혼 당사자끼리 최대한 공정하게 계약조항을 만들고 공중을 받는 거죠."

서강주는 내게 시선을 둔 채 상미의 말을 흘려버렸다.

"그건 뭐니?"

그가 내 찻잔 곁에 놓인 초록 유리판을 가리켰다. 나는 유리판을 눈에 대고 그를 빤히 보고는 뗐다. 서강주는 내가 한 짓을 그대로 따라 해보더니 미소를 지었다.

"초록 네버랜드군."

그는 십여 분쯤 앉아 있다가 나가며 우리 테이블의 값도 계산해주었다.

그것을 본 상미가 깜짝 놀랐다.

"언제부터 저렇게 자상해졌니? 아까 보니까, 오늘따라 우리를 보는 표정도 뭔가, 전에 없이 다감한 게…… 눈에서 살가운 정이 자글자글 흘러나오는 거 같더라."

상미가 음성을 바짝 낮추어 속삭였다. 자칭 피부미인답게 단단한 흰 피부에 뺨이 발그레했다.

"서강주는 옛날보다 쉰 살이 살짝 지난 지금이 더 근사해. 제레미 아이언스도 르 클레지오도 다 늙었는데, 서강주는 아직도 청청하게 살아 있어. 옛날부터, 저자와는 연애해보고 싶었어. 하지만 그런 일이 실제로 일어난다면, 너무 무서워서 숨도 안 쉬어질 것 같아……"

나는 테이블 위에 올려진 상미의 손등을 내 손으로 덮었다. 그즈음 나의 감정은, 바로 그것이었다. 무서움. 상미 말대로, 나는 가슴이 터질 것같이 무서웠다.

"아까 유리판을 대고 너를 볼 때 말이야."

상미는 내 손을 자기 쪽으로 잡아당기며 얼굴을 바짝 들이댔다.

"둘이 꼭 연인 같더라."

상미는 취조하듯 내 눈을 들여다보았다. 내 눈동자가 동요를 일으켰다.

"애 좀 봐, 너 이상해……"

"고만해."

나는 상미의 손을 떼어냈다.

"정색하기는…… 너 나한테 숨기는 거 있지?"

모면하기 어려운 순간이었다.

"너, 이번 이야기 지루해. 더는 못 듣고 있겠다."

엉뚱하게도 동화로 불똥이 튀었다. 순식간에 현실로 돌아온 상미가 심각해지며 물었다.

"어디? 어디가 지루한 거야?"

나는 그가 나간 출입문 쪽을 바라보았다. 자리를 박차고 따라 나가면 어떨까, 혹시 길모퉁이에 멈춰 서서 내게 전화하지는 않을까, 다음 행선지는 어디일까…… 연구실? 강의실? 아니면 다른 약속이 있는 걸까…… 그때 상미가 뭐라고 낮게 말했다.

"너, 아니? 그 조교 언니와 서강주 아직도 만난다더라……"

나는 상미의 말을 흘려듣고 가방을 챙겨 일어섰다. 소문들이란……

17

서강주는 3학년 때 영문과 원어연극의 지도교수를 맡았었다. 누경은 그때 의상을 맡았다. 여학생들은 그에 대해 여러 가지 소문을 물고 와 소곤거렸다. 열다섯 살 때 엄마를 잃었는데 그의 아버지는 다음해에 새장가를 들었다던가, 그뒤론 친척집을 떠돌며 자랐다던가, 대학 땐 독서실에서 라면으로 버틴 고학파라던가, 유학 시절에도 내내 아르바이트를 했는데 현지에서 재력가의 딸을 만나면서 형편이 확 달라졌다던가, 돌아와서 빠르게 전임으로 자리잡은 것도 장모의 재력 때문이라던가……

연극이 끝날 무렵에는 그가 조교 언니와 그렇고 그런 사이라는 루머까지 돌았다. 그 루머는 곧 독신 여교수로 바뀌었다. 조교는 청순가련형이고 여교수는 글래머러스했다. 여학생들은 그의 취향을 상상했으나 가늠할 수 없었다. 그의 아내는 그를 뒷바라지하기 위해 학업까지 포기한 겸손하고 희생적인 여자라고 알려졌다.

누경은 그렇게 떠들어대는 축들 곁에서 묵묵히 지냈다. 그때의 느낌은 비밀스러운 아픔 같기도 하고 영영 채울 수 없는 본질적인 결핍감 같기도 하고 비밀을 가진 자의 자긍심과 수치심 같기도 했다.

누경은 다른 여학생들과 달리, 생의 처음부터 서강주를 알고 있었다. 누경네가 바로 서강주가 자라면서 떠돈 친척집 중 하나였던 것이다. 누경의 엄마는 초등학교 교사였던 사촌언니의 집에서 고등학교를 마치고 결혼하기 전까지 살림을 도우며 지냈다고 했다. 엄마의 사촌언니가 서강주의 엄마였다.

사촌언니가 죽은 후 형부가 재혼해 새 아이를 낳고 단란한 새 가정을 꾸미자 누경의 엄마는 자주 서강주를 집으로 불렀다. 서강주는 먼 거리의 고등학교를 누경의 집에서 통학했고 대학에 들어간 뒤에도 방학이면 누경의 집을 찾아왔다.

누경이 열두 살 되던 해에는 장기간 고향에서 지냈다. 뒤늦은 병역의무 때문이었다. 그 시절 서강주는 누경의 집에서 군복을 입고 도시락을 들고 출퇴근을 했다. 누경 엄마는 그를 위해 아래채 셋방을 하나 뺐고, 군복을 부지런히 다렸고, 속옷을 삶고, 자주 백숙을 끓었다. 엄마는 자신을 돌봐준 사촌이모 부부의 인정과 결혼할 때 마련해준 혼수며, 신혼 초에 아버지가 보증을 잘못 서서 거리에 나앉게 되었을 때 선뜻 패물을 팔아 돈을 마련해주었던 일을 누경의 아버지와 형제들에게 두고두고 상기시켰다.

병역을 마친 후 서강주가 영국으로 가서 공부를 할 때 엄마는 김과 멸치, 육포와 고추부각, 고춧가루 같은 것을 항공우편으로 부쳤다. 누경이 그를 다시 본 것은 열여섯 살 때였다.

누경은 새로 산 녹색 원피스를 입고 하얀 양말에 검정색 여학생 구두를 신고 아버지와 기차를 탔다. 서강주의 결혼식에 간다고 했다. 아버지는 엄마가 독감으로 못 가게 되자 누경을 대신 대동했던 것이다. 여섯 시간 동안 기차를 타고 다시 한 시간 넘게 버스를 타고 외삼촌 집으로 가서 잤다. 그리고 다음날 아침 일찍 일어나 버스를 타고 지하철을 환승하며 예식장으로 갔다. 아버지는 신랑측 하객 수가 적을 거라고 걱정을 했다. 집을 떠나 먼 도시의 거리에서는, 군청에서 과장으로 승진한 아버지도 볼품없이 시든 중년 남자일 뿐이었다.

현관 기둥에 금장 장식이 화려한 호텔로 들어가자 대리석 바닥이 미끄러워 긴장해야 했다. 예식장 홀은 고대의 신전처럼 높고 컸다. 단상의 벽엔 두 마리 봉황이 그려져 있고 양쪽으로 화려한 꽃바구니들이 장식되어 있었다. 꽃은 벨벳으로 만든 조화들 같았지만 생화였다. 도시 외곽의 비닐하우스에서 자란 영양과잉의 꽃들

124

이었다. 신랑측 부모 자리에 서강주의 아버지와 새엄마가 앉아 있었고, 아버지 말대로 하객 수는 삼대 일 비율로 남자 쪽이 조촐했다. 런던에서 유학중에 재력가의 딸을 만난 거라고 하객들이 수군거렸다. 결혼식을 올린 후 그들은 공부를 위해 돌아갈 거라 했다. 예식이 거행되자 엄마들은 차례로 단상으로 올라가 촛불을 켰다. 초라한 신랑의 젊은 엄마에 비하면 신부의 엄마는 그보다 훨씬 나이가 많았지만 일국의 왕비처럼 위엄이 있고 화려했다.

웨딩 뮤직이 울렸다. 돌아보니 광택 나는 검정색 양복을 입은 서강주가 붉은 카펫을 밟으며 경직된 표정으로 걸어오고 있었다. 무척 큰 키였다. 눈부시게 새하얀 셔츠와 푸른빛 넥타이가 콧날이 선연한 아름다운 얼굴을 빛나게 했다. 서강주가 단상에 서자 키 작은 신부가 키 작은 아버지의 에스코트를 받으며 들어왔다. 높은 왕관 뒤로 길게 늘어진 면사포를 쓴 신부는 유리상자 속의 헝겊인형 같았다. 신부의 얼굴을 본 순간부터 누경은 결혼식의 현실성을 잃어버렸다. 식을 치르는 동안 신랑과 신부는 유리상자 속에서 기계적으로 작동하는 헝겊인형처럼 보였다. 두 사람은 유리상자 속의 인형처럼 이 세상 속에서 보이지 않는 벽으로 둘러쳐진 둘만의 행복하고 폐쇄적인 세상을 살 것이었다. 아무도 그 안으로 들어갈 수 없을 것이고 서강주도 나올 수 없을 것이다.

갑자기 신랑 아버지가 울기 시작했다. 곧이어 신부 어머니도 눈시울을 닦더니 울기 시작했다. 누경도 눈물이 흘러내렸다. 눈물이 쉼없이 흘러내렸다. 아버지가 소리 죽여 나무랐다. 너는 왜 우냐?

누경은 왜 우는지 알 수 없었다. 누경은 이해할 수 없는 비현실적인 광경을 뚫어져라 쳐다보며 아파서 울고 있었다. 중학교 3학년이 되면서부터, 남자애들이 집 앞에서 기다리고 있다가 편지를 주기도 하고 길에서 치근거리며 말을 걸기도 했다. 그럴 때마다 누경은 늘 서강주를 생각했다. 잊고 있다가도 서강주는 그런 식으로 누경을 지배했다. 누경이 어린 시절에 씨앗처럼 품어버린 서강주의 이미지를 이길 남자애는 없었다. 남학생들은 서강주에게 번번이 손을 들고 물러났다. 그리고 이제 서강주는 다른 여자의 남편이 되었다. 누경은 마치 영원히 신랑을 잃어버린 신부처럼 숨을 죽이고 울었다. 그 상실이 얼마나 견고한 상처로 변할지 모르면서도 누경은 주체할 수 없는 통증에 사로잡혔다.

그러나 누경이 서강주가 출강하던 그 대학을 의식적으로 선택한 것은 아니었다. 성적에 맞는 학교가 물망에 올랐을 때, 서슴없이 그 학교로 정한 것은 아버지였다. 담임선생님도 흡족해했다. 합격이 되었을 때 아버지는 전화까지 했다. 강주, 우리 누경이 그 학교에 맡기니, 잘 부탁하네…… 서강주가 전임교수가 된 것은 누경이 2학년이 되어서였다.

18

12월 12일

자다가 초인종이 울려 나가보니 서강주가 문 앞에 서 있었다. 어딘가 아픈 사람 같은 얼굴이었다. 새벽 한시였다. 우리는 거실에 마주 앉아 에릭 사티의 〈그노시엔느〉를 6번까지 모두 들었다.

"이래도 괜찮을까?"

그의 얼굴에 두려움이 서렸다. 그는 두려운 것을 정직하게 두려워하고 있었다.

"어떤 경우에도, 나를 용서해주세요."

나는 두려움을 누르며 말했다.

"용서라니, 네가 잘못할 일이 뭐 있겠니? 어떤 경우에도 너를 예뻐할게. 그러니, 너는 어떤 경우에도 나를 용서해라."

그는 내 방에서 밤을 보내고 이른 아침에 빈속으로 떠났다.

12월 19일

눈이 내리고 있었다. 세상이 환했다. 그가 아침에 전화를 했다. 점심 때 초밥을 시서 집으로 오겠다고.

전화를 끊자, 회전목마를 탈 때처럼 작은 거실이 빙빙 도는 것 같았다. 소파와 탁자와 침대, 화장대 등을 정리하고 부산스럽게 청소기를 돌리고 걸레로 바닥까지 닦았다. 설거지도 해치웠다.

그리고 샤워를 하고 머리카락을 말리고 이 옷 저 옷을 꺼내 입어보고 내던지다 결국 가장 티 안 나게 예쁜 옷을 정했다.

〈그노시엔느〉를 틀고 초를 꺼냈다. 하지만 에릭 사티조차 거슬려 곧 오디오를 끄고 초도 감추었다. 침실 장식장 위에 있던 너저분한 장식들도 다 치우고 어린 시절 사진이 든 액자 하나만 남겨놓았다. 무릎까지 오는 흰색 드레스를 입고 양복 차림의 아버지와 나란히 서서 찍은 사진이었다. 그러나 잠시 후에 치워버렸다. 그 사진은 서강주를 불편하게 만들 것 같았다. 결국 최근에 찍은 사진이 든 액자를 올렸다. 그 사진 속의 나는, 내가 봐도 낯선, 미지의 여인 같았다. 예전에 결코 상상할 수 없었던 여자, 그게 바로 지금의 나 자신이었다.

어떻게 그렇게도 예쁜 생각을 했을까……

눈 내리는 날의 정오에, 그는 초밥 도시락을 들고 내 집 초인종을 눌렀다. 두 눈에 약간의 수줍음과 약간의 두려움과 약간의 용기가 고루 빛났고 입술엔 기쁨이 퍼져 있었다. 내 눈과 입술도 꼭 그랬을 것이었다. 그는 처음인 양, 조그만 내 집을 둘러보았다. 소파 위 벽에 걸린 조지아 오키프의 복제화를 유심히 들여다보고는 베란다 창 쪽으로 가서 잠시 섰다. 나도 나란히 서서 풍경들 위로 눈이 내리는 것을 바라보았다.

그리고 식탁 위에 초밥 도시락을 펼쳤다. 그가 가져온 불같이 뜨거운 중국술도 열었다.

오디오를 켜지 않기를 잘했다는 생각이 들었다. 조용한 수저질 소리와 음식 씹는 소리, 술 따르는 소리, 비워진 도자기 술잔이 식탁에 닿는 소리……

눈이 내리듯, 조용한 식사시간이었다.

우리 두 사람의 공통점을 생각해보았다. 우리는 둘 다 매정하다. 우리는 둘 다 겁이 많다. 우리는 둘 다 내면이 강인하다. 우리는 둘 다 이기적이다. 우리는 둘 다 순수하다. 우리는 둘 다 고집쟁이다. 우리는 둘 다 선량하다. 우리는 둘 다 나쁘다. 우리는 둘 다 이 일이, 어떤 형태도 되는 것을 원치 않는다. 우리는 둘 다 부도덕하다……

초밥에 올려진 회는 싱싱하고 밥은 이제 막 뭉친 듯 미지근했다. 미소국물을 삼키니 속이 편안해졌다.

"우리 여행 갈까?"

나는 놀랐다.

"이렇게 눈 내리는 날에, 너와 단둘이 깊은 산속에 가 있고 싶다."

"정말요?"

"다음부터는, 내가 한 말에 대해 정말인지 되묻지 말아."

나 자신이 경망스러운 여자처럼 여겨졌다.

"나와 함께 여행 갈 수 있니?"

"언제요?"

"이번 겨울에, 곧."

나는 홋, 웃었다.

"왜 웃지?"

"우리가, 속물적인 거 같아서요."

"속물적인 게 어떤 거지?"

서강주는 들어보자는 듯 기다렸다. 나는 잠시 고민하다가 단념했다.

"말로 하긴 곤란해요."

서강주는 뜻밖에 재미있는 대답이라도 들은 사람처럼 웃었다. 그것은 존재와 삶 사이의 속임수와 관련이 있지 않을까? 진실의 대가를 치르지 않고 욕망을 채우기 위해 삶을 속이거나, 혹은 삶에 속는 것…… 학기는 이미 끝이 났다. 우리에게 시간은 많았다. 삶에 속거나 삶을 속일 시간.

"어디로 가죠?"

"내가 알아보마. 춥고 깊은 산골을."

"추워야 해요?"

내가 웃음을 머금고 물었다.

"아주 추워야 해."

"왜요?"

"그래야 우리의 따뜻함이 속물적이지 않을 거야."

단둘이 있는데도 더욱더 단둘이 있고 싶었다. 자신이 하려는 행위를 의심하듯 그는 손가락 끝으로 나의 뺨을 쓰다듬었다. 그리고 입술에 입을 맞추었다. 밥냄새와 미소국 냄새와 맑은 생선 냄새와 바다 냄새와 깊은 산골의 냄새가 차례로 지나갔다.

12월 25일

이게 무엇일까, 묻지 않을 것이다. 묻기 시작하면 더욱 모호해진다.

크리스마스이다. 나는 혼자 있다. 그는 오늘도, 가능한 것을 하는 것과 불가능한 것을 하지 않는 것을 내게 가르친다. 우리 사이에 가능한 것을 적어본다. 너무 빈약하다.

12월 26일

기상대에서 늦은 밤부터 폭설이 내린다고 예보했지만, 그와 나는 택시를 타고 교외로 나가 영화를 보았다. 저녁을 먹고 돌아오는 길은 어두웠다. 택시를 타고 얼마간 달렸을 때, 그가 나의 털목도리를 풀었다. 나의 목이 휑하게 드러났다. 그는 나의 머리카락을 귀 뒤로 넘기고 목을 바라보았다. 그리고 한 손으로 나의 손을 잡더니 다른 손으로 가죽장갑 끝을 잡고 천천히 벗겼다. 어둠 속에서 새하얀 손이 조금씩 조금씩 드러났다. 완전히 나온 손이 환영처럼 희고 아름다웠다. 손이 아니라 전혀 다른, 별개의 생물 같았다. 그가 내 손을 당겨가 자신의 코트 주머니 속에 넣고 고개를 기울여 내 이마에 이마를 댔다. 그의 정수리에서 특유의 체취가 났다. 척추에서 힘이 빠져나갔다. 차창 밖에는 폭설이 시작되고 있었다.

12월 29일

가장 힘든 것은, 사랑을 나눈 다음날이다. 나는 하루 종일 전날의 만남에 취해서 혼미하게 지낸다. 그것은 전날의 상황을 계속해서 재상영하는 극장에 갇힌 느낌과 같다. 열병에서 빠져나오고 싶은지 빠져나오기 싫은지 알 수도 없다. 중독되어 있는 것이다. 그럴 때, 그가 전화를 해주면 좋겠다.

'나도 그래. 자꾸만 생각이 나. 네 속에 내가 내재되어 있는 것처럼, 온통 네 속에서 살고 있어.'

그런 말을 나눌 수 있으면 나는 이 격렬한 취기에서 깨어날 수도 있을 것만 같다. 나를 안정시키고 정상적인 생활을 할 수 있을 것만 같다. 그 취기에서 차차 깨어나는 사흘쯤 뒤에 전화를 해주어도 좋겠다. 보고 싶다고, 언제 만나자고 약속해주면 좋겠다. 아니다. 그렇게까진 못 해도 일주일마다 한 번씩 안부전화를 해주면 좋겠다. 별일 없는지, 잘 자는지, 밥은 잘 먹는지, 공방에서는 무엇을 만들었는지 물어봐주면 좋겠다. 하지만 그는 전화하지 않는다. 그는 결코 내 부탁을 들어주지 않는다.

1월 3일

당신은 내 귀 속에서 잠을 잔다. 당신의 작은 기척에도 나는 놀라서 잠을 깬다. 당신은 어떻게 내 귀 속으로 들어왔을까……당신 안에서 나는 눈을 뜬다. 당신 안에서 난 잠이 든다. 나는 어떻게 당신 안으로 들어갔을까? 당신은 어째서 이 세상만큼이나 클까? 내가 세상에서 그만 사라져, 당신 안에서 사는 것일까. 다른 남자들, 친구들, 일, 백화점, 음식, 맥주조차 맛을 잃었다. 도무지 세상과 공명이 없다. 나는 유리되어 있는 것이다. 오직 기다린다. 내가 기다리는 것, 원하는 것은, 눈빛. 그 눈빛이 나를 보는 그 순간 속에서, 혹은 그 눈빛이 나를 본다는 약속 안에서 내가 존재하는 것이다. 당신 눈과 내 자궁이 하나로 연결되어 있는 것을 나는 선명하게 느낀다.

1월 13일

이날과 저날, 오늘과 내일, 하루와 하루가 너무도 다른 빛, 다른 맛, 다른 색깔, 다른 질감, 다른 무게이다. 월화수목금토일…… 시간은 끝없이 다르지는 않지만, 조금씩, 혹은 완전히 다른 스펙트럼 속에서 자전하며 흘러간다. 매일 아침 살기를 결심하지만, 나는 기다리기만 한다. 얽매임이 끔찍하다. 옥죄어오는 얽매임이다. 자긍심과 수치심과 화려함과 쓸쓸함과 불안과 기쁨이 뒤범벅이 되어 무엇이지 알 수 없는 수심으로 변해 하루 종일 마음이 격렬하고 검은 안개처럼 어둡고 몽롱하다. 전화를 기다린다, 끊임없이. 나는 전화를 할 수 없고 그만 전화를 할 수 있는 불공정한 게임. 그런데 그토록 다정한 사람이, 왜 이토록 전화하지 않는 것인지……

1월 14일

스테인드글라스 기법을 익히느라 채색유리 조각들을 납선에 끼워 연결시키는데 눈앞이 흐려져서 작업을 계속할 수 없었다. 눈물이 떨어져 손이 미끄러졌다. 롤러칼로 색유리판을 자를 때는 가루를 함부로 튀겼다. 결국 유리공방의 문선생님이 한마디했다.

"손이 떠났구나. 자칫하면 몸 다쳐. 그럴 때는 차라리 손을 떼고 지내."

낮은 음성이었지만 실망한 빛이 역력했다. 나 자신도 내가 못마땅하다.

집에 돌아와 샤워를 했는데도 잠옷 속에서 유릿가루가 돌아다니며 살을 할퀸다. 독한 중국술을 마시며 에릭 사티의 〈그노시엔느〉를 듣는다.

1월 16일

어떤 확신을 가진 것처럼, 전화도 해보지 않고 곧장 그의 연구실로 갔다. 속눈썹까지 얼어붙는 듯 추운 날씨였다. 계단을 오를 때, 내가 연구실에 온 것은 이 세상 사람 누구도 모를 거라고 믿기로 했다. 망설임 없이 4층 연구실 문을 노크했다. 잠시 후, 문이 열렸다. 그였다…… 그의 놀란 눈에 기쁨이 활짝 피어나는 것이 보였다. 이상하게도 그는, 나의 전화를 받지 않고 전화를 하지도 않으면서, 나를 보자 와락 반가워했다.

"들어와."

그는 서둘러 나를 연구실 안으로 잡아끌었다.

"춥지?"

그는 따뜻한 두 손으로 장갑 낀 내 손을 감쌌다. 내 손은 장갑 속에서도 얼어 감각이 없었다.

"앉아."

그는 나를 소파에 앉히고 난로를 가까이 당겨왔다. 그리고 마주 앉아 한동안 얼굴을 들여다보았다. 그 동안 아무 기약 없이 애태우며 기다려온 사람이 내가 아니라 자신이었던 듯 절실한 눈이었다. 나는 그의 눈 속에서 갈등의 흔적을 발견해보려 했으나 실패했다. 그는 순수하게 만난 것을 기뻐할 뿐이었다. 그에겐 애당초 우리 관계에 대한 어떤 의도나 의지도 없었다. 기운이 빠지면서도 안심이 되었다.

"늘 여기 와 계세요?"

"그렇지."

겨우 여기 이러고 있으면서, 왜 내게 오지 않았느냐고 항의라
도 하고 싶었다. 그가 희미하게 웃으며 말했다.

"네 뺨이 붉어졌다."

갑자기 따뜻한 곳에 들어온 탓이었다. 잠시 말이 끊어졌다. 나
는 그제야 장갑을 벗고 손을 비볐다.

"여기서 뭐 하시는데요?"

"좀 쓸 게 있어."

그의 책상 위에는 한 작가의 소설책이 여러 권 쌓여 있었다.
평론작업중인 것 같았다.

"바쁜가봐요."

"괜찮아."

서강주는 어색할 만큼 빠르게 대답했다.

"커피 할래?"

"주세요."

서강주는 꽈배기 무늬가 들어간 파랑색 터틀넥 스웨터와 회색
코르덴 바지에 운동화 차림이었다. 편안해 보였다. 골격이 길고
가슴이 편편하고 채식주의자처럼 살이 없었다. 답답할 만큼 자
신에게 엄격하고, 까다로우면서도 마음이 따뜻하고, 심지어 약
간 수줍어하는 내성적인 남자의 유형이었다. 그는 물이 끓는 동
안 커피를 갈았다. 방 안에 신선한 커피향이 퍼졌다.

커피를 내리는 모습이 섬세하고 단정했다. 투명한 유리주전

자에 떨어지는 커피방울이 햇살을 받아 불꽃 같았다. 따뜻한 커
피 한 모금에 마음이 이내 낮게 가라앉으며 편안해졌다. 햇살
을 가득 받는 안데스 산맥의 넓은 커피밭 풍경이 평화롭게 떠
올랐다.

내 반응을 살피고서야 그는 마시기 시작했다.

"나를 보는 게 좋은가요?"

"좋아."

"그런데 왜 전화 안 하세요?"

"참는 거다."

"왜요?"

"그것도 좋아. 너를 참고 있는 마음이 맑고 낮아서 소중해."

나는 힘들어요, 그 말을 속으로 삼키면서, 내가 더 사랑하는
사람이라는 사실을 깨달았다. 더 사랑하는 사람이 상대를 허용
한다. 내가 하루하루 애태우는데도 그는 이곳에서 태만하게 서
성거리는 것이다. 서강주는 이 일이 무엇이 되는 것을 원치 않는
다. 아무 일도 아닌 것처럼, 우리는 흘러갈 것이다. 어느 날 끝이
날·때까지…… 그런 그에게 힘들다고 말할 수는 없었다. 그는 내
마음은 생각하지 못했다. 그가 견디듯, 내 마음은 내가 견뎌야
하는 것이다. 그대로 두면 그는, 한 달이든 두 달이든 그렇게 앉
아 있을 사람이었다.

"어젠 비가 와서 힘들었어요."

"비가 왜?"

"마음속의 빈 상자들이 젖어서 모두 무너졌어요."

그는 한심하다는 듯 쳐다보았다.

"비는 비일 뿐이야. 다음에 비가 올 때는 그렇게 생각해."

그가 일축했다. 어제 내 가슴 안에서 빈 상자들이 젖는 것을 생생하게 느꼈다. 우리 사이에 그토록 높고 공허한 빈 상자의 탑이 쌓인 줄 나도 몰랐었다. 종이상자들은 비에 젖어서 쉽게 녹아내렸다. 우리의 관계란 그렇게도 무의미하고 텅 빈 것이었다.

"제 마음대로 해도 되나요?"

그는 수락도 거절도 없이 나를 바라보았다. 나는 탁자에 손을 짚은 채 맞은편의 그에게로 몸을 기울이고 입을 맞추었다…… 그러고는 부츠를 벗고 소파 위로 발을 올리고 앉았다. 그의 눈이 커졌다. 세상이 숨이 막히도록 고요했다.

늦가을 낙엽이 바스락거리는 깊은 숲속에 있는 것 같았다. 나뭇잎에 고인 차갑고 맑은 물방울이 떨어지는 소리, 작은 곤충이 풀잎 위를 지나가는 소리, 거미줄을 흔들며 지나가는 거미의 기척, 나뭇가지에 앉아 부리로 깃털을 다듬는 새의 뒤척임, 청설모나 담비 같은 작은 짐승이 숨어 눈을 깜박이는 그런 소리까지도 들리는 것 같은 고요였다.

내 눈 높이의 책장에 영어판 제임스 조이스의 『율리시스』가 보였다. 그 양옆에는 맨스필드와 버지니아 울프가 꽂혀 있었다. 나는 옷을 벗기 시작했다. 너무 많이 껴입고 있던 터라 옷 벗는 모양새가 우스꽝스러웠다. 그가 다가왔다.

우리는 어떤 국경을 넘고 있는 것일까…… 이런 기록을 하다니, 두렵다. 그러나 실제로 그것은 너무나 단순한 행위였다. 그 단순성 때문에 나는 영원히 잊을 수 없는 충격과 감동에 빠진다.

"내가 마음대로 해서 나빴나요?"
나중에 묻자 그는 다정하게 말했다.
"아니다. 네가 그렇게 해서 좋았다. 하지만 다음부턴 그러지 마."
"결국 나무라네요. 전화할 때까지 가만히 기다리고만 있으라구요?"
"네가 아까워서 그런다. 네가 아까우니 이러고 다니지 마."
그가 엄하게 말했다. 우리는 서로의 눈을 뚫어지게 보았다. 무엇을 묻는 듯이.

1월 17일
처음으로 그가 안부전화를 해주었다.
"뭐 하고 있었니?"
음성 속에 눈이 녹은 봄물 같은 풋냄새와 경쾌한 숨결이 있다.

청년같이 상큼한 음색이었다. 생소한 음성, 나를 향한 그의 설렘일까?

"산책 나가려던 참이었어요."

"날씨가 추운데?"

"햇빛이 괜찮아요."

"옷 든든히 입고 목도리와 장갑도 꼭 하고 가."

"왜 전화했어요?"

"네가 어제 가면서 오늘 꼭 안부전화해달라고 했잖아."

나는 웃었다.

"보고 싶군."

바위가 굴러와 떨어진 듯 온 마음이 출렁, 흔들렸다.

"벌써요?"

나는 얼빠진 채 반문했다.

"벌써라니, 다음부턴 그렇게 말하지 말아."

그의 마음을 전혀 종잡을 수 없다. 이런 땐 의심의 여지 없이 다감하다.

"제가 보고 싶어서 전화한 건가요?"

"네가 부탁해서 했다. 전화는 중요하지 않아. 난 요즘 늘, 네가 보고 싶다. 알겠니?"

그러자 가슴이 아려왔다.

"정말요?"

나는 또 바보처럼 되물었다.

"정말이냐니, 누경, 그렇게 말하는 법이 아니다."

나는 그가 드러내는 마음이 버거워 웃음을 터뜨리고 말았다.

"다음주에 여행 가자. 일박 이일만 잡을게."

"산속으로 가나요?"

"정선으로 갈 거야."

"그렇게 먼 곳으로요?"

그곳은 내게 전설의 공간처럼 머나먼 산간지방이었다. 외국처럼 멀게 느껴졌다. 거친 근육 같은 산맥들, 긴긴 계곡, 검은 돌이 쌓여 있는 폐광산들과 버려진 탄광촌, 가난과 외로움과 부랑, 추위와 고요 속에 폐허의 외딴집들이 띄엄띄엄 펼쳐져 있을 것만 같다.

"눈이 많이 쌓였을 거야. 우린 제대로 옷을 입고 가야 해. 나는 코트 속에 양복을 입고 넥타이를 맬 거야. 누경인 코트 속에 가장 예쁜 옷을 입어. 투피스를 입어. 춥지 않게 두꺼운 스타킹을 신고 구두를 신고 화장을 잘 해."

"왜 그래야 하죠?"

"의식처럼 진지한 여행이니까. 우린 옷이 구겨지지 않게 조심하면서 밥을 먹고, 옷을 단정하게 벗어 옷장에 걸어두고 단정하게 잠자리에 들 거야."

그는 이미 많은 생각을 해둔 것이었다. 그가 생각했을 시간들이 만져지는 듯했다. 그는 혼자 있을 때, 의외로 내 생각을 많이 하는지도 모른다. 그런 그가, 사랑스러웠다.

"그때 내가, 당신이라고 불러도 되나요?"

"그래."

"그때 내가, 아저씨라고 불러도 되나요?"

"그래."

"그때 내가, 너라고 불러도 되나요?"

마지막엔 장난스럽게 말했다.

"안 돼."

"……"

침묵 속으로 눈물이 날 것 같은 따스함이 지나갔다.

"잠옷도 가져갈까요?"

"순면 소재에 소매가 길고 따뜻해야 돼. 그리고, 흰색으로 가져와."

"왜 흰색이죠?"

"눈 덮인 산속에선 그게 어울려. 바지는 절대로 안 돼. 치마여야 해."

그는 또 한번 나를 웃게 했다. 단정하고, 엄격하고, 어쩌면 편견이 심하고, 나이 많고 이렇게 귀여운 사람……

"네 웃음소리가 좋구나. 어제는, 너를 둘러싼 빛이 너무 아름다워서 마음이 아팠어."

"아름다움이 왜 아프죠?"

"너무 맑으면 아파."

문득 눈앞이 어두워지고 마음이 아파왔다. 그러나 나는 맑지 않다. 나는 탁하다. 나는 부도덕하다……

"여행지에서, 사람들은 우리를 부도덕하게 보겠죠."

"걱정 마. 사람들이 어떻게 보든 너는 여전히 티 하나 묻지 않고 예쁠 거야. 도덕도, 부도덕도 실제로는 없는 것이다. 내가 보장해. 그러니 사람들의 시선은 전혀 걱정 마. 내가 잘 보호할게."

그 존재가 발하는 눈에 보이지 않는 아우라를 발견하고 존경하지 않는다면 그를 사랑할 수 없다. 우리가 서로를 사랑한다는 것은 실은 그 정신의 질서를 사랑하는 것이다. 나는 그의 차가운 합리성과 뜨거운 초연함과 담백한 세속성에 매료되었다. 심지어 엉터리인 줄 알면서도 그 지독한 편견들마저 사랑스러웠다. 전화가 끊어지자 나는 몸을 굽혀 차가운 책상에 가만히 얼굴을 댔다. 내가 푸른 잎사귀마다 총총히 이슬을 매단 숲속의 작은 잡목처럼 느껴졌다. 한 방울 눈물이 떨어졌다.

1월 29일

긴장했었던가…… 여행을 떠나기 전날은 마음이 들떠, 잠을 설쳤다. 서강주도 그랬을까? 그도 나처럼 설레고 긴장했을까? 그랬을 것이다. 우리 두 사람에게 여행이란 떠나기도 돌아오기도 어려운 것이니까. 돌아와 그 외진 곳을 생각하니 상상 속의 페루나 네팔 같은 머나먼 이국의 가난하고 척박한 지역 같다.

정선으로 들어가는 길은 계곡을 따라 끝이 없을 듯 굽이굽이 들어갔다. 정선 구절리역을 지나 옛 탄광촌의 길가 민박집 몇 개를 지나 계곡을 따라 달릴 때 서강주가 말했다.

"풍광이 너무 깨끗해서 지나가기가 벅차구나."

눈 덮인 계곡 아래로 흐르는 물결이 너무 맑고 단단해 얼음 부서지는 소리를 내는 듯했다. 십 킬로미터쯤을 더 달려도 차 한 대 만나지 않았다. 이따금 폐옥이 한 채씩 무너져갈 뿐인 막막한 풍경이었다.

밤나무 세 그루가 서 있는 사당 앞에서 서강주는 무엇엔가 이끌린 듯 차를 세웠다. 바닥에는 마른 나뭇잎과 밤 껍질이 두텁게 쌓여 있었다. 사당 위쪽엔 문 닫은 가겟집이 있고, 멀리 낮은 언덕에 작은 분교가 있었다. 어디선가 본 것처럼 낯익은 풍경이었다.

어느 옛날에 그 근처 외딴 집에 살며 학교를 다녔던 아이인 것처럼, 평생 분교 앞 가겟집에서 먼지 묻은 문방구와 과자를 팔았던 여자인 것처럼, 삶의 기다림에 지쳐 말조차 잃은 채 사당 앞에 돌을 올리며 죽기를 소망했던 노파였던 것처럼, 서러움이 몰려왔다.

"이런 곳에서 살아봤던 것 같다."

양복 차림에 넥타이까지 맨 서강주가 말했다.

"나도 그래요."

서강주가 내 코트에 달린 모자를 머리에 씌워 양쪽 귀를 감싸

주었다.

"예쁘구나."

나는 선홍색 순모 코트를 입고 같은 색 구두를 신고 있었다. 그리고 약간 두꺼운 비둘기색 스타킹과 밀크색 투피스 차림이었다.

"우리 둘이 이런 곳에서 살아봤더라면……"

"그랬으면, 좋았을까요?"

"좋았을 거야. 우리가 전에 함께 살아본 사람이면 좋겠다."

"왜요?"

"그러면 지금 같이 살려고 애태우지 않아도 될 테니."

차가운 바람이 불었다. 내 몸속으로 누구인지 모를 한 여자와 한 남자의 생애가 흘러가는 것 같았다. 너무 추워서 몸이 떨려왔고, 그사이 눈물이 흐르기 시작했다. 서강주가 나의 손을 꽉 잡았다.

"갑자기, 왜 그러니?"

나는 대답하지 못하고 고개를 저었다. 전에, 기억도 나지 않는 언젠가, 우리 두 사람, 행복하게 살았던 것만 같았다. 그가 손으로 내 뺨에 흐르는 눈물을 닦아주었다.

"들어가자. 추운 데서 울면 얼굴 상한다."

"미워요."

"왜?"

"둘이 살다, 짧은 행복을 남기고, 도망간 남자 같아요."

"너를 두고? 내가 그랬을 리가 없다."

그가 정색을 했다. 나는 눈물을 흘리다가 웃고 말았다.

눈 덮인 고원의 초지를 지나 우리는 안개와 눈보라에 휩싸인 산속으로 들어갔다. 숲의 안쪽은 이상스럽도록 맑고 고요했다. 검은 나뭇가지와 침엽수와 바위마다 눈꽃이 환영처럼 가벼이 얹혀 있었다. 눈으로 짠 레이스 전시장같이 섬세하기 이를 데 없는 풍경이었다. 오르막과 내리막에서 차가 방향을 바꾸며 구불구불 휘어질 때마다 각도가 바뀌며 변화무쌍한 눈꽃 퍼레이드가 이어졌다. 나는 넋을 잃고 바라보았다. 아니, 내 넋이 몸을 떠나서 바라보는 것 같았다.

햇빛이 닿으면 이내 녹아 사라질 눈꽃이라니, 이 세상에는 왜 이런 환(幻)이 있는 것일까. 왜 기다리고 또 기다려야 하는 내일이 있고, 왜 닿을 듯 말 듯 닿지 않는 사람이 있고, 아무것도 이룰 것 없이 자리를 적시며 사라져갈 이런 사랑이 있는 것일까.

문득 나뭇가지 부러지는 소리가 들렸다. 눈의 무게로도 나뭇가지가 부러지다니…… 그 울림에 밀려 숲 가장자리의 눈이 푸스스 부연 눈보라를 일으키며 흩어졌다.

"난, 적어도 내 진실은 감당하며 살고 싶어요. 누구나 인간은, 자신의 진실을 감당할 능력은 있을 테죠."

"그렇지 않다. 그거, 인간에게 굉장히 어려운 거다."

"하지만 자기 진실의 대가조차 치르지 않는다면, 우리의 영혼은 어떻게 되는 거죠?"

"그런 건 인간에 대한 꿈이야. 현실에서 인간은, 겨우 인간답게 살아내고 죽는 것만으로도 충분히 할 일을 하는 거다. 자기에 대해서도 타인에 대해서도 과대망상을 버려야 해."

"나도 당신에게 과대망상일까요?"

"아니다. 나에게 너는, 그냥 너야."

그는 무책임한 감정이나 감상으로 사랑을 발전시키지 않는다. 그렇게도 당당하게 비겁하고, 결벽하게 표명하고, 가차없이 현실적인 것이 서운하지만, 그가 옳다는 것을 나는 안다. 우리는 이 현실에서 도망칠 수도, 극복할 수도, 초월할 수도 없다. 가장 순수한 의무란, 현실을 살아내는 것뿐이다.

"인간은 오늘, 꼭 오늘, 그만큼 노력하는 바로 그 존재야. 그 이상도 이하도 아니야. 난 나이들었고 오랫동안 내 인생을 공들여 쌓아왔어. 여러 사람이 걸려 있고 여러 일이 얽혀 있고 명예와 책임이 걸려 있지. 그건 무척 중요한 것이다. 진실보다 더 중요해. 아니, 그게 바로 진실이야. 삶 이외의 다른 진실이란 허약한 거야. 그래서 나는 참아. 참는 것이 힘들어."

"예를 들면…… 참는다는 게 뭐죠? 구체적으로 말하자면요."

"사랑, 나는 항상 그걸 참는다."

그는 결코 나를 사랑한다고 말하지 않을 결심인 것이다.

"더 허약한 진실을 참는 거군요."

그가 나의 손을 잡았다. 나도 그 손을 마주 쥐었다. 괜찮다. 있는 그대로 충분하다. 아무 의미조차 없다 해도, 햇빛이 비치면 자리를 적시고 이내 사라질 눈꽃이라 해도. 이토록 아름답게 조금, 잠시, 서로를 기쁘게 해줄 수 있기만 해도 괜찮다. 언젠가는 내가 변해 그에게 묻겠지. 어디까지, 언제까지 이렇게 가려구요…… 나는 뒤처지며 변명하겠지. 어떻게 이렇게 계속 가요, 힘들어요. 나 죽을 것같이 힘들어요…… 그렇게 나의 자리를 적시며 스러져가겠지. 그러나 지금은 괜찮다. 아직은.

그의 푸른색이 섞인 회색 양복과 나의 밀크색 투피스가 옷걸이에 정돈되어 벽에 나란히 걸려 있었다. 저녁부터 눈이 계속 내렸다. 돌아갈 수 없을 것만 같았다.

완벽해요……

그가 내 몸속에 들어와 있는 동안, 나는 몇 번이고, 속삭였다. 청솔가지로 군불을 지핀 연기가 밴 산골마을 민박집에서, 그는 내 다리를 자신의 허벅지 사이에 끼우고 내 손을 꽉 쥐고 이내 코를 얕게 골며 잠이 들었다. 그렇게 쉽게 잠들다니, 정녕, 세속주의자다운 단순한 잠이었다. 나는 얼굴을 그의 턱 밑까지 들이밀고 코고는 소리를 들었다. 낮고 고르고 깊은 숨소리였다.

그의 살아 있음이 애틋하여 자꾸만 얼굴을 쓰다듬었다. 그의 허벅지가 점점 뜨거워졌다. 내가 얼굴을 쓰다듬어도 귀를 만져

노 그는 깨지 않았다. 나는 소꿉놀이하는 아이처럼 속삭였다. 당신, 당신, 당신……

운전이 힘들었던 모양이었다. 잠이 깊어갈수록 그의 입에서 흐릿하게 쓴 약냄새가 났다. 나는 코를 대고 그 냄새를 맡았다. 그 냄새로부터 쉰 살을 지나 노화되어가는 몸의 고단함을, 나보다 스무 살가량이나 많은 그의 나이가 가진 숫자의 의미를 헤아려보았다.

움푹 파인 그의 눈두덩을 쓰다듬었다. 야윈 뺨과 곧은 코와 얇은 입술을 쓰다듬었다. 그는 죽은 듯이 고요히 잠을 잤다. 그는 과장도 없고 허위도 없다. 놀랍게도 그에겐 자기가 없다. 그는 자신의 길을 가면서, 현실의 강요에 부응하고 의무를 다할 뿐이다. 그러고도 안 되는 일은 견딘다. 그것이 운명인 것처럼. 그래서 그는, 자연처럼 책임 없이 살아낸다. 자연처럼 그는 자유롭다. 죽을 때조차 자연처럼 거침없이 떠나갈 것만 같다. 지금 내가 그를 잡지 못하는 것처럼, 스스로도 자신을 잡지 않을 것이고 어느 누구도 그를 잡지 못할 것이다. 이 삶조차도.

그의 허벅지가 점점 더 뜨거워졌다. 나는 그의 품 안으로 파고들었다. 내가 살아 있다는 것이 애절해졌다. 평생에 몇 번이나 이런 밤이 있을까……

봄 여름 가을 겨울, 한 철씩만이라도 같이 살아보고 싶었다. 이대로 눈이 끝없이 내려 산골마을이 눈사태 속에 넝넝 파묻혀버려도 좋을 것 같았다. 백 년쯤 뒤에 포옹한 백골 두 기가 뼈 하나 흩어지지 않고 지금 놓인 자리 그대로 발굴되어도 좋을 것 같았다. 사람들은 우리를 알아보지 못할 것이다. 엄마도 오빠도, 그의 아내도, 아무도 세상에 없을 테니까……

신기하게도 그는 잠이 든 뒤에도 여전히 내 손을 쥐고 있었다. 덕분에 나도 다른 심연으로 빠져들지 않고 어느 결에 잠이 들었다. 그에게 손이 잡힌 채…… 눈이 꿈결까지 쌓이는 것 같았다.

2월 1일

그의 연구실로 가는 길에 옛날 조교를 보았다. 고위 공무원과 결혼했다는 소문을 들은 적이 있었다. 그녀는 옛날 그대로 눈빛과 입 매무새가 처연하도록 단정했고 여린 몸의 선도 그대로였으나 전체적으로 조금 퇴색한 모습이었다. 회색 코트 속에 단정한 치마를 입고 갈색 단화를 신고 있었다. 다리가 조금 야위어 빠져나간 세월이 눈에 보이는 듯했다. 공허한 눈 속에 얼음물에 헹군 듯 맑은 눈동자가 정면을 향한 채 다가오더니 바로 앞의 나도 보지 못하고 지나갔다. 발이 떠 있는 것처럼 느껴지는 걸음이었다. 어찌나 슬퍼 보이던지 불러세워 말을 걸 수도 없었다.

연구실로 들어서자, 서강주는 기다렸다는 듯 문 앞으로 다가왔다. 그리고 내게 닿을 듯 말 듯 근접한 거리에서, 나의 머리카락과 뺨과 코와 목을 스치며 숨을 들이마셨다. 소중해하는, 감사

150

하는, 비천하고 겸손한 짐승처럼 수줍고 신중한 접근이었다. 함께 숨을 들이마시니 그의 체취가 투명한 베일처럼 나를 감쌌다. 캄캄한 현기증이 지나간 뒤 눈을 떴을 때, 내 눈이 칠흑처럼 검어진 것 같았다. 그런 눈으로는 세상을 보지 못할 것이었다. 눈으로 보아도 소용이 없을 것이었다. 아무것도 보지 못하고 오직 그 사람 하나만 보는 눈이었다.

탁자에는 두 개의 찻잔이 놓여 있었다. 이제 막 누가 다녀간 것 같았다. 흰 찻잔에 옅은 립스틱 자국이 묻어나 있었다.

"오다가 혜정 언니를 보았어요."

탐색하듯 조심스럽게 소문의 실마리를 당겨보았다.

"그래?"

그는 예사롭게 대답했다. 그가 말할 조짐이 없어 다시 물었다.

"여기 다녀갔나봐요?"

"……오랜만에 왔어."

그는 화제를 피하는 듯 입을 다물고 책장을 향해 돌아섰다. 그럴 때 서강주는 나로서는 접근할 수 없는 괴팍하고 고약한 남자일 뿐이다. 그녀의 얼굴이 눈앞에 어른거렸다. 드문드문 들었던 소문들도 떠올랐다. 그는 책 몇 권을 뽑아 사인을 했다. 그가 쓴 평론집과 내가 읽어보기를 바라는 책들이었나. 토마스 만의 『베니스의 죽음』도 들어 있었다. 아셴바흐는 추남이지만 자신에게 엄격한 그 지점에서 서강주와 닮은 데가 있는 인물이었다. 그토록 엄격한 아셴바흐도 결국 탐미로 인해 파멸해간다. 서강주의 표정을 보며, 그가 아름다움 때문에 무너질 사람은 아니라는 생각이 들었다. 그가 말한 그대로, 그는 세속적인 사람이었다.

"나가지."

그가 사인한 책을 챙겨들고 말했다. 우리는 학교 근처에서 점심을 먹었다. 나는 끝내 소문을 확인하지 못했다. 우리가, 프라이버시에 대해 정면으로 물을 만큼 가까운 사이가 아니라는 사실을 깨달았을 뿐이었다.

점심을 먹고 나오는데 문 앞에서 여자애 하나가 그에게 인사를 했다. 놀랄 만큼 가느다랗고 희고 사내아이 같은 느낌의 여자애였다. 그의 학생 같았다. 맙소사, 여학생의 얼굴에 격렬한 동요가 지나가는 것이 보였다. 나는 갑자기 그의 수업을 듣는 모든 여학생이 궁금해졌다. 요즘도 여학생들이 그를 두고 수군거릴까? 수업시간에 그가 한번 웃으면 동요할까? 상미가 말했듯이, 서강주라면, 앞뒤 가리지 않고 연애하고 싶다고 생각할까? 얼굴을 붉히던 여학생이 요정같이 예뻐서 나 자신이 처량해졌다.

2월 3일

그가 전화를 했다. 보슬비가 내리고 있었다. 옆 빌라에 사는 노부인 둘이 우산을 쓰고 나란히 아카시아나무들이 서 있는 낮은 언덕을 내려갔다. 옛날 여학생들 같았다.

"괜찮니?"

"뭐가요?"

"비가 내리니, 너의 빈 상자들이 걱정돼."

나는 책상에 팔을 짚고 손으로 눈을 가리며 쿡 웃었다. 벗은 몸으로, 목과 어깨와 가슴을 드러낸 채 내 몸 위에서 미소짓던 그의 얼굴이 보였다. 진실하고 연약해 보이는 모습이었다.

"우린 마음이 같을까요?"

내가 물었다. 그가 숨도 쉬지 않고 대답했다.

"같아."

2월 4일

그가 전화를 했다. 늘 그렇듯, 그가 전화를 하면 가슴이 뛰었다.

"어쩐 일이세요? 이렇게 매일?"

내가 묻자 그는 시무룩한 음성으로 사과했다.

"성가시게 해서 미안해."

"아뇨, 아니에요. 기뻐서 그런 거예요."

"정말 기쁜 건가?"

"제가 기뻐하는 게 중요한가요?"

"우리 사이에신 그게 가찡 중요해."

"고마워요."

"너 없이 어떻게 세상을 견뎠는지 모르겠다."

몸 안에 부옇게 김이 서리는 듯했다. 콧등이 시큰해지며 코가 막히는 느낌……

"왜 대답이 없니?"

나는 괜히 헛기침을 했다.

"기뻐하고 있어요."

그가 말없이 긴 숨을 내쉬었다.

"요즘 자주 옛날 일이 떠올라. 어린 네가 치마를 입고 맨다리로 아직 추운 3월의 들판을 달리던 모습 같은 거."

내가 세상에서 처음으로 좋아한 사물은 치마였다. 엄마의 겨울 잠옷을 뜯어 만든 도톰하고 부드러운 치맛자락이 맨다리에 감기던 감촉, 그것은 고양이 털처럼 따스하고 간지러웠다.

"예뻤어. 그 치마를 입었던 모습……"

"오래된 앨범 속에 우리가 함께 찍은 사진이 있어요. 어릴 때, 그 사진을 보며 당신 얼굴을 배웠어요."

그의 얼굴은 어두운 밤이 지나고 동이 트면서 사물이 분간되는 것처럼 아홉 살 무렵에야 내 삶에 모습을 드러냈다. 어쩌면, 나는 세상의 얼굴들 중에 가장 먼저 그의 얼굴을 배웠는지도 모른다.

"당신이 갑자기 우리 집 대문을 밀고 들어올 때마다 내가 얼마나 기뻤는지…… 난 그것을 세상 아무도 모를 비밀로 간직했어요."

154

"그랬니? 그렇게 어린 애가……"

"못됐기도 하죠?"

그가 웃었다.

"못된 거 아니야. 네가 그럴 리가 있니. 네가 나빠지지 않도록 내가 잘할게."

그는 거의 공손하게 말했다.

"내일 또 전화할게."

정말요? 라는 말을 간신히 삼켰다. 내일 또 전화를 하겠다니, 이상한 일이었다. 그는 매일 전화하고 있었다. 그런데 왜 갑자기 슬퍼졌을까. 우린 마치, 국경 너머에서 자기만의 언어로 각자 짝사랑을 하는 가난한 외국인들 같다.

2월 5일

함께 저녁을 먹는 동안 그가 너무나 슬픈 눈으로 나를 바라보았다. 검은 동공이 흘러내릴 듯 슬퍼 보였다. 식사가 끝날 무렵 그가 말했다.

"난 여자를 사랑한 적이 없었어."

"왜죠?"

"여자들이 약한 것이 두려워."

"……"

"제대로 사랑을 하기도 전에 여자들은 내 앞에서 헛것처럼 무너졌어."

나는 야단을 맞는 것 같았다. 남자들은 약한 여자 때문에 그들이 꿈꾼 사랑을 이루지 못하고 좌절한다. 나는 처음으로 내가 한 남자를 사랑할 수 있을 만큼 강한지 자문해보았다. 아니었다. 나는 이 사랑을 위해 할 수 있는 것이 없었다. 아니, 아무것도 하지 않을수록 이 사랑을 위해 뭔가를 하는 셈이었다.

나는 집에 돌아와서 그에게 편지를 썼다.

'왜 그렇게 슬픈 눈으로 나를 보았나요? 눈을 감으면, 당신 눈 속의 눈동자가 내 눈 속에 고인 물처럼 흔들려요. 당신의 속눈썹이 내 속눈썹을 덮어요. 여린 속눈썹 아래서 이슬처럼 떨리는 이 집요한 시선…… 내가 당신을 보고 있는지 당신이 나를 보고 있는지 알 수 없어요. 이토록 보고 있다 해도 여전히 보고 싶어요. 어쩌다가, 어떻게도 할 수 없는 이런 일을 만들었는지, 우리가 원한 건 단지 보고 싶어하는 마음인 걸까요? 우리가 할 수 있는 건 그것뿐이라고 당신 눈이 말하네요. 그러면 나는 이 마음을 생의 끝까지 지니고 가야 하는 건가요? 그 외에 무엇을 더 할 수 있을까요? 차라리 이 마음을 부수어버리고 싶어요. 내 눈 속에 가만히 닫아 익사시키고 싶어요. 화장시켜 멀리 날려버리고 싶어요. 그렇게 나를 해쳐서 헝겊인형 같은 무생물의 마음이 되어 당신이 죽을 때, 단 한 번 열리는 그 구멍 속으로 순장처럼 함께 사

라지고 싶어요……'

편지 쓰기를 중단했다. 보낼 수 없는 편지였다.

2월 7일

나는 쓴다. 쓰지 않는 것이 더 안전할 것이다. 그러나 흩어질까
봐, 사라지는 것이 아까워 쓴다. 이 소중한 것을. 이 찬란한 것을.

우리는 구기동의 중국 레스토랑의 룸에서 천천히 점심식사를
했다. 나는 혹시 그의 이웃이라도 마주칠까봐 조심스러웠지만
그는 태연했다. 죽순과 여러 가지 해물과 버섯이 들어간 우동 국
물을 삼킨 뒤 수저질을 멈추고 그를 바라보았다.

그의 눈을 정면으로 들여다보는 것이 이제 더이상 어렵지 않
았다. 오히려 무슨 수수께끼라도 푸는 듯 집요해지는 심정이었
다. 그가 왜 그러냐고 물었다. 우리는 몇 초 동안 가만히 서로의
눈길을 받았다. 눈자위가 움푹 패어 그늘이 짙은 눈이었다. 보통
의 경우 무슨 생각을 하는지 알 수 없고 용의주도해 보이는 눈이
었다. 젊었을 때는 냉정해 보였지만 지금은 슬프고 따뜻했다. 그
리고 눈빛도 부드러웠다.

"우동 국물에서 당신 몸냄새가 나요."

그의 얼굴이 굳어졌다. 그는 내가 감각적이거나 감정적인 말

을 하는 것을 좋아하지 않는다. 그는 별소리를…… 하는 금지의 표정을 지었다. 그의 눈이 조도가 낮아지듯 어두워졌다. 나를 보는 눈동자가 곧 흘러내릴 것만 같았다. 그는 오늘따라 말이 더 없었다. 그는 과묵함 속에서 어떤 말들을 지우고 있을까? 나는 그를 이해하지만, 이해한다고 믿는 것이야말로 오해일지 모른다. 실제로는 그가 말을 해도 나는 잘 알아들을 수가 없다. 너무 간결한 말, 지나치게 밀도와 강도가 높은 말, 앞뒤를 토막친 채 밑도 끝도 없이 나오는 함축된 말, 나는 그 말들에 대응할 수도 없었다.

식사가 끝나고 차를 마실 때, 그가 홀연히 말했다.

"사랑해."

나는 우리가 무엇을 하는지 처음으로 알게 된 사람처럼 놀랐다. 한순간 심장이 외기에 노출되어 핀셋에 지그시 찔리는 느낌이 들 만큼 생경하게 아팠다. 술 한 방울도 마시지 않았고 침대 속도 아닌데, 그는 말갛게 갠 정신으로 분명하게 그 말을 했다. 타인이 타인에게 사랑한다고 말하는 의미가 무엇일까? 그 동안 우리가 무엇을 하는지 모르는 채로 만나온 기분이 들었다. 그가 처음으로 사랑한다고 언술하는데도 그 말의 효력은 예상과 달리 커지지는 않았다. 사랑보다 세속에서의 명예로운 삶을 더 중요하게 여기는 중년의 남자에게 그것이 의미하는 바가 무엇인지 확인할 수 없었다. 그렇다고 꼬치꼬치 캐물어 한마디 한마디마다 추를 매달 수도 없었다. 그러니 사랑한다고 말했다 해도 달라질 것이 없었다. 나는 무엇인지 모른 채로 계속해왔고 그에게 굳이 묻지도 않았다. 사랑보다 더 광범위한 무엇인가를 해온 기분이었다. 나는 아직 그로 인해 불행을 겪지 않았다. 그러나 그가 사랑한다고 말한 그 순간부터는 무언가 달라질 것 같았다. 요구가 생기고 원망이 생길지도 모른다는 흐릿한 예감이 들었다. 그래서, 마지막에는 내 사랑이 헛것처럼 무너질 것이다. 나는 결심했다. 이것이 사랑이든 사랑이 아니든, 언제까지나 그를 무고하게 남겨두겠다고. 그것이 내가 이 사랑을 위해 할 수 있는 유일한 능력이었다.

"사랑해요."

나도 내 식대로 응답했다. 그러자 그의 눈빛이 절정에 다다른 듯 번쩍이다가 급격히 무력해졌다. 사랑한다는 말을 해버린 것은 역시 유감이었다. 그런데도 결국 하지 않을 수 없는 때가 온다. 영원과 순간의 억눌린 틈에서 흘러나오는 사랑을 다른 말로 표현하면 무엇이 될까? 갈망, 불가능, 광기, 죽음…… 당신을 사랑해요 대신, 당신을 갈망해요 라든가, 당신이 불가능해요 라든가, 당신에게 미쳐요 라든가, 혹은 당신은 나의 죽음이에요 라고 대체할 수 있을까. 안으로 파고들수록 점점 더 비켜나고 사랑한다고 말할수록 더욱더 외로워지고 마음이 첨예해질수록 점점 더 협소해진다. 특히 아무런 약속도 할 수 없는 사이일 때.

"누경, 내 눈을 봐."

그가 침대에서 말했다. 나는 캄캄한 동굴 속에서 더듬어나오듯 간신히 눈을 떴다. 내 눈을 가득 채우는 그의 슬픈 두 눈…… 이 세상만큼 커져서 온통 나를 뒤덮은 눈, 내 속의 눈, 그 눈 속의 나…… 나는 숨을 쉬지 않는 나를 발견했다. 그런 때에 나는 어디로 숨을 쉬는 것일까.

2월 10일

지난 열흘 동안 그는 매일 전화를 하고 이틀마다 식사를 같이 했다. 그후에는 사랑을 나누었다. 나를 위해 내주는 그 환하고 다정한 음성…… 오늘은 몸이 좋지 않아 약속을 거절했다. 산책을 하고 점심을 잘 먹고 욕조에 레몬조각을 넣고 반신욕을 한 후 침대에서 푹 쉬었더니 한결 몸이 가벼워졌다.

요즘은 하루 동안 할 수 있는 일이 거의 없다. 간단한 요가동작, 신문 읽기, 아침식사, 집안일 조금, 점심식사, 공방에서의 작업, 저녁, 텔레비전 뉴스 보기, 독서, 수면…… 틈틈이 동작을 하다가 말고 섬망처럼 서강주를 만난 어제와 그제 속을 헤맨다. 그리고 그를 만나는 날은 하루 전체가 데이트 전과 데이트 후로 채워진다. 그는 왜 갑자기 이렇게 자주 전화하고 만나자고 하는 걸까? 내가 원했기 때문에 그렇게 해주기로 한 걸까? 아니면 그에게 어떤 혼란이 있는 걸까? 이해할 수 없게도, 이틀마다 보면서도 그는 매일 애를 태운다.

'이렇게, 얼굴을 만지는 것이 좋아. 이렇게, 조금만 닿아도 좋아. 아니, 닿으려고만 해도 좋아……'

그가 조금 두려워진다. 우리가 무슨 일이라도 실제로 벌이게 될까봐, 그것이 두렵다.

2월 11일

맙소사, 그는 이 주 동안 베를린에 간다고 한다. 학회 세미나가 있단다. 간다는 말을 하려고 매일 전화했지만, 말이 나오지 않아 다른 말들만 했다고 한다.

"누경, 왜 말이 없어. 화난 거야?"

목소리가 나오지 않았다. 이 사람은 어느 날 나를 완전히 떠날 때도 이렇게 말을 못하다가, 나와는 무관한 사람처럼 별안간 사라지겠구나…… 그리고 지난 열흘간 고조되어온 감정의 긴장이 풀리며 실망감이 몰려왔다.

"다시는 멀리 가지 않을게."

"……"

"무슨 말을 좀 해."

"멀리 가면, 우린 서로가 보고 싶을까요?"

"난 네가 보고 싶을 것이다."

정직하게 말하자면, 그 순간 난 알 수가 없었다. 그토록 애타하던 것도 바로 손 닿는 곳에 있었기 때문이 아니었을까. 너무 멀리 있으면, 애타할 수도 없을 것이었다.

"누경, 내가 다녀오면 둘이 섬으로 여행가자. 바다가 보이는 호텔에서 깊은 잠을 자자."

"……"

"너, 화났구나."

"그래요. 당신은 우리 사이의 모든 일을 혼자서 결정내릴 사람이에요."

"그렇지 않아."

그는 트집잡지 말라는 듯 단호하게 잘라 말했다.

"다녀올게. 잘 지내고 있어."

"식사 잘 챙기세요."

나는 체념하듯 인사했다.

"그럴게. 너도 그래야 한다."

그의 음성이 실의에 젖은 사람처럼 기운이 없었다.

"그럴게요."

서로 감정을 미진하게 남겨둔 채로 전화가 끊어졌다. 머릿속이 백지처럼 희었다. 집을 나가 인왕산으로 가는 언덕길을 빠르게 올라갔다. 산에 들어가니 초소를 지키는 군인들이 군데군데 서 있고 새하얀 개 한 마리가 숲길을 가고 있었다. 그 뒤를 한동안 따라갔는데, 개가 문득 뒤를 돌아보았다. 개의 눈빛이 이상할 만큼 고요했다. 그 눈 속에 그와 나의 무덤이 보였다. 이 일도 곧 끝나겠지…… 나는 그의 세속을 흔들지는 않을 것이다. 얼룩 한 점 묻히지 않을 것이다. 그때가 되면 아무 일도 없는 듯, 그를 살며시 놓아줄 것이다. 환한 봄과 뜨겁고 무더운 여름, 다시 싸늘한 가을, 포근한 겨울…… 우리 둘 없이도, 계절들은 풍경 사이로 흘러가겠지. 그 세월 속에서 우리 따로따로, 흰 눈이 내리는 들판에서 맨몸으로 눈을 맞겠지. 그리고 언젠가, 두 개의 무덤이 되겠지.

2월 12일

전화를 해보았다. 그의 전화기는 꺼져 있다. 눈이, 아름답게 내린다. 한 송이, 한 송이, 바람 없는 허공에 구슬주렴처럼 줄지어 내린다. 어제 산에서 본 흰 개가 떠올랐다. 나도 그런 흰 털을 쓰고 있는 것 같았다. 내 영혼의 흰 털처럼, 내 영혼의 속눈썹들처럼 눈이 내렸다. 그의 전화가 왔다.

"어디세요?"

"공항이야. 탑승 게이트 앞에 앉아 있어. 이제 곧 비행기를 타."

"공항엔 어떻게 가셨어요?"

"아내가 태워다주었어."

집안의 아주 작은 일조차 스스로 못 하고 아내에게 의지하는 옛날 남자이니, 여행가방도 아내가 꾸렸을 것이다. 그의 내의와 양말과 셔츠와 칫솔…… 그의 아침밥을 차려서 먹이고 옷을 골라 입힌 다음, 운전을 해서 태워다준 사람은 그의 아내였다. 가방을 같이 들어주고 티케팅 절차를 밟고 보안검색대를 통과할 때까지 지켜보고 손을 흔들어준 사람도 그의 아내였다. 그가 입은 군청색 양복도 흰색 셔츠도, 그의 화장품과 속옷, 그의 주머니에 든 손수건 한 장까지 모두 아내가 백화점을 돌며 골랐을 것이다. 그는 아내에게 얼마나 전적으로 의지해 있는가…… 소문 그대로 그가 사는 복층 빌라도 처가에서 마련했을 것이고 그의 유학생활도 아내가 뒷바라지했을 것이다. 그의 안정된 인생과 사회적 성취는 물론이고 심지어 그의 체취까지도 실은 아내의 노고가 빚어낸 결과물일 것이다. 결혼한 여자들은 태연하게 말한다. 남편과 아이는 나의 작품이에요…… 말하자면, 내가 사랑하는 사람은, 그라는 독립 인격이 아니었다. 그의 아내와 한 쌍일 뿐 아니라 그의 아내가 땀 흘린 작품이었다.

"전화 안 하고 가는 줄 알았어요."

내 음성이 애절하면서도 심술궂게 들렸다. 겨우 그런 식으로 나는 자신에게 화를 냈다.

"무슨 소리, 누경에게 해야지. 가장 마지막으로 너에게 인사하는 거야. 선물을 사올게. 무엇을 사올까?"

"치마."

나는 불쑥 말했다. 외국 여행을 가는 남자에게 젊은 여자가 입을 치마를 사오라니…… 그는 거절할 것이다.

"그래, 치마를 사올게."

"정말요?"

"내가 말할 때 정말요, 라고 되묻지 말아. 사올게. 허리 사이즈가 몇이지?"

"25인치."

"25인치, 사올게."

"꼭 사오세요."

나는 한번 더 쐐기를 박았다.

"꼭 사올게."

"건강하게 잘 다녀오세요."

"잘 지내고 있어."

선물을 사오겠다는 결의 때문인지 그의 음성이 단단해졌다.

나는 집을 나가 눈 내리는 산을 올랐다. 치마를 사온다, 치마를 사온다…… 노래하듯 흥얼거리며 숲속에서 입을 벌리고 혀를 내밀어 눈을 받아먹었다. 눈에서 마른풀과 볏짚과 민물과 개흙 맛이 났다. 나는 왜 불쑥 치마를 사오라고 했을까……

치마는 동행한 교수들과 함께 쇼핑할 수 없는 품목이었다. 초로의 남자가 홀로 이국의 가게를 기웃거리며 사기도 어렵지만,

그것을 여행가방에 넣어오기는 더욱 어렵다. 돌아오는 날도 공항에는 그의 아내가 마중나갈 것이고 여행가방은 그의 집에 도착하자마자 아내의 손으로 넘어갈 것이다. 그리고 아내가 여행가방을 풀 것이다. 그는 언제 치마를 빼내어 감출 수 있을까. 감춘다면 집안 어디다 감추겠는가. 그것은 여섯 자 장롱을 실어나르는 일처럼 무거울 것이다. 왜 그에게 그런 몹쓸 짓을 했을까?

나는 산길 한가운데 서버렸다.

내일은 나의 생일이었다. 그는 알지도 못했다. 눈물이 고였다. 온몸에 저수지처럼 눈물이 차올랐다.

2월 15일

서강주가 없는 나날, 자주 눈과 비가 내린다. 하루가 볼륨을 죽인 슬로비디오 화면처럼 느리게 흘러간다. 거리에 나가면 이상하게도 장님이 자주 눈에 띄었다. 이 동네의 장님들은 검은 선글라스를 끼지 않는다. 흰자위로 가득한 눈과 우멍하게 팬 눈 언저리가 특징이다. 장님들은 눈 덮인 길을 가늠하기 어려워 지팡이를 휘저었다. 자동차들과 사람들이 그들을 피해 눈길 가장자리로 조심조심 지나갔다. 그들은 때로 암흑에 지치는지 미끄러운 눈길 위에 가만히 서버리기도 했다. 얼굴엔 머나먼 것을 생각하는 듯 알 수 없는 것에 대한 고통이 가득히 어린다.

그것은 좌절일까…… 나 역시 좌절과 비슷한 무력감에 빠졌다. 이것은 보고 싶은 감정일까, 이것은 평화로운 그리움인가. 그 둘은 분명 다르다. 그러나 이 상태는 쉼없는 인식에 더 가깝다. 나는 주로 유리공방에서 시간을 보낸다…… 작업중에 자꾸 손을 다친다. 선생님이 나무랐다.

2월 17일

하루 종일 유리공방에서 티파니 스탠드 갓 만드는 작업을 했다. 벌집무늬와 등나무 넝쿨 무늬를 초록과 파랑과 노랑과 흰색으로 추상화시킨 디자인이었다. 불의 마술사로 불리는 티파니의 아르누보 스타일 스탠드 갓 디자인을 변주한 작품이었다. 티파니의 등나무 넝쿨과 백일홍 램프는 스테인드글라스 세계에서 끊임없이 재해석되고 있다. 무늬가 세밀해지는 부분에서는 유리조각과 납선을 잇는 일이 까다로웠다. 손끝에 집중력과 힘이 필요한데, 세 시간쯤 작업을 하고 나면 손이 풀려버렸다. 그런데도 나는 손가락이 떨릴 때까지 작업을 멈추지 않는다. 서강주가 돌아오면, 선물하고 싶다.

치마를 사올게. 꼭 사올게…… 오직 그 말만이 내게 힘이 된다. 그 대답이 이토록 나를 다독여줄 줄은 그때는 몰랐다. 그런 약속은 내내 너를 생각하겠다는 다짐이다.

그가 가 있는 곳이 어떤 곳인지 알고 싶다.

2월 19일

도서관에서 베를린 여행 책자를 빌려왔다. 그곳은 여기보다 여덟 시간 늦다. 이곳이 아침 여덟시일 때, 그곳은 밤 열두시이다. 도시 전화번호는 030. 북위 52.2도, 겨울 날씨는 몹시 춥고 흐리다. 2월은 조금 나을까? 아마도 아침과 낮과 밤이 각각 다를 만큼 변덕스러울 것이다.

베를린의 중심은 쿠담 광장이다. 쿠르퓌어슈텐담을 줄인 이름이다. 명품 매장과 백화점이 있는 곳이다. 나는 지도에서 쿠담 주변의 작은 거리 이름들을 자세히 본다. b슈트라세, o슈트라세, h슈트라세…… 그 작은 거리 어디엔가 숙소가 있을 것만 같다. 베를린의 호텔들은 화사하진 않고 대신 깨끗하고 견고할 것 같다. 쿠담 거리 끝에는 한국식당도 있다. 서강주는 틀림없이 한번은 갈 것이다.

베를린 동물원 역에서 쿠담 거리 쪽으로 들어서면 폭격으로 파괴된 검은 뼈대를 그대로 남겨둔 카이저 빌헬름 기념 교회가 있다. 폭격성당, 텅 빈 이빨이라 불리는 흉한 외양이지만 그 내부엔 금빛과 남색의 찬란한 모자이크가 보존되어 있다고 한다.

동물원 역을 둘러싼 샤를로텐부르크 지구는 베를린의 중심 상업지구이다. 유로파 센터에는 물시계가 있어서 베를린 사람들은 그곳을 약속장소로 이용한다. 근처에 에로틱뮤지움도 있다. 서강주는 그런 곳도 둘러볼까…… 나는 그가 움직일 동선을 지도 위에 선을 그으며 따라다녔다. 나라면 빔 벤더스의 영화 〈베를린

천사의 시〉에서 본 전승기념탑부터 먼저 갈 것이다. 실의에 젖은 중년의 남자 천사가 황금빛 여신의 어깨 위에 앉아 고뇌한다. 허기 없는 천사로 무료하게 살 것인가, 인간이 되어 밥벌이를 하고 한 여자를 사랑할 것인가……

전승기념탑의 285개의 계단을 그와 함께 오르고 싶다. 그 좁은 나선형 계단을 올라 그곳에서 분단벽이 있던 브란덴부르크 문 쪽을 향해 서서 입을 맞추고 싶다. 지금쯤은 그 높은 황금 여신의 발 아래로 부연 눈보라가 칠지도 몰라…… 쿠담 거리나 카데베 혹은 라파예트 백화점 앞이나 개성적이고 세련된 옷가게들이 줄지어 서 있다는 로자 룩셈부르크 거리를 지날 때 그는 치마에 눈이 가겠지. 그리고 내 생각을 하겠지. 일행 때문에 쇼윈도 앞으로 다가가 치마를 구경하거나 구입하지는 못하고 밤중에 슬그머니 호텔을 빠져나가 어두운 거리로 나갈지도 모른다.

그 나이의 남자가 젊은 여자의 치마를 고르는 데는 용기가 좀 필요할 것이다. 그는 쑥스러운 얼굴로 점원에게 말하겠지. 치마를 보여달라고, 그리고 25인치가 독일 사이즈로는 몇인지 물어야 할 것이다. 첫번째 가게에서 그의 마음에 드는 치마를 살 수 없다면, 그는 다른 가게를 찾아가야 할 것이다. 푸른색, 혹은 검정색, 혹은 옅은 노랑색, 어쩌면 붉은색이 좀 섞인 흰색…… 기하학적인 무늬, 꽃무늬, 파도무늬, 나뭇잎무늬, 설마 레이스가 치렁치렁 장식된 치마는 아니겠지. 그의 심미안을 근거로 예상해볼 때, 어딘가 동양적이면서 자유롭고 자연스러운 치마일 것이다. 심플하면서도 폭이 넓고 길이는 발목 근처까지 내려오겠지……

2월 20일

미래 뉴스—십 년 후, 일부일처제가 해체되고 다중동반자 시대가 올 것이다. 노동은 거의 100퍼센트 서비스산업으로 이동하고, 감성과 부드러움, 여성성 강화가 미래 트렌드이다. 성개념은 물론이고 남성과 여성의 전통적인 역할과 경계가 모호해진다. 남녀성의 하이브리드, 혼성화, 가족은 물론이고 사회구조의 체계도 재정립된다. 다중동반자 시대, 다중연애 시대…… 나는 그 새로운 단어에 밑줄을 그었다.

연일 밤늦게까지 유리공방에서 작업을 했다. 공방 선생님 부부가 요즘 나를 이상하게 본다.

"실연했니?"

나는 고개를 저었다.

두 분은 선 채로 와인을 마시며 작업중인 나를 유심히 바라보았다.

처음 내가 유리공방에 들어섰을 때는 몇 달 들락거리다가 그만둘 사람 같았다고 했다. 얼마 전까지도 그런 눈으로 보고 있었는데, 최근 들어 다르게 보인다고 했다. 내가 유리와 심각하게 인연을 맺게 될 것 같다고…… 별뜻 없이 시작한 일이었지만, 나 역시 빠져드는 느낌이었다. 그들은 내가 고딕 성당의 장미창 사진들과 티파니 패턴을 수집하는 것을 알고 있었다.

사십대 후반인 두 사람은 유와 문이라는 두 성을 합쳐 유리공방 이름을 '뮨'으로 정했다고 한다. 일본 유학 시절에 만나 사랑에 빠진 커플이었다. 두 사람 다 과묵하고 무뚝뚝한 편이라 서로를 만나기 전에는 연애 경험이라곤 없었다고 했다. 이상할 만큼 연애에 대해서는 촉수가 없었는데, 일본 유학이라는 특수한 상황과 공방이라는 고독한 작업공간이 두 사람을 극적으로 맺어주었다고 부부는 담담하게 분석했다. 심심한 듯 편안하고 깊게 사랑을 나누는 사람들이었다. 사랑할 수 있는 사람을 사랑하고 그 사랑이 섭리대로 편안히 이루어진 사람들을 보면 부럽다. 하늘의 허용을 받은 사람들 같다. 남편인 유선생님은 철저히 예술을 지향하고 아내인 문선생님은 상업을 지향한다. 문선생님 댁은 대대로 유리공장을 해온 집안이라고 했다. 지금도 오빠는 유리 사업을 하고 있었다. 문선생님이 오빠의 유리공장을 구경시켜주겠다고 했다. 그들은 차차 오빠의 유리공장 옆으로 공방을 이전하고 갤러리를 낼 계획을 가지고 있었다. 한국에서는 스테인드글라스를 전문적으로 하는 사람이 없기 때문에, 내가 진지하게 공부를 하면 돕겠다고 격려해주었다. 그들은 내가 스페인의 공예학교에 가서 한 이 년쯤 공부하고 오기를 바랐지만 나는 한 귀로 흘리곤 했다.

2월 23일

그는 몇 번인가 브란덴부르크 문 앞을 지나다니겠지. 바로 그 앞으로 베를린 장벽이 쌓였다가 무너졌다. 이를테면 서울의 남대문이나 국회의사당 같은 심장부 앞에 분단선이 그어진 셈이다. 도심의 한가운데에 아직도 바느질 자국 같은 분단의 흔적이 바닥을 지나고 있단다.

나는 베를린의 관광지 사진과 그곳이 있는 지도상의 위치를 대조하며 유심히 본다. 제국의회 의사당, 베를린의 센트럴파크라 불리는 티어가르텐, 박물관 섬 안의 페르가몬 박물관과 구 국립미술관과 신 국립미술관, 훔볼트 종합대학, 국립 오페라극장, 유대인 박물관, 음울한 동독의 구시가지 전경…… 프로이센 시대의 샤를로텐부르크 성과 포츠담 시에 있다는 상수시 성. 상수시는 '아무런 근심이 없는 상태'라는 의미라 한다.

그곳에 그와 함께 있고 싶다. 브란덴부르크 문 안쪽 보리수 거리와 동독의 어두운 시가지와 쿠담 거리와 로자 룩셈부르크 거리를 그의 손을 잡고 시름없이 걷고 싶다.

지난 열흘 동안 나는 티파니 스탠드를 완성시켰고 세 권의 책을 읽었고 두 곡의 노래를 배웠고 두 개의 화분을 샀고 한 편의 영화를 보았고 머리카락을 잘랐고, 홀로, 끊임없이 홀로 지냈다. 기다림의 이 수동성…… 이제 사흘 뒤면 그가 돌아온다. 늦어도 나흘 뒤엔 얼굴을 볼 수 있을 것이다. 그가 전화를 해주면 좋겠다.

나는 치마를 샀는지 물어볼 것이다. 샀다고 대답하면 좋겠다.

그러면 나는 여행가방에 넣지 말라고 당부할 것이다. 그냥 호텔에 두고 오라고…… 하지만, 그는 전화하지 않는다. 전화할 수 있을 텐데, 아내와는 통화를 할 텐데, 내겐 전화하지 않는다. 그런데, 나는 왜 느닷없이 그의 아내를 의식하기 시작한 것일까……

내가 그를 사랑하는 것과 그의 아내가 그의 곁에 있는 것은 별개의 문제이다. 그러나, 정말 그럴까? 그의 아내 없이도 그가 그일까? 질투하고 싶지 않다. 질투가 시작되면, 그땐 더이상 사랑이 아니다. 질투를 느끼지 않는 것처럼 죄책감도 사양한다. 나는 아무것도 원하지 않는다. 그나 그의 아내나. 두 사람이 아무것도 잃지 않기를 바란다. 서로의 배우자와 안정된 삶과 우아한 명예를 지키기를 바란다. 어쩌면 나는, 애초에 사랑조차 원하지 않았다. 그렇다면 나는 대체 무엇을 하고 있는 것일까? 한때의 공유와 공속, 공감, 공모, 개념으로 재단되지 않는 그 어떤 영역……

2월 28일

저녁 무렵에 그가 전화를 했다. 아마도 어제 돌아왔을 것이다. 음성이 무거웠다. 잘 다녀왔느냐 물으니 그는 대답 대신 잘 지냈느냐 물었다. 나는, 힘겨웠다고 말했다. 그는 왜 그랬는지 묻지 않고 다음에 전화하겠다고만 했다. 그리고 그만이었다. 전화는 끊어졌다. 기다리고 기다린 나를 이 허허벌판에 세워두고.

3월 2일

세 시간 동안, 천천히 밥을 먹고 오래 차를 마셨다.

한동안은 서로 말도 못 하고 바라보다가 고개를 돌리고, 또 바라보다가 고개를 숙였다. 우리 사이에 부연 비안개라도 낀 것처럼, 그의 실체가 내 손에 잡히지 않고 나의 실체가 그에게 전해지지 않는 것 같았다. 마치 저 세상에서 이 세상을 보듯, 이 세상에서 저 세상을 보듯…… 두 몸이 결합되었을 때만, 마치 서로의 피 묻은 가죽을 펴서 겹친 듯 하나로 결합된 그 순간에만 우린 실재가 되는 것일까.

그는 베를린뿐 아니라 베니스도 여행했다고 했다. 토마스 만의 소설 『베니스에서의 죽음』의 배경지인 리도 섬에도 갔다고 했다. 일몰의 시간에 아셴바흐처럼 호텔 앞 방갈로에서부터 작은 카페가 있는 해변까지 오래 걸었는데, 그 해변은 이 세상에 있는 다른 모든 해변과 같은 곳이었다고 했다.

"단지 시점의 문제인 거야. 너의 시점이 있는 곳이 중심이야. 헤맬 필요가 없어. 모든 장소가 바로 그곳이라는 것을 알아야 해."

그는 추상적인 말을 한 뒤 발치에 놓여 있던 길쭉한 상자를 테이블 위로 올렸다. 치마가 아니었다. 상자 속에서 나온 것은 좁

174

다랗고 긴 초록색 유리병이었다. 누경은 그것을 한눈에 알아볼
수 있었다. 독일의 전통유리인 발터 글라스였다. 식물을 태워 얻
은 칼리 성분을 첨가해 제조한 유리였다. 깊은 숲속의 무겁고 서
늘한 초록색 그늘이 유리병 속에 고여 있었다. 유리병 너머의 세
상은 온통 초록빛으로 물들 것이다. 그가 불편한 표정을 지으며
사과했다. 흡사 봉변이라도 겪은 얼굴이었다.

"미안해."

나는 곤란한 선물을 원한 것이다. 유리병보다 더 위태로운 물
건이 치마였던 것이다.

"아니에요. 하필 치마를 사오라고 해서 미안해요."

그의 얼굴에 피로와 혐오가 드러났다. 의지할 데 없이 고독하
고, 겨우 자신 외에는 책임질 방법이 없는 무력한 한 인간으로서
뜻대로 할 수 없는 광막한 세계를 쏘아보는, 그 특유의 표정이
드러났다. 전의 없이 다만 바라보는 전의이고, 양보 없는 눈길로
고집스럽게 응시함으로써 주장하는 환멸과 불만이었다. 난 두려
웠다. 나의 조잡한 심술을 알아챈 것일까? 치마를 사러 다니다가
화가 난 것일까? 아니면 치마를 사서 여행가방에 넣어왔다가 집
에서 평지풍파라도 겪은 것일까……

그러지 않으려고 해도 소용없이 내 표정이 굳어졌다. 그는 자
신이 책임질 수 없는 타인의 풍경을 놓치지 않고 고집스럽게 바
라보았다. 나는 그 눈 속에서 우리의 관계를 읽었다. 그는 어리
석은 남자가 아니다. 막상 치마를 사려고 할 때 알아차렸던 것이

다. 그것이 여섯 자 장롱보다 더 무거운 물건이라는 것을. 어쩌면 내 심술까지도. 그러니, 그는 옷가게에 들어가 치마를 구경하지도 않았을 것이다. 구경했다 해도 한순간 마음을 바꾸어, 화근이 될 물건을 사지 않았던 것이다. 혹은 샀다 해도 가방을 꾸릴 때 호텔 서랍 속에 넣어두고 왔을 것이다. 그 대신 파손되기 쉬워서 조마조마하지만 아무도 의심하지 않는 유리병을 내 앞에 운반해온 것이다.

나는 치마에 관한 일체의 이야기를 묻지 않기로 했다.

"지난 닷새 동안 매일 기다렸어요."

대신 다른 것으로 화를 풀려고 했다. 그것은 처음엔 꽤 적절한 투정처럼 시작되었다.

"여행을 다녀온 지 닷새 만에야 볼 줄은 몰랐어요."

"......"

"당신이 참는 동안, 나는 어떨 것 같아요? 왜 이렇게 나를 힘들게 하나요? 기다리는 사이에 하얗게 타서 재가 된 거 같아요. 그저 참는 당신이 뭐가 힘들어요? 나를 봐요. 두려운데도 참지 않고 달려드는 것이 힘든 거예요."

나는 갑자기 격해져서 눈물까지 쏟고 말았다. 그는 눈도 깜짝하지 않은 채 화난 사람처럼 나를 쳐다보았다.

"안다. 네가 힘든 거 알아."

그의 음성은 한결같았다. 내가 서강주보다 나이 어린 여자인 것이 처음으로 싫었다. 내겐 그에게 대적할 능력이 없다.

그는 내 집에 오지 않았다. 택시에 혼자 탈 때, 몸 안에서 차가운 물그릇이 엎어지는 것 같았다. 잡았던 것을 마지막에 놓친 듯한 슬픔과 환멸 속에서 택시가 출발했다. 그 환멸의 정체는 어떤 이 주일을 보냈든, 그것은 각자의 것이라는 진실이었다. 각자의 고뇌, 각자의 귀로, 각자의 그리움……

그러나 그는 알까. 다른 풍경이 또다른 풍경을 그토록 사랑해서 세상 모든 발소리를 세며 오직 그 하나만 기다리는 것을, 다른 세상이 또다른 세상을 그렇게도 생각해서 피부가 갈라지는 듯 가뭄 드는 것을. 눈이 너무 깊어져 두려운 나머지 자꾸만 뒤로, 매일 뒤로 물러나야하는 것을……

3월 7일

시곗바늘이 쉼없이 돌아간다. 책책책책…… 소리를 내며, 한참 듣고 있으면 이상한 새소리 같다. 그는 전화를 해주지 않는다. 그는 내 속의 가시와 사막과 초원과 우물과 절벽과 강을 알까…… 잠들 때나 잠 깰 때나 책상 앞에서나 거리에서나, 숨쉴 때마다 그만을 생각하고 그만을 예뻐하는 것을 알까. 그래서 이렇게 온몸이 가시가 서도록 마르고 있는 것을 조금이라도 알까.

그대로 있으면 미칠 것 같아 공방에 틀어박혀 유리를 주무르며 지냈다. 하루 동안 화채그릇을 다섯 점이나 만들었다.

3월 11일

그가 내 집에 왔다. 그의 얼굴을 보니 목이 아파왔다. 그를 위
해 정성을 다해 저녁상을 차렸다. 그는 과분하다고 말했다. 그리
고 묵묵히 먹었다. 과분하다는 말이 몹시 서운했다. 밥까지 차릴
사이는 아니라는 뜻이다.

우울해 보였다. 험한 일을 당한 듯 얼굴 윤곽이 거칠었다. 무
슨 일이 있는지 물어도 말이 없었다. 문득 두렵고 슬프고 오갈
데 없는 늙은 고아 같은 얼굴이 드러날 때마다 내 마음에 한기가
들었다. 그는 무슨 일을 겪는 것일까…… 내게로 넘쳐오지는 않
고 오직 그 혼자서 감당하는 일이었다.

내 몸 위에서 생동하며, 눈을 반짝이며, 웃음짓는 그의 얼굴이
가장 좋다. 그리고 마지막에 가파르게 애달파지는 얼굴, 이 세상
을 덮어주며 나를 내려다보는 그 얼굴이 가장 아름답다. 절정이
지나 그가 내 몸 위에서 비스듬히 쓰러질 때, 데스마스크처럼 깊
숙이 아래로 떨어질 때, 나는 그가 아까워 두 손바닥으로 그 얼
굴을 받아안는다.

"힘든 거 안다. 하지만 달리 방법 같은 거 찾지 마. 이대로, 내
곁에 오래 있어주면 좋겠다. 네게 애원하는 거다. 나를 이기적이
라고 생각하니?"

나는 고개를 저었다. 그런 문제가 아니었다. 처음부터, 속수무책으로 시작된 일이었다. 계속하거나 그만두거나, 방법은 그뿐이었다.

그는 밤새 나와 함께 있었다.

아침에 그에게 선물을 전해주었다. 스테인드글라스 스탠드 갓을 씌운 전기 램프였다.

그는 상자를 열어 확인하고 우두커니 앉아 있었다.

"너는 내 생각을 너무 많이 하는구나……"

그러지 말라는 말 같았다. 그 말은 또다시 나를 아프게 했다. 그는 선물을 가져갈 수 없다고 했다.

"오늘은 다른 곳에 들러야 해. 다음에 가져갈게."

변명하는 듯 들렸다. 치마를 사올 수 없었던 것처럼 나의 선물을 가져다놓을 자리도 없는 것이다. 선물조차 받을 수 없는 사람, 나를 간직해둘 곳이 없는 사람…… 처음으로 그가 혐오스러워졌다.

그런데도 그가 떠날 때 현관문 앞에서 나는 당부했다.

"자주 전화해주지 않으면 저 아파요. 사흘에 한 번은 전화해주어야 해요."

그가 말했다.

"아프지 마라. 나는 네가 힘센 여자면 좋겠다. 내 생각보다 네 생각을 더 많이 하기 바라."

나는 아부 말도 하지 못했다. 그가 말했다.

사흘 뒤에 전화할게.

그가 떠난 후에 엄마의 전화를 받았다. 서강주의 아내가 위암 진단을 받았다고 했다. 곧 수술날짜가 잡힌다고 했다. 그리고 엄마가 말했다. 강주가 병원에 붙어 지낸다고 하더라, 얼마나 놀랐을까, 그 자상하고 고운 사람이……

3월 19일

그가 전화를 했다. 열흘 만이었다. 내내 아내의 병실에서 지냈을 것이다. 사흘이 지난 뒤부터, 내가 시시각각 기다린 것을 그는 모르는 척했다. 어쩌면 까맣게 잊었을 것이다. 저녁을 먹자고 했다. 그에게 사로잡힌 채 목이 아프고 혀가 굳도록 기다려왔으면서, 나는 미열을 핑계로 거절했다. 내 음성이 무뚝뚝하게 들렸다.

미열이 나서 오늘 볼 수 없다는 거냐고 그가 재차 확인했다. 나는 눈을 감고 대답했다.

그래요.

사람이 그러려고 하면, 목석처럼 무감각해질 수도 있다. 잠시 동안은……

그러면 내가 갈게, 그가 말했다.

오지 마세요, 내가 말했다.

그가 전화를 끊었다. 전화기를 테이블에 내려놓기도 전에 시골 엄마의 전화가 들어왔다. 엄마는 아직도 병문안 가지 못한 나를 나무랐다.

3월 21일

밤늦게 그가 전화를 했다.

"보고 싶다."

나는 대답하지 못했다.

"왜 오라고 하지 않니?"

나는 대답하지 못했다. 그는 아내의 병실에 있는 편이 좋을 것 같았다.

"내게 오라고 해."

"오지 마세요."

그를 위로하고 싶은 마음이 다투는데도 웬일인지 내 음성은 단호했다.

"무슨 일이니?"

나는 대답할 수 없었다. 말이 나오지 않았다. 그가 전화를 끊었다.

　당신을 보게 된다면, 나는, 당신 아내가 낫지 않게 해달라고 기도할 거예요. 더욱더 악화되게 해달라고 기도할 거예요. 그렇

게 끔찍한 소망이 생기는 게 싫어요. 그런 불쾌한 기도를 하고
싶지 않아요…… 나는 기도하는 대신 겨울햇살에 녹는 성에처럼
사라져간다.

4월 6일

그의 아내는 수술을 받았다. 위암 2기 초였고 전이도 전혀 없
었다고 한다. 요즘 그 정도면 심각하지 않은데다 그녀의 동생이
의사여서 최고의 의료진이 맡았다. 엄마와 오빠가 병문안을 가
라고 재촉하는데도 나는 꼼짝도 하지 않았다. 그녀의 병을 나는
느낄 수 없다. 두려움도, 통증도 슬픔도……

내가 느끼는 것은 오직 그의 부재이다. 그가 내 곁에 없는 것
을 통해서만 그녀의 병을 느낀다.

4월 11일

그를 본 날짜를 헤아려본다. 22일째…… 몹시 그립고 보고 싶
다. 두 번 그의 전화를 받지 않고 견뎠다. 그는 이제 전화하지 않
는다.

4월 15일

비안개 낀 새벽에 봄꽃들이 절정인 연둣빛 숲을 걸었다. 오솔길 바닥에 지난해의 나뭇잎이 덮여 있었다. 산향을 품은 차가운 바람이 불어왔다. 계곡에서 흐르는 물은 바위를 쓰다듬으며 다정한 소리를 냈다.

자하문 밖 백사실 숲길이 아득히 오랜 옛날의 풍경 같았다. 꿈같은 안개 너머로 손을 뻗어 이름 모를 꽃잎에 닿아보았다. 꽃들 속에서 죽은 아버지의 눈길을 느꼈다. 아버지의 시선은 공기 속에 섞여 있고 물속에 섞여 흐르고 내 마음속, 내 꿈속을 들여다보고 있었다. 내 넋도 저 홀로 다른 곳을 헤매고 있는 것 같았다.

사람들은 이 세상을 어느 정도나 실재로 여기며 살고 있을까. 그리고 나는 얼마나 실재일까. 그리고 그는…… 모두 눈꽃처럼 제자리를 적시고 사라져갈 이들. 갑자기 숲속에서 새가 울기 시작했다. 새는 영원 속에서처럼 울었다. 이것은 진상이 아니라는 듯, 현재의 묶인 매듭을 풀어 어딘가로 풀어가는 듯이 울었다. 새를 따라가면 진상의 세계로 들어갈 수 있을 것 같았지만 숲으로 다가가니 새는 흔적 없이 울음을 뚝 그쳤다. 뇌 속에서 번쩍 플래시가 터지듯 스파크가 일어났다. 기억이 까맣게 타버리는 것 같았다. 서강주…… 나는 망각을 바라며 그의 이름을 불렀다.

4월 18일

꽃들이 진다. 다시는 이런 해가 없을 텐데, 그와 나는 함께 봄꽃을 보지 못하고 이렇게 지나간다. 그 예쁜 말들과 눈빛들은 허망한 봄꽃이고, 우리 몸에서 나온 찬란한 기포였을 것이다. 그의 몸에서 피어난 봄꽃들 앞에서 난 잠시 신발을 벗고 머물렀을 뿐이다. 이제 지나간다. 내 마음을 냉각시켜두고 이 모든 것이 지나가기를 바랄 뿐이다. 유리처럼 식어가기를, 차갑게 굳어서 단단해지기를 기도한다. 삶에 순순히 패배하는 것이 부끄럽지 않다. 무정한 그는 어떻게 지내는지……

이젠 그를 놓고 온전히 내가 되고 싶다. 태산에 눌린 듯 몸이 아프다.

5월 7일

너무 빨리 잠에서 깼나. 새벽 나섯시, 어둠 속에서 절망직으로 깨어 있다. 며칠이 지났는지 헤아려본다. 순간순간 전화를 의식한다. 내 머릿속엔 전화기만 들어 있다. 전화벨이 울리는 헛소리가 들린다. 얼굴 피부가 결을 따라 갈기갈기 실처럼 찢어지는 것 같다. 아프다. 이렇게 아픈데, 왜 나는 또다시 기다리는 걸까…… 그는 전화하지 않는다. 배를 타고 파도에 시달리는 듯 구토가 난다. 구토를 하다가 울음을 터뜨리곤 한다. 그런데도 그는 무고하다.

5월 9일

그가 전화를 했고, 나는 와락 받고 말았다. 병원 근처에서 만나 찻집을 찾느라 걷다가 어처구니없게도 큰 거리 뒷길에 있는 모텔로 들어갔다. 누구의 의지라고 할 것도 없이, 동시에 서로를 그 안으로 허겁지겁 밀어넣었다. 모텔방은 번지르르했으나 굳이 말할 것이 없을 만큼 황폐한 곳이었다. 우리는 네 시간쯤 방 안에 있었다. 둘 다 거의 아무 말도 하지 않았다. 무수한 타인들이 사용하고 간 방에서 단지 서로의 몸 안으로 거듭거듭 파고들기만 했다. 마지막엔 몸이 떨리고 온몸에 돋던 진땀조차 말랐다.

밖으로 나오니 불을 밝힌 어두운 거리에 빗방울이 떨어지고 바람이 불고 있었다. 모텔에 들어갔다 나온 사이에 삼 년쯤 세월이 흘러간 것 같았다. 중력이 달라진 것처럼, 거리 전체가 바람에 훌렁훌렁 날리는 듯했다. 음울하면서도 상쾌했고 고개를 들 수 없이 비참했다. 택시를 잡는 사이 잠시 빗방울을 맞는 것은 괜찮다고 했지만 그는 엄하게 말렸다.

그는 나를 모텔 옆 찻집의 차양 아래 서 있게 하고 불안정한 거리를 건너가 편의점에서 우산을 사왔다. 유난히 커다란 우산이었다. 우리는 우산으로 얼굴을 가린 채 비 내리는 밤거리를 걸었다. 우산이 바람을 받아 우산대가 이리저리 흔들렸다. 그는 우산대를 꽉 잡았다. 그가 몹시 허약하게 느껴졌다.

이따금 우리는 고개를 돌리고 서로의 눈을 들여다보았다. 안쓰러움과 수치심이 스쳐가는 무기력한 공모자의 눈이었다. 그때

서상주가 걸음을 멈추고 말했다.

"미안해. 다시는 너를 그런 방에 데리고 가지 않을게."

간신히 마음을 감싸고 있던 벽지가 잔인하게 찢어지는 것 같았다. 내가 그를 망치고 있다는 자책감이 몰려왔다. 내가 피하지 못한 탓이었다. 그래서 그와 내가 수렁에 빠져든 것이다. 처음부터 아무 일도 일어나지 않았어야 했다. 내 잘못이었다. 그날 구두 굽이 떨어졌을 때, 금지된 상자가 열린 것이다. 언제까지나 영혼 속에 갇혀 있었어야 할 욕망이, 구두 굽이 떨어질 때 탈주범처럼 빠져나온 것이다. 나는 다시 그것을 잡아 가두어야 한다. 나는 내 속의 강력한 요구를 수긍했다.

택시 정류장에 도착해 차를 탔다. 서강주와 나는 짧은 눈인사를 나누었고, 택시는 움직였다. 그도 돌아서서 걷기 시작했다. 택시가 앞으로 달려갈 때, 신체 일부가 끊어져나가는 듯 견딜 수 없는 통증이 목을 옥죄었다. 남겨두고 온 무엇인가가 벌써 그리움이 되어 눈앞을 캄캄하게 막아섰다. 나는 거리 모퉁이에서 택시를 세웠다. 택시에서 내려 그가 간 거리를 향해 비를 맞으며 달려갔다. 밤거리는 홀렁홀렁 비바람에 날리고 그 비바람 속으로 모르는 사람들만 방향 없이 흩어져 지나갔다. 그는 어디에도 없었다.

내 뺨에 닿던 그의 속눈썹이 그리웠다. 코끝에서 새어나오던 희미한 호흡과 두 팔 사이에 고여 있던 따스함 몸냄새, 그렇게 가까이, 가까이에서만 가질 수 있는 것들……

6월 3일

그가 전화를 했다. 그 동안 몸살을 앓았다고 했다. 점심을 먹자고 했다. 나는 앞뒤 생각할 겨를도 없이 응했다. 보고 싶었다.

이십여 일 사이에 그는, 어려운 몇 해를 보낸 사람처럼 늙어 보였다. 살도 많이 내려 흰색 셔츠와 양복 윗도리가 남의 것처럼 휘휘 돌아갔다. 초밥을 씹고 삼키고 또 씹고 삼키는 동안 그는 말 한마디 없이 절박하게 나를 바라보았다. 그가 말이 없기에 내가 무슨 소리든 해야 했다.

"그제 아버지 제사를 지내고 왔어요."

"그렇구나."

그는 또 묵묵히 초밥을 씹고 삼켰다. 음식물을 저작하는 인간의 얼굴이 이렇게 슬픈 것인가…… 풀을 씹는 짐승의 눈빛 같았다.

"부인은 좀 어떠세요?"

오빠로부터 소식을 들었는데도 나는 물었다.

"퇴원했어. 잘 회복되고 있어."

"다행이네요."

이마가 후끈 뜨거워졌다. 거짓말할 때 생기는 특유의 반응이었다. 어처구니가 없었다. 나는 내가 거짓말을 하고 있다고는 믿을 수 없었나.

"요즘은 아버지 꿈은 꾸지 않니?"

그가 물었다.

"안 나타나세요."

"얼마 전 칼 융 심리학을 공부한 사람을 만났어. 그 분야에서는 꿈속에 나오는 아버지를 자기 존재의 원형으로 해석한다는군."

"나의 원형요?"

"자기 존재의 원형이 아버지 형상을 입고 나타난다는 해석이 지."

그런데 나의 원형은 왜 내게 청혼을 했을까…… 왜 그렇게 서강주와 닮았을까? 그리고 나는 결혼을 승낙했었다.

"너 많이 야위었구나."

내가 참는 말을 그가 했다. 그는 자신이 얼마나 야위었는지 알기나 하는 것일까.

"우리 여행을 가자."

그가 간절하게 말했다. 나는 그만 훗, 웃어버렸다. 그는 얼마나 천진한 사람인가……

"우리가 속물 같아서 웃는 거지?"

나는 고개를 끄덕였다.

"속물 같아도 괜찮아. 그래도, 섬에 가자."

내 눈에 기쁨이 차올랐다. 그 기쁨을 응시하는 그의 얼굴에도 혈색이 돌았다. 언젠가처럼 그가 말했다.

"네 눈이 반짝이는구나. 네가 웃으니 행복해진다. 네가 기뻐하는 것이 내겐 가장 중요해."

"정말 가장 중요할까요?"

"가장 중요해."

"어디에 중요하죠?"

"우리 관계에, 내 생애에, 아니 내 심장에……"

그가 거침없이 말했다.

"심장에요?"

"그래, 내 심장에, 중요해."

그러나 이 아름다운 말이 거품이 되리라는 것을 나는 알고 있었다. 내가 없어도 그의 심장은 변함없이 뛸 것이다.

"다른 건 그저 생활일 뿐이야. 해야 하는 일이어서 견디는 거야."

"당신은 끝까지 견디겠죠."

"그래, 끝까지 견디자."

"나에 대해 아무것도 모르세요."

"알아. 누경, 너의 전부를 알아."

"전부요?"

"너의 전부는 단 하나야. 예쁨."

"……"

그가 내 괴로움을 아무것도 헤아리지 못한다 해도, 나는 여전히 그를 사랑할 것이다. 우리가 다시는 보지 못하게 될 때가 온다고 해도 나는 그를 이해할 것이다. 나는 그것을 결심했다.

식사가 끝난 후, 그의 연구실로 갔다. 문을 닫자마자 그가 나를 안았다. 여행을 가자, 여행을 가자…… 그는 내 정수리에 입김을 쏟아부으며 속삭였다.

그는 몸을 가볍게 움직여 물을 끓이고 다기를 꺼내 녹차를 준비했다. 그리고 센베과자를 부러뜨려 먹고 차를 마시며 여행 이야기를 다시 꺼냈다.

"어디가 좋을 것 같니?"

그의 표정이 환했다. 음성도 가볍게 들떠 있었다. 나는 매물도와 흑산도, 청산도와 선유도, 고군산 군도의 작은 섬들과 백령도 같은 섬을 떠올렸다. 울릉도까지 생각해보았으나 모든 섬이 성에 차지 않았다. 그때 전화가 왔다. 그는 번호를 확인하고 잠시 망설이다 받았다.

"응, 그래…… 백화점 식품부? 얼마나? 알았어. 뭐라고? 그래…… 들어가서 해줄게. 응, 동료와 얘기하는 중이야…… 김교수야. 엉뚱한 생각 말고 편히 쉬고 있어. 무슨 소리, 김교수라니까……"

그의 아내의 얼굴이 떠올랐다. 의심하고 두려워하며 그를 가두고 매달리는 연약한 환자의 얼굴이었다. 그러니까, 그의 아내는, 무언가를 알고 있는 것이다. 그의 아내가 알고 있는 것이 무엇일까……

"곧 들어갈게."

탐탁지 않은 표정으로 전화를 끊은 뒤 그가 중얼거렸다.

"겁이 많아졌어. 환자의 마음이 편안해야 하는데, 늘 안절부절
이야. 수술 환자 중에 간혹 외상 후 후유증을 앓는 사람이 있다
고 해."

나는 그의 눈을 보고 있었다. 그의 눈에 몰려드는 먹구름을 나
는 우두커니 보고 있었다. 그 선명한 먹구름의 이름은 죄책감이
었다.

"수술이 잘돼서 다행이야. 만약 잘못되어 먼저 갔더라면, 나는
못 견뎠을 거야."

그는 변명하는 것이 아니었다. 늘 그렇듯 사실을 말하고 있
었다.

"부인이 무척 소중하군요."

그는 아둔한 학생을 한심해하는 표정을 짓더니 짧게 말했다.

"내 짐이야."

그 순간 나는 전부를 이해해버렸다. 심지어 그가 미처 감지 못
하는 생의 고뇌까지도. 마음속의 용이 긴 몸을 끌며 꿈틀 돌아앉
았다. 기운이 모두 배 아래로 내려가 싸늘하게 식어갔다.

"난 인생에 별 기대가 없어. 그저 내 짐에 충실한 삶을 살아
왔지."

"그분이, 무엇을 사오라고 하나요?"

내 음성이 미세하게 떨렸다.

"검은콩과 매실."

검은콩과 매실…… 그처럼 아름답고 탐나는 언어를 처음 발견한 사람처럼 나는 입안에서 웅얼거렸다. 그가 다시 섬 이야기를 시작했다. 그의 음성이 다시 가벼워졌다. 나는 섬 이름들을 아득히 흘려들으며 다른 생각에 젖어들었다. 이 남자는 나와 헤어지면 백화점에 들러 검은콩과 매실을 사서 집으로 가는 것이다. 어쩌면 아내의 지도를 받으며 매실을 씻어 설탕에 재고 검은콩은 식초에 담글지도 모른다. 얼마나 단단하고 아름다운 일상인가. 그에 비하면 섬이란 그저 삶의 일탈에 지나지 않는다. 문득 당신의 본질을 되찾는 곳, 그러나 머물기에는 중력이 부족한 곳. 이 일이 끝난 후, 그는 내 생각을 하게 될까…… 나는 차분하게 질문했다.

"가끔 지나간 일을 생각하나요?"

그의 얼굴이 천천히 굳어졌다.

"무슨 말이지?"

"그냥 궁금해서요."

"요즘 일은 잘 생각나지 않는데, 어릴 때 일이 자주 떠올라. 어머니가 갑자기 돌아가셨을 무렵……"

그의 표정에 불우한 소년의 비참한 슬픔이 가파르게 엉겨들었다.

"집에 들어갈 때도, 집에서 나올 때도, 대문 앞에서 늘 눈물이 났지…… 엄마를 잃고 폭격 맞은 폐허의 구덩이 같은 나날 속에서 남몰래 울던 어린 소년이 자꾸 떠올라. 그런 때면 어쩔 줄을 모르겠어. 굶주린 사람처럼 배가 고파. 내 몸속에 그렇게도 속수무책의 슬픔이 숨어 있는 거야……"

그를 향해 있던 내 눈이 커다랗게 열렸다. 그도 말을 멈추고 놀란 눈으로 나를 보았다. 언젠가 그런 말을 들었었다. 노인들은, 세 살 네 살 때의 최초의 기억 속에서 죽는다고…… 그는 늙어간다. 자신의 어린 소년에 비하면, 헤어진 나는 얼마나 사소한 근심일까…… 이상하게도 안심이 되었다.

그는 다시 섬 여행 이야기를 꺼냈다.

"이박 삼일쯤, 그냥 제주도로 갈까? 우리가 지내기에는 역시 시설이 좋은 섬이 좋을 거야. 협재의 검은 해안에 가자. 비자림에도 가고 한라산과 오름도 오르자. 오늘 바로 호텔을 예약할게. 차도 렌트하고."

"섬엔 안 갈래요."

나는 그의 말을 다정하고도 단호하게 묵살했다.

"왜?"

그는 미소가 아직 가시지 않은 채 쫓던 공을 놓친 사람 같은 표정을 지었다.

"이제, 사적으로는 만나지 않을 거예요."

그것은 우리의 먼 친척관계를 의식한 말이었을까. 그가 원래 자리로 돌아간다 해도, 어떤 일로든 우리는 공적으로 만날 소지가 있는 사이였다. 그것은 신뢰할 만한 희망이기도 했다.

"왜?"

그는 영문을 모르는 얼굴로 되물었다.

"공연히, 서로 어지럽기만 한 것 같아요."

나는 얼렁뚱땅 얼버무렸다. 이 무슨 헛소리인가…… 내 얼굴이 까맣게 질리는 것이 느껴졌다. 나는 인생에서 가장 후회할 짓을 하고 있는지도 모른다. 그러나 후회한다 해도, 후회하지 않아야 한다. 해를 덮은 달처럼 몸 가장자리가 홍염의 불꽃을 일으키며 파들파들 타오르는 것만 같았다. 심장이 검게 타는데도 고통조차 모호했다.

19

7월 29일

그날로부터 두 달 가까이가 지났습니다. 너무나 힘겨운 시간이 흘러가고 있어요. 그날 이후, 내가 얼마나 황폐해졌는지, 당신이 보면 경악할 것입니다.

"이제, 사적으로는 만나지 않을 거예요."

내가 그 말을 했을 때, 당신은 놀라는 것 같지 않았고 화내지도 않았어요. 마치 그렇게 될 것을 알고 있었던 사람처럼 태연했어요. 단지 왜냐고 물었죠. 누군가 다른 사람이 또다른 사람에게 한 말의 뜻을 묻는 것 같았어요. 저자가 그자에게 왜 그런 말을 했을까, 하고 생각하는 표정.

당신이 왜, 라고 물었을 때 나 역시 내 생각을 다 이해할 수는 없었어요.

"공연히, 서로 어지럽기만 한 것 같아요."

당신 물음에 나는 명한 표정으로 대답했죠. 그 무성의한 말이 불에 달구어진 쇠구슬같이 고요한 방 안을 울렸을 때, 우리 사이의 무언가가 파삭 깨어진 것을 느꼈어요. 관계든 말이든 당신에겐 중언부언 따윈 없지만, 나 역시 그 대답을 했을 때, 확신과 같은 결의가 생겼어요. 긴장이 풀리더군요. 나도 모르게 입술이 벌어졌어요. 내 손은 의지가 텅 빈 채 테이블 위에 올려져 있었죠. 손가락 하나 까딱하기 어려웠지만 간신히 깍지를 끼고 어깨를 올려세우고 다시 당신을 바라보았어요.

"나는 어쩌지……"

당신은 스스로가 제삼자인 것처럼 말했어요. 그자는 어쩌지…… 당신에게 당신 자신은 그렇게 제삼자인지도 몰라요. 당신은 그런 식으로 삶을 견디며 사는 사람인지도요. 그러니, 나는 당신의 제삼자를 사랑한 여자지요.

"우린 괜찮을 거예요."

대답은 그렇게 했지만 가슴이 초산에 녹는 것처럼 아팠어요. '너는 어쩌려고' 혹은 '너를 어쩌지'보다 '나는 어쩌지', 그 말이 더 아름다웠어요. 당신이 당신 자신을 위해 나를 사랑한 것이 좋았어요. 당신은 더이상 말하지 않았지요. 그렇게 대화는 끊겼어요. 다만 내가 일어서려 했을 때 당신은 시계를 보여주며 말했어요.

"조금만 더 있어. 정각이 될 때까지만."

정각까지는 이십오 분이 남아 있었어요. 시간이 흐르는 동안, 우리는 말없이 앉아 있었어요. 솔직히 난 좀 멍한 채로 엄청난 충돌의 내출혈을 느끼고 있었지요. 나는 어쩌지…… 당신이 한 말의 끝을 잡고 다시 매달리고 싶은 마음이었어요. 하지만 천천히 흐르는 시간 속에서 나는 다짐하고 또 다짐했어요. 이것이 옳다는 것을. 하지만, 당신을 놓은 그 지점이 내가 죽을 것처럼 당신을 사랑한 극점이라는 것을 당신은 이해할까요. 당신은 알 길이 없을 거예요. 당신은 강 건너편에 사는 남자니까요. 정각이 십여 분쯤 남았을 때 당신이 말했어요.

"지금 치마 사러 갈까?"

당신은 이 모든 것이 치마 때문이라는 듯 회한 서린 표정으로 말했어요. 내가 얼마나 절박하게 치마를 기다렸는지 알고 있었던 사람처럼 말했어요. 나는 동요를 누르며 단호히 고개를 저었어요. 그리고 벌떡 일어섰어요. 당신은 시계를 보며 천천히 일어섰어요. 당신은 인내심 없는 사람을 가장 싫어하죠. 당신이 문을 열어주었어요. 나는 허리를 굽혀 눈인사를 했어요. 당신은 말없이 나를 보고 있었어요. 슬픔이나 분노보다는 의문과 실망이 실

려 있는 모호한 눈이었어요. 마치 섬이 떠내려가는 것을 보는 듯
한 눈이더군요. 나는 연구실의 대리석 복도를 걸어 계단을 내려
왔어요. 잠시 후에 당신의 방문은 닫혔어요.

　그렇게, 절명하듯 끝을 냈어요. 당신은 물론이고, 나 자신에게
도 동의를 구하지 않은 채…… 나는 대체 무엇을 위해 이 일을
시작했고, 무엇을 위해 끝낸 것일까요? 그런 일이란, 늘 무슨 뚜
렷한 이유도 없이 시작되어서, 아무런 결실도 없이 끝나버리곤
하죠. 본질적으로 그런 것이니까요. 돌아오는 길은 의외로 건조
했어요. 단지 정각을 채우지 못하고 짐승처럼 일어섰던 것이 후
회되더군요. 마지막 시간조차 나는 왜 인내하지 못했는가……
　그날 난 길에서 울지도 않고 잘 돌아왔어요. 전차에 받힌 것처
럼 내 등과 배에 피멍이 드는지도 모르고, 실핏줄들이 터져 눈이
붉게 충혈되고 온몸에 붉은 반점이 생기는 것도 모르고 중얼거
렸어요. 옳은 일이야. 옳은 일이야. 그러나 그가 바란 대로, 예의
바르게 정각에 일어섰어야 했어……

　그날 밤 폭풍이 몰려왔어요. 사나운 비바람이 아파트 벽들을
후려치고 나뭇가지를 부러뜨리고 공터에 버려진 양철판들을 들
어올려 도로에 내팽개치는 소리가 들렸어요. 난 겨우 두어 시간
잠을 잔 뒤 깨어 있었어요. 어두운 방에서 바람 소리를 듣고 있
으니 휘두르는 주먹에 맞기라도 하는 듯 고통스럽더군요. 그래

서 침대에서 일어났어요. 거실을 서성이다가 물을 끓이고 캐모마일 차를 한잔 만들었어요. 거실에 앉아 차를 마시다가 바람 속에서 누군가 나를 부르는 소리를 들었어요. 분명히 나를 부르는 소리였어요. 홀린 듯이 베란다 창문을 열었어요.

비바람이 내 얼굴을 후려치고 몸을 왈칵 밀며 깊숙이 들어왔어요. 무거운 커튼이 펄럭하며 높이 들렸어요. 아, 하는 짧은 순간이었어요. 커튼 자락은 진열장 위에 놓인 초록 유리병을 휘감아 바닥에 떨어뜨렸어요. 흔들리지 말라고 물까지 묵직하게 담아둔 유리병이 퍽, 하고 물을 쏟으며 깨지더군요. 작은 폭발음 속에 유리조각 부딪치는 창상의 비명들이 뒤섞였어요. 베란다 문을 힘껏 밀어 닫았지만 이미 상황은 끝난 뒤였어요.

물이 담겨 있어서인지 파편이 튀지는 않았어요. 하지만 유리조각들의 단면들은 살해 의지처럼 끔찍하게 날카롭더군요. 유리가, 과학적으로 액체라는 규정이 믿어지지 않았어요. 엎질러진 물과 유리조각들 앞에 한동안 퍼져 앉아 있었답니다.

당신의 결혼식 날이 떠올랐어요. 그때 난 열여섯 살이었어요. 중요한 것은, 실은, 당신의 결혼식이 아닌지도 몰라요. 당신조차 아닌지도 몰라요. 중요한 것은, 내가 열여섯 살이었다는 것과 그 들판의 아카시아숲과 깨어진 유리병의 현실적인 날카로움뿐일지도요.

그런 건 누구도 이해할 수 없는 일이지만, 인간은 진물이 흐르는 제 상처를 핥으며 자신의 어둠을 사는 존재일지도 몰라요. 이제 당신이 까맣게 모를 이야기를 해줄게요.

당신의 결혼식에 다녀온 다음주 일요일이었어요. 난 녹색 원피스를 입고 새하얀 삭스와 검정색 여학생 구두를 신고 홀로 들판으로 갔어요. 들판 끝까지 걸어갔어요. 생각할 게 많아 실이 풀리듯 저절로 가게 되었어요. 열여섯 살이어서, 아무리 슬퍼도 가지런히 빗은 검은 머리카락은 찰랑거렸고, 아무리 슬퍼도 볼록한 뺨의 솜털은 금빛으로 반짝거렸죠. 아무리 슬퍼도 종아리와 팔은 햇빛 속에서 새하얗게 빛났어요.

꽃 핀 아카시아나무들이 서 있는 들판을 가로질러 걷다가 숲 가운데 클로버 풀밭에서 버려진 헝겊인형을 보았어요. 내가 그 인형 같더군요.

나는 이제 자라지 못할 거야. 이렇게 들판에 버려져 까맣게 잊힐 거야, 세월이 흘러도 언제까지나 나는 열여섯 살 소녀로 늙을 거야…… 나는 인형 곁에 가만히 쓰러져 누웠어요. 두 팔을 펴고 하늘을 보다가 눈을 감았어요. 한 번도 들판에 누워보지 않은 사람은 모를 거예요. 들판이 두근거린다는 것을, 들판이 숨쉰다는 것을.

그리고 아카시아 꽃향기 속으로 온갖 작은 풀꽃들의 향이 섞이지 않고 차례차례 다가와 얼굴 위에 어리고, 바람은 상냥하게 불었어요. 아주 먼 곳으로 기차가 지나갈 때는 들판이 진동하며 흔들리기도 했어요. 먼 마을에서 개 짖는 소리가 들리고, 황새 같은 큰 새의 울음소리도 들렸어요. 새가 울고 난 뒤 어쩌나 고요한지 먼 마을의 사람이 걸어가는 발소리에도 들판이 울리는 것 같았어요.

눈을 뜨니 아카시아나무 우듬지 위로 펼쳐진 파란 하늘에 구름이 천천히 흐르는 것이 보였어요. 정적이 흐르는 광활한 하늘에 두 개의 구름이 지나가다 서서히 만났어요. 구름들은 완전히 포개져 꿈틀대더니 양이 되었어요. 털이 짧고 보슬보슬했어요. 쓰다듬기 좋은 편편한 이마와 코와 가슴과 짧은 다리들과 꼬리가 차례차례 생겨났어요. 한순간, 다리를 펴고 앞으로 달려갈 듯 완전한 양이 하늘에 떠오른 거예요. 나는 놀라 중얼거렸어요. 양이다.

다음 순간부터 양은 가장 자리부터 해지며 빠르게 흩어지기 시작했어요. 조각난 구름은, 다시는, 결코, 양으로 돌아가지 못하고 무의미한 형상들로 뭉쳐져 여름비가 되어 내리겠지요. 다시 땅으로 돌아와 슬픔처럼 고이고, 눈물처럼 흐르고, 비원처럼 사막으로 아득히 스며들어가겠지요…… 그런 생각을 하니 비통해졌어요. 때마침 그늘을 드리운 아카시아나무에서 흰 꽃이 후르르 떨어지고 클로버 꽃향기, 쑥향기가 얼굴을 덮었어요.

나는 두 팔을 풀밭 위에 가지런히 펴고 그대로 눈을 감았어요. 꿈결 같은 몇 분이 흐른 뒤 어떤 기척에 눈을 떴을 때, 내 눈앞에 깨어진 유리병 주둥이를 쥔 손이 다가왔어요. 혈관을 단숨에 끊어버릴 것 같은 날카로운 유리조각이 내 목을 겨누었어요. 그리고 낯선 남자의 손이 원피스 자락을 들어올렸어요. 두 팔을 꼼짝도 할 수 없었어요. 팔이 떨어져나가는 것 같았어요. 팔이 사라진 것만 같았어요. 아카시아꽃이 후르르 떨어지고 내 몸이 와들와들 떨렸어요. 수치심과 공포와 모멸감과 현실에서 괴리되는 마비감 속에서 얼마나 많은 시간이 지나갔는지 모르겠어요. 수분, 혹은 수십 분, 혹은 수시간…… 그리고 가늠할 수 없는 시간이 흘러갔어요.

오랫동안, 난 그 일을 꿈이라고 생각했어요. 악몽이라고요.
극복할 수도 없고 망각할 수도 없었지만, 그 얼굴이 기억 밖으로 튀어나오지 않도록 사력을 다해 눌러 덮었어요. 그런 노력 때문이었을까요? 지난 일들은 빠르게 바래갔어요. 내 표정은 마음을 숨기는 가면처럼 현실과 거리를 둔 채 흐릿해졌어요. 기억들이 파도에 휩쓸려 유실되는 모래해변처럼 사라져갔어요. 열일곱 살, 열여덟 살, 열아홉 살, 겨우 그런 나이에 내 표정은 노파처럼 무너졌어요. 그리고 오직 서강주, 당신만 남았어요.

당신은 금맥처럼 열여섯 살 이전과 이후를 흐르며 내 생을 연결시켜주었어요. 나 당신을 향해서 열여섯 살 밖으로 걸어나갈 수 있었던 거예요. 시간이 흐른 뒤에 아직도 상처로 남아 있는 것은, 그 낯선 남자가 아니라 내 목에 겨누어졌던 날카롭게 깨어진 유리병 주둥이예요. 그렇게도 날카로운 유리조각이라니……

폭풍 속으로 시간이 어떻게 지나갔는지 모르겠어요. 어둠이 보랏빛으로 바뀌며 바람이 잦아들었어요. 손발이 덜덜 떨릴 정도의, 엄청난 피로가 몰려오더군요. 나는 종이상자를 찾아내 유리조각들을 담기 시작했어요. 미세한 조각까지 남김없이요. 몇 번 손끝을 찔려 핏방울이 맺혔지만 상처가 날 정도는 아니었어요. 엎질러진 물은 휴지로 닦아냈어요. 사금파리같이 얇은 유리 비늘들이 함께 닦여나오더군요. 그것까지 털어내 상자에 담았어요. 그리고 상자를 들고 망설이다 쓰레기봉지가 아닌 신발장 안에다 넣었답니다. 모르겠어요. 다시 볼 생각이 없었으면서도, 버릴 수는 없었어요. 실은, 난 아무것도 버리지 못해요.

내가 있는 곳은 어디일까요? 얼굴을 잃은 기억들이 유령처럼 떠도는 현실의 바깥, 꿈의 바깥, 이곳은 바람도 눈도, 꽃과 새와 비와 눈물도 너무 황폐해요. 그뒤로 많은 것이 스스로 망가졌어요. 테이블에 올려둔 휴대폰의 액세서리 체인이 밤사이 저절로 끊어져 있었어요. 발목에 거는 샌들의 가죽 끈이 끊어졌고, 고리가 풀린 목걸이가 어딘가에 흘러내려버렸어요. 믿을 수 없는 일이죠. 그때마다 온몸에 소름이 돋고 두려움에 진저리가 쳐졌어요. 벽시계가 멈추었고, 찻잔 손잡이가 뚝 떨어졌어요. 불면의 밤을 지난 새벽하늘에서는 유성까지 떨어지더군요. 불덩이처럼 짧은 금을 그으며 하늘 가장자리로 휙 사라졌어요. 그리고 종말

처럼 긴긴 그믐밤이 왔어요. 닫힌 궤짝처럼, 그렇게도 캄캄한 게
나였어요. 텅 빈 눈을 떠도, 감아도 너무 황폐해요. 나는 나를 가
두고, 오직 이 나날이 지나가길 기도해요.

일기는 그것으로 끝났다.
그후 오랫동안 일기는 쓰이지 않았다. 노트의 뒷부분 삼분의 일
은 여백이었다.

20

누경은 잠을 자면서도 풀숲에 내던져진 물고기처럼 숨이 차서
헉헉댔다. 마음이 습기 찬 시멘트 벽같이, 유해물질로 가득 찼다.
마음의 벽이 산화하며 횟가루를 부슬부슬 떨어뜨렸다. 일 개월 이
개월 삼 개월…… 자다 깬 새벽 침상에서 손으로 얼굴을 만지면 하
얀 백골이 느껴졌다. 두 눈이 움푹 팬 채 사라지고 하얀 석횟가루
가 손에 묻는 듯했다.
인간을 인간이게 하는 마술은 무엇일까? 60퍼센트 이상의 물과
얼마가의 단백질, 미량의 지방과 탄소, 수소, 산소, 질소, 칼슘과
인, 염분과 유황, 마그네슘, 비금속원소인 불소, 망간, 옥소, 규소,
브롬, 전이원소, 그리고 금속원소인 철분, 구리, 아연, 니켈, 코발
트, 은, 칼륨 등등…… 그런 분자와 원소 성분의 인간을 또다시 시

멘트 벽 같은 무생물로 변하게 하는 마술은 무엇일까?

　텔레비전 속에선 즐거운 표정의 사람들이 주말이면 유명한 산을 오르고 바닷가를 찾아가 제철 생선요리를 먹었으며 도심에서는 새로 개발된 메뉴에 사람들이 몰려들고 있었다. 불꽃축제니, 국제영화제니, 인삼축제니, 연꽃축제니 하는, 온갖 축제에 사람들이 떼지어 찾아다니고 명절에는 주차장 같은 고속도로에서 밀고 밀치며 고향으로 내려갔다. 뉴스에 나온 가족 단위의 사람들이나 연인들은 상기된 표정들이었는데, 즐거운 나머지 자신의 행복을 겸손하게 억누르는 듯 보였다. 언젠가 누경도 그런 사람들 속에 끼여 있었다. 여름엔 바닷가에서 파도와 뛰며 놀았고, 추워서 뺨이 터질 것 같은 겨울 새벽에 떠오르는 해를 보았다. 봄에 솜사탕을 들고 축제의 시장을 지나갔으며 단풍이 물든 늦가을의 산행을 하였고 눈 덮인 산사의 찻집에서 강을 내려다보며 하염없이 오래 차를 마셨다. 그리고 지금은 기억나지 않는 이유로 소리내어 깔깔 웃기도 했었다. 행복했던 기억의 조각들이 마른 비늘처럼 떨어져나갔다. 누구의 것도 아닌 것처럼 기억들이 이름을 버리고 떠나갔다. 누경은 벽 같은 마음으로 텔레비전 속에서 웃고 있는 타인들의 얼굴을 보았다.

　일 년 내내 누경이 간 곳이라곤 병원과 마트와 목욕탕과 도서관이 전부였다. 상미조차 만나지 않고 방문을 사절했다. 누경은 여행 가방을 싸서 다른 곳으로 도망치지 않고 타인들을 만나며 위로받지도 않았다. 처형당하듯 고통을 순순히 겪기로 했다. 시간이 뭉텅 뭉텅 흘러갔다. 손을 뻗어 잡을 수 없는 나날…… 벽처럼 지낸 그 것도 삶이라 할 수 있을까.

어느 날부터 섬에 대한 그리움이 생겨나 인후를 아프게 했다. 벽 면에 붙박인 석회 부조 속 여자처럼 섬을 갈망했다. 왜 섬에 가야 했는지 모른다. 다만 태생지의 물속에 몸을 담그듯 섬으로 가서 온 몸을 덮은 시멘트 같은 무생명의 껍질을 절박하게 벗고 싶었다. 섬 에 가면 그 무거운 껍질을 부려놓고 맨 몸으로 돌아올 수 있을 것 같기도 했다.

21

그리고 해가 바뀐 뒤, 8월 중순의 어느 날, 그가 전화를 해왔다.

그의 음성은 다른 세계에서 들려오는 것 같았다. 죽은 아버지가 전화를 했던 꿈이 떠올랐다. 탈색한 천같이 창백한 음성이 애절했 다. 누경의 아픔을 슬퍼하는지, 그 자신의 슬픔을 아파하는지 알 수 없었다.

그날 누경은 서해의 해수욕장에 가 있었다. 바다를 찾아갔으나, 거기 바다는 없었다. 바다는 보이지도 않을 만큼 멀리 떠나가버리 고 검은 개펄만 펼쳐져 있었다. 태초부터 지금까지 그대로였을 검은 개펄은 방석의 실료처럼 보였나. 그곳에서 새로운 허공과 바람이 태어나는 것 같았다. 햇살조차 아기의 배냇머리처럼 가늘고 부드러웠다. 반바지 차림의 상미는 개펄로 들어가고 누경은 해수욕장의 벤치에 앉아 있었다.

"어디니?"

그의 음성 속에 갈기갈기 찢어져 바람에 날리는 편지조각 같은, 덧없는 아픔이 스며 있었다.

"바닷가예요."

누경의 음성 속엔 숭숭 구멍 뚫린 돌같이, 불덩이 식은 서늘한 아픔이 스며 있었다.

그때 누경 앞으로 유치원에서 단체로 나온 듯한 아이들이 생기찬 음성으로 떠들며 지나갔다.

"아이들 소리가 들리는구나."

"모르는 아이들이에요."

"거기서 너는 뭘 하니?"

"벤치에 앉아 있어요."

누경의 시선이 가없는 개펄 위로 풀려나갔다.

"잘 지내니?"

"예, 저는 잘 지내요. 어떻게 지내세요?"

누경의 목소리가 다급하게 들렸다.

"잘 지내."

깊은 자상을 입은 사람이 허리를 굽혀 두 손으로 상처를 가리는

206

것처럼 그 말이 아프게 들렸다. 두 사람은 서로에게 거짓말을 하고, 서로의 말을 믿지도 않으면서 간절하게 예의범절을 지켰다.

"잘 지내는데, 그사이, 머리가 하얗게 샜어. 서리라도 맞은 듯 완전히 희어."

"……"

미안해요, 당신을 다치게 해서 정말 미안해요…… 누경은 그 말을 하고 싶었다. 그러나 누경의 몸속에서 언제나 떠도는 신음소리는 끝내 입밖으로 나오지 않았다. 마음이 사무치는 사이 손쓸 수 없는 침묵이 흘러갔다.

"그렇게 허술하게, 너를 보내서 미안하다."

누경이 사과하고 싶었으나 그가 사과했다.

"마음이 힘들었지만, 네가 옳다고 생각했다. 그래서 견뎠다."

누경은 고개를 끄덕였다. 계속되는 침묵이 버거웠던 것일까. 그가 전화를 끊으려 했다.

"다음에, 전화할게."

그는 전화하지 않을 것이었다. 다시 만나지 못하겠지만, 설혹 만나서 서로를 만져도, 만져지지 않을 것이다. 계속해서 같은 세상에서 살아가겠지만, 다시는 실제로 접촉하지 못할 것이다. 오래 전의 잔영처럼, 불타버린 재처럼, 사랑의 이름으로 서로의 유령이 될 것이다. 누경은 이유를 모른 채, 세상에서 가장 깊은 칼을 그의 가슴에 꽂았다. 그리고 쓰러진 것은 자신이었다.

"그러세요. 건강하세요."

"너도 꼭 건강해야 한다."

"그럴게요."

검은 개펄에 상미가 걸어가고 있었다. 아이들이 펄의 진흙을 몸에 바르고 바닥에 뒹굴고 미끄러지며 경쾌한 소리를 내질렀다. 개펄에 고인 바닷물이 햇살에 비쳐 눈이 부셨다. 멀리 나가 있는 바다로부터 이제 막 분자구조를 완성한 듯한 신생의 산소가 불어왔다. 누경의 흰 치마가 날렸다. 전화가 끊어진 뒤에 누경은 신발을 벗어 벤치 아래에 두고 개펄로 걸어나갔다.

8월 중순이었다. 개펄은 늙은이의 살처럼 꺼칠하고 따뜻했다. 고인 바닷물은 청량하게 차고 바람은 시원하고 햇볕은 조금 뜨거웠다. 발가락 사이사이로 진흙이 밀려들어왔다. 이물감을 못 견뎌 서둘러 발을 옮기면 발밑이 미끌, 미끄러졌다.

치마를 걷었지만 검은 진흙이 옷에 묻었다. 장대에 붉은 깃발이 꽂혀 있는 개펄 끝에서 상미가 돌아서서 손을 흔들었다. 누경도 손을 흔들었다. 그리고 다음 발을 뗀 순간, 누경은 미끄러졌다. 상미가 손을 든 채로 멈추었다. 누경은 주저앉은 그대로 일어서려 않고 발가락을 꼬무락꼬무락 움직여 더 깊이 개펄 속에 파묻었다. 상미가 다가오고 있었다. 누경은 다리부터 허벅지와 배, 가슴과 팔에 진흙을 바르기 시작했다. 상미가 코앞에서 내려다보다가 곧 합세했다.

상미는 누경의 몸에 빈틈없이 진흙을 발라준 뒤 장난치며 머리카락에도 진흙을 발랐다. 두피에 서늘한 기운이 선연하게 스며들

208

었다. 누경도 상미의 이마와 뺨에 진흙을 발랐다. 검은 개펄에 고인 바닷물이 모두 눈물처럼 반짝거렸다. 누경은 그대로 드러누워 눈을 감았다. 상미가 누경의 이마와 뺨에 진흙을 바르고 마지막으로 두 눈두덩 위도 메웠다. 젖은 흙이 마르는 사이에 기억도 모두 빠져나갈 것만 같았다. 누경은 눈을 꼭 감았다.

마리안느, 네가 원한 생은 무엇이었나?

깊숙이 은폐해버린 이름 없는 상처 위에 돋아난 몇 개의 이미지뿐인 공허한 매혹이 너를 이끌어오지 않았는가? 떠도는 이별과 이별 사이에서 너의 계절들은 어떤 삶을, 어떤 정원을, 어떤 길을, 어떤 꽃과 얼굴을 그토록 쫓고 있었는가? 3월의 바람처럼 무수한 들판길들을 헤매며 삶의 먼 곳에서 네 고단한 꿈은 방황한다. 그러면서도 육식동물처럼 끊임없이 너를 괴롭힌 것은 발밑에 놓인 생존 자체의 진실. 실은 너는, 단지 이곳에서 살아 있기 위해 그 많은 눈물을 흘리지 않았는가?

22

학생들의 등교가 끝나고 도로가 한산해질 때쯤 여인은 아파트 앞 거리의 끝에 나타났다. 여인을 알아본 누경은 놀라서 꼼짝할 수도 없었다. 언뜻 봐서는 같은 여인이라 할 수 없을 만큼 달라져 있였다. 일 년 전, 어느 아침에 그 여인이 누경의 눈에 띈 것은 금방이라도 나뒹굴 것같이 허우적거리는 걸음걸이 때문이었다.

둥근 모자를 눌러쓰고 등산복 차림에 배낭을 메고 긴 나무지팡이를 든 여인은 물결에 떠밀려가는 사람처럼 팔다리와 머리와 몸을 두서없이 휘저으며 구르듯이 걸었다. 방향조차 통제하지 못하고 누가 미는 것처럼 맞은편 아파트 옹벽 쪽으로 떠밀려가다가 간신히 몸을 제어하며 반대편 공터 쪽으로 내달려갔다.

그 몸으로 마을버스가 다니는 도로를 건너 아파트 쪽 인도로 올라설 때면 누경의 몸도 긴장되어 굳었다. 자동차와 버스가 지나다니는 도로를 의식한 여인은 아파트 울타리 쪽으로 최대한 몸을 밀어붙이지만 이내 인도 끝으로 밀려가 아슬아슬하게 그 턱에 매달리곤 했다. 차도로 밀려나가 넘어진 것도 수차례였는데, 다행히 휘어진 길 끝인데다 아파트 사이 작은 도로라 느리게 달리던 자동차들은 쉽게 차를 세우거나 우회해서 지나가곤 했다. 제어되지 않는 몸에 추처럼 매달린 의식이 내지르는 고독한 비명이 들리는 듯했다.

여인은 스스로에게 이리저리 떠밀리며 하루도 거르지 않고 산으로 갔다.

여인은 이제 허우적거리지 않았다. 조금 어색하고 불안할 뿐이었다. 살아 있는 존재는 스스로를 돕는 기도를 통해 회복된다. 믿기 어렵지만 사실이었다.

'여인이 바르게 걷고 있다. 저것 봐, 여인이 바르게 걷고 있다……'

누경은 팔이 가려운 것을 느꼈다. 누경은 계속 중얼거렸다. 저것 봐, 여인이 바르게 걷고 있다……

그때 휴대폰 메시지 도착 신호음이 울렸다.

'어떻게 지내는지 늘 궁금합니다. 괜찮다면, 같이 밥 먹어요.'

기현에게서 온 문자였다. 누경이 작별의 문자를 보낸 지 한 달이 지났다. 그는 일언반구도 없다가 아무 일도 없었던 것처럼 태연하게 다시 말을 걸고 있었다. 간간이 그 남자가 생각났었다. 아침이면 카치니의 〈아베마리아〉를 듣는 날이 많았다. 그와 누경 사이에 남겨놓은 빈터에 마음을 누이면 아무렇지 않아서 편안했다. 깨끗이 세탁해 햇살에 말린 새하얀 면시트를 깐 것같이 바삭거리는 감촉과 햇살의 온기와 바람의 무늬, 섬유린스의 라벤더 향이 나는 것 같았다. 그런 것도 그리움일 것이다. 누경은 여인이 완전히 시야에서 사라질 때까지 지켜본 뒤 회답을 넣었다.

'저, 감기몸살중이에요.'

버티다 말고 그 자리에 주저앉는 느낌이었다.

그로부터 두 시간 뒤에 초인종이 울렸다. 인터폰 화면 속에 떠 있는 기현의 얼굴을 발견한 누경은 망연자실했다. 망설이는 사이에 새로운 문자가 들어왔다.

'장을 좀 봐왔어요. 죽을 끓여주고 싶어요.'

전날부터 거의 먹은 것이 없던 참이었다. 탈수증이 오는지 몸이 마르는 듯한 허기가 느껴졌다. 누경은 열이 오른 얼굴을 찬물로 닦고 땀에 젖은 옷을 대강 수습했다. 망설임이 끝나지 않아 동작이 굼떴다. 현관문을 열자 쇼핑봉투를 든 기현이 가만히 누경을 바라보았다. 누경은 그 시선을 피해 몇 걸음 물러섰다. 그는 곧바로 부엌으로 가서 사온 물건들을 식탁 위에 꺼내놓았다. 재회의 쑥스러움과 어색함을 사물들로 모면하려는 것 같았다. 사골, 전복, 멜론, 수면을 돕는다는 우유, 데워서 바로 먹는 브로콜리수프, 볶은 보리……누경은 어이없는 얼굴로 비닐팩에 든 소뼈를 내려다보았다.

"이런 것도 직접 해먹나요?"

"혼자 살다보면 일 년에 한 번쯤은 다 그만두고 쓰러져버리고 싶을 때가 찾아오죠. 그럴 때 작정하고 해먹어요."

기현은 민첩하게 냄비에 물을 끓이더니 브로콜리수프부터 데웠다.

누경은 기현이 권하는 대로 후추가 뿌려진 뜨거운 브로콜리수프를 커다란 스푼으로 한 입 떠넘겼다. 부드럽고 걸쭉한 액체가 위벽을 적시자, 더운 기운을 못 이겨 눈이 부옇게 흐려졌다. 누경이 수프를 먹을 동안 기현은 분주했다. 그는 쌀을 불리고, 사골을 물에 담가 피를 빼고, 전복을 다듬어 잘게 다졌다.

"부모님이 일찍 돌아가셨어요. 스물아홉 살에 고아가 되었죠. 의지했던 큰누나도 LA로 가버리고, 작은누난 지방으로 이사를 갔습니다. 십오 년 넘게 혼자 살았는데, 날마다 집에서 뭐 했겠어요? 이상하게도 부엌에서 수돗물을 틀어 야채를 씻거나 커다란 나무도마를 놓고 잘 드는 부엌칼로 감자를 썰거나, 불 위 찌개가 보글보글 끓으면서 집 안 가득 음식 냄새를 피우면 마음이 편안해졌어요. 다들 좀 그렇지 않나요?"

기현은 누경 쪽을 보지도 않고 수다를 떨었다.

"취미가 냉장고 청소예요. 냉장고를 반짝반짝하게 청소하고 가지런히 정리한 뒤에 다시 열어보면, 안심이 돼요. 모든 일이 잘되어가고 있다는 기분이 들죠. 가스레인지 닦기, 욕실 청소하기, 현관 바닥과 신발장 닦기, 거실 유리 닦기…… 그게 일요일을 보내는 나의 취미생활이에요. 그런 유의 삶의 활동들이 좋아요. 직장 다니는 거, 해먹는 거, 옷 갖추어 입는 거, 정리하는 거, 사람 만나는 거, 머리 자르는 거, 목욕탕 가는 거, 다 좋아해요. 그런 일을 좋아하지 않으면 제대로 살 수 없어요. 산다는 거, 별다른 거 아니에요. 몸이 기뻐해야 하는 거예요. 무슨 일을 하고 살든, 어떤 인간이 되어 어떻게 살든, 기본은 그거죠."

"기현씬 좋은 사람이군요. 무엇보다 우선, 자신에게요."

기현은 긴장한 표정으로 누경 쪽을 쳐다보았다.

"누경씨에게도 좋은 사람이 될게요."

기현의 얼굴이 붉어졌다. 그는 수줍어하고 있었다. 누경의 입은 웃었지만 눈은 쓸쓸했다.

"그런데 말이에요. 그렇게 일상적인 생활만 잘되어가면, 우리는 정말 행복할까요?"

그런 건 표면적인 작동일 뿐이지 않을까……

"그러다 말고, 결국 공허해지지 않을까요?"

잇따른 누경의 질문에 기현은 잠시 생각했다.

"그것은, 우리로선 어쩔 수 없는 일이 아닐까요?"

기현은 그 말을 하면서 누경의 고요한 눈을 홀린 듯 바라보았다. 그리고 덧붙였다.

"우린 그냥 할 수 있는 것을 해야 하는 게 아닐까요?"

기현은 욕심 없고 겸손하고 밝은 사람 같았다. 태연하고 태평한 사람이었다. 누경은 생활만으론 행복할 수 없는 사람이었다. 그러기엔 누경이 품은 어둠이 너무 깊었다.

"요리하는 거 싫어하죠? 냉장고 속 보니까 그러네요. 식사를 집에서 하지 않는 사람 같아요. 외식만 하나요? 아니면 토끼처럼 숲속에라도 가서 배를 채우고 오나요? 잘 먹기만 해도 감기몸살 같은 거 안 걸리는데, 굶기를 밥 먹듯 하니…… 이젠 그렇게 살면 안 돼요. 청춘 아니잖아요."

기현은 누경을 자기 손안에 넣기라도 한 듯, 그녀가 병이 난 것을 신나하는 듯 보였다.

"뭐, 누경씨가 부엌일이 싫다면, 내가 다 해먹일 수 있어요. 정말이에요. 이렇게 혼자 있지 말고 그냥 우리 집으로 와서 게스트 하는 거 어때요? 나의 게스트하우스에서는 하숙비 같은 건 안 받을게요."

그 대목에서 말이 뚝 끊겼다. 누경은 못 들은 척 묵묵히 수프 한 그릇을 비웠다. 그사이에 땀이 흘러 등을 적셨다. 누경이 일어서자 기현이 부축해 침대로 가서 눕는 것을 도와주었다. 안 본 사이에도 둘의 관계는 숙성되고 있었던 것일까. 예전보다 한결 편안했다.

"옷을 갈아입어요. 이렇게 젖은 채 이불 속에 들어가면 낫지 않아요."

누경은 기현의 채근에 못 이겨 옷을 바꾸어입었다. 기현은 보리차를 끓여와 약을 먹게 하고 수건을 따뜻한 물에 적셔와 얼굴과 목과 손을 닦아주었다. 그는 손색없는 간호사였다. 누경은 잠이 드는 사이에 문득 헛헛한 미소를 지었다.

함께 살고 아이를 낳아 키우는 일이 기현과는 아무 문제도 없이 이루어질 수 있을 것 같았다. 독신이었고 집도 있었다. 안정된 직장도 있고, 술도 취하도록 마시지 않고 성격도 밝고 기호도 좋았다. 음악과 와인과 여행과 진ᅳ늘…… 얼굴도 밉지는 않았고 야위긴 했지만 체격과 자세도 나쁘지는 않았다. 게다가 부엌일을 잘하고 다정다감하고 부지런하고 예의바르고 처신도 잘했다. 기현 같은 남자야말로, 평온한 삶을 약속하는 사람이고, 이른바 여자에게 좋은 남자일 것이었다.

눈을 떴을 때는 어느새 방 안에 어둠이 내려 있었다. 부엌에서는 사골이 끓느라, 폭우에 불은 냇물 흐르는 소리가 났다. 침대 발치에 기현이 앉아 있었다. 누경이 잠 깬 것을 알아챈 기현이 다가와 누경의 이마에 손을 올렸다.

"이제 열은 없네요."

누경은 그 서슴없는 행동에 조금 놀랐다.

"많이 야윈 거 알고는 있어요?"

기현이 근심 어린 눈으로 내려다보았다.

"누경씨와 함께 있으면 꽉 찬 느낌이 들어요. 부족한 게 하나 없고, 세상에 부러울 게 없는 느낌."

기현의 눈에 잠이 어려 있었다. 누경은 그를 올려다보고 있다가 말했다.

"잠 오나봐요?"

"잠이 오는 건지 뭔지 알 수 없지만, 누경씨 곁에 좀 눕고 싶어요."

"……"

"그러면 안 되나요?"

누경은 잠깐 망설이다가 몸을 조금 움직여 침대 옆자리를 내주었다. 바삭바삭한 새 시트와 새 이불이 아닌 것이 유감스러웠다. 섬유린스 향 대신 이불과 베개에서 몸살 앓는 누경의 땀냄새와 체취가 났다. 기현은 누경의 옆자리에 누웠다. 두 사람은 손을 가슴 위에 모으고 천장을 향해 반듯이 누워 있었다. 누경은 자신의 숨소리를 듣고 있었다. 숨소리 속으로 섞여드는 기현의 숨소리도 들었다.

얼마간이 흐르는 사이 두 사람의 숨소리가 침묵에 빠지듯 낮아졌다. 섬 가장자리 꽃핀 팥배나무 아래에서 잠들었던 일이 떠올랐다. 맞은편 해변에서 일광욕을 하던 외국 여자들, 멀리 빠져나가던 바다, 등 밑에서 가슬거리던 굴껍데기, 몸을 꽁꽁 두른 검정색 파시미나…… 잠이 깼을 때 자신을 내려다보고 있던 기현의 눈빛…… 살풋 잠이 들려 할 때 기현의 손이 누경의 손을 찾아 잡았다. 기현은 누경 쪽으로 몸을 돌리고 누웠다. 그의 얼굴에서 열기가 느껴졌다. 기현의 얼굴이 다가왔다. 누경은 기현을 밀쳐냈다.

기현은 침대에서 내려가 온순하고도 슬프게 몸을 돌리고 앉았다. 고독한 숨소리가 들렸다.
"내가 정말 싫어서 그러는 건가요?"
누경도 그것을 생각중이었다.
"그냥 그대로, 그대로 있지 그랬어요?"
"모르겠어요…… 가만히 있겠다고 결심했지만, 그렇게 되었어요. 그러고 싶었어요. 그렇게 해도 괜찮을 것 같았어요."
돌아앉은 기현의 등이 떨리더니 점점 격렬하게 흔들렸다. 울고 있었다. 누경은 침대에서 내려가 그의 등뒤에 앉았다. 그리고 주춤대며 손을 뻗어 그의 등을 쓸어주었다. 기현의 몸이 더욱 크게 출렁이더니 울음이 터져나왔다. 누경은 어찌할 바를 모르고 기현의 등을 손바닥으로 쓸어내렸다. 남자의 등이, 돌들이 쓸려내리는 홍수난 계곡처럼 흔들렸다. 기현은 전 생애의 고독을 우는 것 같았다. 커다란 울음이 지나갈 동안 누경은 그의 등뒤에 붙어앉아 손을 떼지 않았다. 누경은, 울고 있는 따뜻한 몸을 통해, 그가 인간인 것을 느끼고 싶었다. 그래야 그녀도 살아 있는 인간일 것 같았다. 울음이 잦아들고 몇 번의 심호흡이 지나갔다. 그리고 목쉰 소리가 흘러나왔다.

"부끄럽네요. 이런 꼴로 울다니……"

누경은 등에 올려놓았던 손을 내리고 티슈 상자를 가져다주었다.

"문자로 작별인사를 받고 지난 한 달 동안, 숨을 쉴 때마다 누경씨를 생각했어요. 화도 났지만, 그보다는 마음이 아팠어요. 한 달 동안 생각한 뒤에 알게 된 것은, 누경씨와 헤어지고 싶지 않다는 거였어요."

기현은 티슈로 젖은 얼굴을 닦았다. 누경은 그에게서 조금 떨어져 앉았다.

"내가 노력해도 되는지 허락받고 싶어요…… 내가 노력할 수 있게 틈을 내줄 수 없는 건가요? 누경씨가 어떤 사람인지 알고 싶어요. 그런데 누경씨가 꼭꼭 닫고만 있으니 알 수가 없어요…… 모르는 내가 잘못인가요? 누경씨가 닫아건 빗장을 열어줄 수 없나요? 누경씨에게 어떻게 다가가야 하는지 알고 싶어요. 누경씨와 함께 새벽 빗소리를 듣고 싶고, 아침밥이 익는 냄새를 맡고 싶어요. 누경씨와 저녁 산책을 하고 심야에 나가 장을 보고 영화도 보고 싶어요. 먼 곳으로 여행을 가고 우리의 친구를 만들고 싶어요. 많은 것을, 아주 많은 것을 같이 하고 싶어요. 무엇보다 누경씨에게 닿고 싶어요. 조금이라도 닿고 싶어요. 그런데 누경씨는 잠긴 궤짝처럼 묵묵하고, 안개처럼 내 손에서 도망 다녀요. 잡히지가 않아요. 이유가 뭐죠? 대체 우리가 안 되는 이유가 뭐예요?"

누경은 대답을 해보려 했으나 입이 떨어지지 않았다. 그런 말을 어떻게 하는가…… 침묵 속으로 사골 끓는 소리가 폭우 소리처럼 요란하게 들렸다. 누경은 간신히 입을 열었다.

"우린, 그런 사이가 되지 못할 거예요. 기현씨는 좋은 사람이에요. 하지만, 난……"

누경은 사랑의 결벽성과 잔인성에 진저리를 치며 힘겹게 말을 이었다.

"불운하게도 나는, 기현씨에게 특별한 감정이 생기지 않아요."

기현은 몸이 굳은 듯 꼼짝도 하지 않았다.

23

유리공방 문선생님으로부터 메일이 들어왔다. 열다섯번째 메일이었다. 벨기에 헨트에 있는 성 바트 주교좌성당의 장미창 사진이 첨부되어 있었다. 파리 노트르담 성당이나 사르트르 성당, 프라하의 성 비트 성당의 화려하고 섬세하고 거대한 규모의 장미창과는 달리, 기하학적이고 간결한 장미창이었다. 누경은 모던한 느낌의 장미창 도안을 앞으로 만들 티파니 스테인드글라스에 적용해보고 싶었다.

선생님 부부는 전시회를 여는 틈틈이 스페인과 이태리, 프랑스와 독일의 고딕 성당들을 순례하며 장미창들을 감상하고 스케치와 사진으로 자료를 만들었으며, 여러 나라의 유리공방 몇 군데와 교류계약을 맺었다. 한국 학생들을 파견 실습시켜 기술과 디자인을 공유하고, 나아가서는 한국의 유리공예 생산품이 그쪽 유리공방에서 거래하는 판매루트를 사용할 길을 뚫고 싶어했다. 애초에 쉬운 일이 아니었다. 관리를 맡기는 셈인 만큼 비용을 지불해야 하기 때문에 수익성도 잘 따져야 했다. 유리공예는 상업예술이기 때문에 좀 과장하자면 판매가 생산보다도 더 중요하다는 것이 선생님의 지론이었다.

문선생님은 돌아오면 오빠의 유리공장 근처로 공방을 옮기고 갤러리도 만들 계획이었다. 선생님이 돌아오면 누경도 분주해질 것 같았다.

누경은 새벽마다 들길을 산책하고 오전에는 한가롭게 집 안에서 보내며 구석구석 새롭게 정돈하고 살림살이를 반들반들하게 닦았다. 그리고 오후에는 공방에서 작업하며 자기 속을 차근차근 들추어보았다. 제 속에도 묵은 낙엽이 켜켜이 덮인 숲길 끝의 폐가가 있고, 현란한 색의 독버섯이 자란 음습한 오솔길이 있고 퀴퀴한 어둠으로 가득 찬 지하동굴이 있고, 현기증이 나도록 높은 절벽길과 끝없는 계단길이 있고 버려진 궁전의 텅 빈 복도와 잠긴 방들이 있었다. 누경은 먼지떨이와 빗자루와 걸레를 든 청소부처럼 제 속의 장소들을 방문했다. 어둠을 둘러싼 이끼들을 걷고 작은 곤충들을 몰아내고 먼지를 털어내며, 자기방어와 자기모멸과 증오와 원한과 기만과 어리석은 합리화와 변명과 생에 대한 근거 없는 기대들이 쟁여온 허섭스레기들을 걷어냈다.

그리고 노트를 준비하고 아끼던 만년필에 파란색 잉크를 가득 채웠다. 그리고 열여섯 살의 들판에 대한 기록을 시작했다. 그것은 오 년여 전에 한 정신과의사에게 받은 처방이기도 했다.

'당신은 기억을 앓는 병에 걸렸어요. 그 기억은 자극을 받을 때마다 생생하게 현재가 되어 되살아납니다. 먼저 있었던 일을 인정해야 해요. 나쁜 기억보다 더 나쁜 것은 자신에게 부정된 기억이에요. 기억을 부정하는 건 자신의 몸과 마음을 부정하는 거예요. 고통도 기쁨과 똑같이 당신과 함께하기를 바라는 삶의 일부입니다. 스스로 비난하거나 반성하지 말고, 수치스러워하지도 말아야 해요. 그냥 겪은 일이지요. 부정하거나 외면하지 말고 충분히 아파하세요. 밑바닥 끝까지 관심을 가지고 자상하게 쓰나듬어주기를 바랍니다. 그것을 간직하지 말고 써야 합니다. 전혀 가감 없이, 감정 없이 글로 써보세요. 글로 쓰고 또 쓰다보면 고통은 당신 개인을 지나 세상 밖으로 흘러나갈 거예요. 세상의 것이 될 때까지 반복해서 쓰세요. 그것에 이름을 붙이세요. 당신이 쓴 그 문장들을 따라가서 열여섯 살의 당신을 구해와야 합니다. 그리고 그 이름을 내던져버리세요. 떠오를 때마다 내던져버리세요. 다시는, 뒤돌아보지 마세요. 절대로 그 일에 대해 생각하지 마세요. 그러면 그게 얼마나 헛것인지 알게 될 것입니다. 과거는 아무 의미도 없고 존재하지도 않는 것입니다. 그냥 현재의 세계를 주의 깊게 사는 것만으로도 충분해요.'

누경은 매일 조서를 쓰듯 비슷하면서도 조금씩 다른 기록을 반복했다. 그리고 하루하루 아무런 계획도 없는 나날들이 흘러갔다. 이른 아침에 깨어 커피를 마신 후 기록을 하는 것만이 유일하게 정해진 일과였다. 깨끗이 정돈된 실내에서 간단한 아침을 먹고 두리번거리다 책이 손에 잡히면 하루 종일 그 책을 읽었다. 그 책을 읽다가 또 밥을 먹고 산책을 하고 거실에서 낮잠이 들었다. 화집이든, 시집이든, 여행서든, 철학서든, 지리책일 때도 있었고 수학책일 때도 있었다. 몇 날 며칠 영어문법책을 읽기도 했다. 어느 날은 배낭을 메고 하루 종일 시골길을 걷기도 했고 어느 날은 오전부터 음악실에 박혔다가 밤늦게 돌아오기도 했고, 하루 종일 강가에 앉아 있기도 하고, 소파에 앉아 내리 세 편의 영화를 보기도 했다. 그러다 어느 날은 온종일 그림을 그리기도 했다. 신기하게도 그 모든 일상의 시간은 스테인드글라스의 도안을 디자인하는 작업으로 귀결되었다. 하루를 살면 그 하루가 새로운 스테인드글라스 도안을 낳아주었다.

유리공방에서 일주일 내내 일한 어느 날 뒤 상미가 찾아왔다. 상미는 비린 것이 먹고 싶다고 했다. 누경은 상미와 함께 마트에 가

222

서 제철 생선인 농어를 골라와 생강 양념에 절여 조림을 했다.

"이따금 신경이 곤두섰을 때, 생선요리를 먹으면 마음이 편안해져. 이상하지? 무슨 영양학적 이유라도 있을까?"

누경은 마그네슘, 칼륨 같은 원소를 생각했다. 인간은 그런 원소들에 의해 기분이 좌우된다. 젓가락질을 정교하게 잘하는 상미는 농어 살을 꼼꼼하게 발라먹었다. 식사가 끝난 뒤 싱크대에 나란히 서서 설거지를 하고 양치질을 하고 손을 씻었다. 그리고 실내에 밴 음식 냄새를 중화하기 위해 중국 향을 태우고 거실의 전등을 껐다. 부엌 식탁 위에 드리운 스테인드글라스 갓등에서만 은은한 빛이 번졌다. 초록과 흰색과 노랑이 섞인 넝쿨무늬 갓등이었다.

누경과 상미는 소파에 몸을 깊숙이 묻은 채 부엌 쪽의 은은한 불빛을 바라보았다.

"예쁘다."

"아르누보 유리공예가들은 전등의 인위적인 빛을 자연색의 빛으로 중화하고 싶어했어."

"시골에서 이렇게 고립되는 거 외롭지 않니?"

"난 외로움을 잘 견뎌. 내가 못 견디는 건 번잡한 관계지. 다른 사람들과 잘 지내는 사람도 행복하지만, 다른 사람을 필요로 하지 않는 사람도 행복한 사람이라는 생각이 들어."

어둑한 거실에서 조용히 시간이 흘러갔다. 상미가 소곤소곤 속삭였다.

"이런 어둠도 오랜만이다. 난 양계장의 닭처럼 너무 밝게 지냈어. 양계장의 닭처럼 다른 닭들과 어깨를 부딪치며 너무 비좁게 지냈어. 뭐가 뭔지 모르게 초조하기도 했고. 어쩌면 얼마간의 눈물과 얼마간의 어둠과 얼마간의 외로움을 그리워했던 거 같아. 이런 고요도. 그늘과 습도와 결핍도 생물이 살아 있기 위해 필요한 환경이잖니."

"나도 그랬던 거야. 덮어두기만 했던 상처를 밖으로 꺼내고 진심으로 아파하고 싶었나봐. 생의 어느 구석을 찾아가 홀로 내 몸안의 가시들을 뽑으며 좀 쉬고 싶었던 거야. 발바닥과 입술이 마르는 건조증보다는 차라리 눈물이 그리웠던 거야. 전등을 끄면 망막을 쓰다듬으며 부드럽게 둘러싸는 어둠처럼, 어쩌면 진실한 불행이 오히려 포근했나봐. 어쩌면 난, 지난 어둠과 다가오는 빛 사이에서 깨어나 해가 뜨는 것을 보고 싶었던 거야."

"이렇게 지낼 수 있는 너의 자발성이 질투나."

상미가 처음으로 질투의 심경을 고백했다.

피폐한 황무지 같은 무기력 속에서 처음으로 자발성이 솟아오를 때의 경이를 누경 자신도 잊을 수 없었다. 자발성은, 생명이 살아 있는 것을 기뻐할 수 있는 유일한 구조였다.

"누구나 한 번쯤 그러면 좋을 거야. 그래서 생의 손잡이를 돌려 스스로가 쥐는 거야. 그리고 다시는 놓지 않는 거지."

"언젠가 나도 한 시기쯤은 이렇게 살아보고 싶다."

상미가 한숨을 푹 쉬었다. 누경이 상미의 등을 두드렸다.

"난 운이 좋았어."

"아니야. 너처럼 돈을 쓰는 사람은 별로 없어. 넌 단순히 운이 좋았던 게 아니야."

상미가 단정적으로 말했다.

"넌 돈을 태평하게 탕진하며 야금야금 시간을 샀어. 거의 퇴폐적이지."

퇴폐라는 말이 맹목적인 생산성의 반대편을 가리키며 차라리 정신적이고 존재론적인 소비활동으로 들렸다.

"이번에 나 깨달은 게 있어. 참 단순한 것인데도, 진심으로 깨닫기가 쉽지 않아."

"뭐지?"

상미의 물음에 누경의 입술이 순간적으로 꼭 닫혔다. 열여섯 살의 들판과 날카로운 유리조각과 하나의 얼굴, 부들부들 떨리는 성난 음성으로 입을 다물어, 라고 명령한 아버지와 왜 혼자서 들판에 갔느냐고 나무라며 이불을 뒤집어쓰고 울기만 하던 엄마와, 몸을 저주하며 침묵의 지옥으로 빠졌던 자신을 떠올렸다. 무엇이 더 깊은 지옥을 만들었는지 분간할 수 없었다.

"행복이란 다른 게 아니라 내 몸의 고요란 것을 알게 되었어. 몸 안에서 손톱으로 할퀴며 울부짖던 여자아이가 울음을 그친 것처럼 조용해. 몸이 이렇게 고요한 거란 사실을 처음으로 느끼고 있어. 눈 내리는 날의 따스한 실내처럼 고요해."

상미가 의문이 깃든 눈으로 누경을 바라보았다.

"넌, 중요한 일은 아무에게도 말하지 않아."

"다들 그렇지 않니?"

"인간이란 거, 참 고독하다."

"그래, 아무래도 고독해."

용서, 비밀, 고독…… 우주의 중심까지 가 닿을 듯 깊은 공명이 일어나는 단어들이 머릿속에서 떠다녔다. 상미가 누경의 어깨에 팔을 두르고 머리를 누경의 머리에 비볐다.

"평온하다…… 이렇게 앉아 있으니 너무 좋구나."

"네가 있어서 좋아."

누경은 진심으로 말했다.

"나도."

상미가 냉큼 대답했다.

24

다음날 누경은 신발장 속에 들어 있던 유리조각을 들고 공방에 갔다. 유리조각들을 1200도의 고열 가마에 넣었다. 그리고 유리병 아랫부분을 조형할 밑틀을 만들었다. 쉽게 깨지지 않도록 안정된 모양의 넓적한 원형 밑틀이었다. 그리고 유리조각들이 말랑말랑한 액체가 될 때까지 빈 극장 같은 공방에 홀로 앉아 있었다. 누경의 호흡이 공방의 공기와 교감하며 흘러다니는 것이 느껴졌다.

녹인 유리조각의 양은 아주 적었다. 젤리 상태의 녹색 유리를 긴

쇠파이프 끝에 둥글게 뭉쳐 바람을 불어넣기 시작했다. 생명을 불어넣듯, 천천히 자신의 리듬을 흘려보냈다. 유리가 바람을 안고 조금씩 부풀어올랐다. 누경은 자신의 몸에서 흘러나오는 고유한 리듬에 집중했다. 푸른 유리 속으로 맑고 격렬한 이네사 갈란테의 〈아베마리아〉와 기현의 순진하고 집요한 눈빛과 서강주의 자상한 미소와 상미의 명랑한 몸짓이 흘러들어갔다.

누경은 부푼 유리를 밑틀에 넣고 모양을 잡은 뒤 조금씩 돌려 물결무늬를 넣었다. 손잡이까지 만들어 붙이고 주둥이를 가위로 자른 뒤 사포로 유리 단면을 부드럽게 문질렀다. 밑이 넓고 물결무늬가 흐르는 녹색 화병이 완성되었다. 병을 아래로 비스듬히 기울이면 누경이 불어넣은 고유한 리듬의 비밀이 푸른 물처럼 흘러나올 것만 같았다.

가장 깊은 어둠 속에서 건져올린 고통의 앙금은 차라리 맑고 투명했다. 누경은 이제 그것을 반짝반짝 닦아 마음속 선반에 올려놓고 삶 속에 다채롭게 섞어 일상 속에서 시고 짜고 매운 맛을 낼 수도 있을 것 같았다.

그러나 막상 완성된 초록 유리병을 테이블에 올려놓고 마주 앉았을 때 누경은 격통과 같은 회한에 휩싸였다. 푸른 유리병은 지속하는 것이 사랑이라고 말하고 있었다.

"깨어지지 않는 게 사랑이야. 어떤 균열이든 두 팔로 끌어안고 지속하는 그것이, 사랑의 일이야."

스스로 만들어 냈던 날카로운 이별의 단면들과 깨어진 마음들, 상실된 얼굴들이 떠올랐다. 후회와 자기 모멸과 그리움이 몰려왔다. 누경은 두 손으로 탁자 끝을 잡고 허리를 굽혔다. 누경은 울고 있었다.

25

기현은 아파트 현관 바로 앞에 차를 세우고 유리문을 밀고 나오는 누경을 바라보고 서 있었다. 인연이란 어쩌면, 누경을 만난 후 함께 흘려보낸 시간의 공속 그 자체가 아닐까…… 당기면서, 거부당하고 밀려나면서, 마음을 처참하게 다치면서도 또다시 이끌리고, 이끌림을 이기지 못해 아파하면서 또다시 다가가는 마음의 힘에 기현은 굴복하기로 했다. 그 힘에 비하면 욕망이란 오히려 하찮은 것이었다. 그 마음에 아무 이름도 없이, 그냥 누경을 만나고 싶었다. 기현은 무르고 비릿하기만 했던 자신의 사랑이 누경에게 저지당하면서 바위처럼 단단하게 단련되어가는 것을 느꼈다.

몇 개월 사이에 누경의 몸은 더욱 가늘어져서 걸음이 흔들렸다. 어떤 일을 겪고 있는지 알 수 없지만 어쩐지 자신이 누경의 증인인 것만 같았다. 두 사람은 희미하고 짧은 웃음으로 인사를 나누었다. 누경의 표정은 의외로 가볍고 단단했다. 기현이 다짜고짜 누경을 데리고 간 곳은 두붓집이었다.

국물에 담긴 부드러운 두부는 광목빛이었다. 기현이 권하는 대로, 누경은 두부를 숟가락으로 떠서 삼켰다. 부드러운 두부가 빈 위장으로 따뜻하고 뭉클하게 흘러들어가 점막 속으로 스며드는 것이 느껴졌다. 뱃속은 물론이고 귀 뒷부분까지 온기가 차올랐다. 몸 속 상처와 염증에 광목 붕대를 감는 것 같은 위로의 음식이었다.

식사가 끝난 후에 근처에 있는 음악실로 갔다. 누경은 기현이 신청한 음악들을 묵묵히 들었다. 바그너의 곡들이었다.

"바그너의 〈트리스탄과 이졸데〉에서 현대음악의 첫 징후가 나타났다고 해요. 무한선율과 불협화음의 등장이죠. 〈트리스탄과 이졸데〉 프렐류드는 반복되어 되돌아오는 안정된 악곡의 형식을 깨뜨리고 계속해서 새로운 양상으로 진행되는 무한선율로 이끌어가요. 그리고, 불협화음이 파국을 향해가는 불안하고 아름다운 격정을 극대화시키죠."

바그너는 현대의 시원이었다. 음악뿐 아니라 철학과 문학, 미술까지 그에게 현대를 빚지고 있었다. 현대, 그것은 자아와 고독과 불안의 시작이었다.

"트리스탄과 이졸데 이야기, 기억나요?"

먹구름과 흰 구름이 뒤섞여 피어오르듯 뭔가가 떠올랐지만 누경은 고개를 저었다. 순간 하나의 단어가 생각났다.

"묘약."

"그래요, 사랑의 묘약. 트리스탄은 왕의 총애를 한 몸에 받는 젊은 영웅이죠. 트리스탄이 왕과 혼인할 동맹국의 공주 이졸데를 배에 태워 에스코트해오던 중 공주의 어머니가 혼례 첫날밤을 위해 준비해준 사랑의 묘약을 잘못 마시고 공주와 사랑에 빠지게 된다는 전설이에요."

뒤늦게 책을 펼친 듯 기억이 살아났다. 이졸데와 이웃 왕은 양국의 화친과 동맹을 위해 정략결혼을 해야 하는 사이였다. 두 나라 백성의 안위와 막대한 이익이 걸린 결혼이었다. 그러나 긴 항해 도중 이졸데는 이웃 왕과 나누어 마셔야 할 묘약을 트리스탄과 나누어 마시고 만다. 그리고, 걷잡을 수 없는 비극이 시작된다.

"이졸데와 트리스탄의 사랑을 왕과 이웃 왕들이 알게 되어 동맹이 깨어졌지요. 그러자 죽고 죽이는 전쟁이 발발하고, 결국 왕국은 몰락의 위기를 맞죠. 누경씨, 난 궁금한 게 있어요."

단숨에 말을 이은 기현은 호흡이 엉기는지 숨을 크게 내쉬었다.

"제가 물으면, 누경씨가 대답해줄래요?"

"뭔데요?"

"그 묘약이 무엇일까요?"

기현은 과거형이 아닌 현재형으로 물었다. 기현의 눈 속으로 좌절과 갈망의 빛이 스쳐갔다.

"두 사람을 동시에, 같은 사랑에 빠지게 하는 묘약 말이에요."

서강주의 눈빛과 함께, 구두 굽이 빠져 아찔하게 하강하던 한순간이 떠올랐다. 무엇이었을까? 두 사람을 같은 꿈속으로 들어가게 한 묘약이, 서로의 눈빛 깊숙한 곳에서 숨쉬고 자고 깨게 했던 비밀이…… 어떻게 사람이 다른 사람의 눈 속에서 살 수 있었을까……

누경은 손가락으로 눈두덩을 쓰다듬었다. 그런 모습을 기현이
바라보았다.

"몰라요."

"누경씨 눈빛은 안다고 말하는걸요."

"사람들마다 다를 거예요. 그러니, 내가 알고 있다면 기현씨도
알고 있을 거예요."

누경은 맑고 환한 표정을 짓고, 평온한 눈으로 기현을 쳐다보
았다.

"나 때문에 마음 상했다는 거 알아요. ……궁금한 게 있어요. 예
전에 작별인사를 보냈는데, 왜 답을 하지 않았나요? 그리고, 특별
한 감정이 생기지 않는다고 밝혔는데도 이렇게 아무렇지 않게 다
시 보는 거, 어떤 마음이죠? 다시 보아도 아무 진전도 없는데, 마음
만 더 상할 텐데, 왜 또 연락한 거죠?"

기현은 싱긋 웃었다.

"마음 안 상했어요. 물론 괴롭고 힘들었어요. 하지만 누경씨는
나를 힘들게 해도 괜찮아요. 누경씨를 보는 편이 나로선 덜 힘드니
까요. 한 사람과 또다른 한 사람이 꼭 어떤 관계를 전제로 만나야
하는 것은 아니잖아요. 그냥 가끔 이렇게 만나도 좋은 거잖아요.
누경씨가 나에게 특별한 감정이 없다는 거, 이제 알아요. 나도 더
다가가려 애쓰진 않을게요. 그냥 이 자리에 이렇게 있을게요."

사랑을 받아들이지 못하면서도 누경은 다시 그를 만났고, 그는

받아들여지지 않은 사랑을 품고 누경을 또다시 만났다. 그가 자신의 고독 속에 사랑을 가두고 바라보는 것을, 누경 역시 고독하게 바라보았다.

"혹시, 나를 만나기 전부터, 나를 알고 있었나요?"

기현은 무슨 소리냐는 표정을 지었다.

"그냥, 그런 기분이 들어서요. 오래 전부터 나를 알고 있었던 게 아닐까 하는……"

누경은 말끝에 미소를 지었다. 기현의 일방적인 마음이 그렇게 깊은 것이 이상하게 여겨졌다.

"우리, 친구 할까요?"

누경은 차마 나오지 않던 말을 꺼냈다. 기현의 표정이 굳어버렸다.

"싫습니다. 누경씨 잔인한 사람이군요. 난 누경씨와 친구는 안 해요. 못 해요."

"기현씨도 이상한 고집을 가진 사람이군요."

누경은 그렇게 기현의 이름을 의식적으로 불러보았다. 다른 누구도 아닌, 바로 그 남자가 지금 자기 앞에 앉아 있다는 것을 처음으로 가슴 깊이 받아들였다. 누경이 말려도 기현은 자신의 뜻대로 할 것이었다. 누경 역시 인생이 아무리 옥죄고 짓눌러도 결국 그녀의 뜻대로 할 것이었다.

"때론 뭔지 모르는 채 사랑을 떠맡을 수도 있는 거예요. 난 그럴 거예요. 그냥 떠맡는 거죠."

떠맡는다니, 감정과 의지와 운명이 뒤섞인 말이었다. 누경에게로 건너오지 못하고 누경과 섞이지 못한 감정들이 그의 눈 속에 가라앉아 있었다.

"우린 늘, 조금 이상하고 또 자신도 잘 모르는 일을 하게 되는 것 같아요."

누경은 처음으로 기현의 눈을 가만히 들여다보았다. 따스하고 맑고 깊은 눈이었다.

"그렇죠. 조금 이상하고 모르는 일에 빠져들곤 하죠. 알아차렸을 때는 이미 늦고요. 우리, 섬에 갈까요?"

기현이 불쑥 섬 이야기를 꺼냈다.

"둘이서요?"

누경이 방어적으로 물었다.

"예전에 같이 섬에 가자고 했던 사람들 있잖아요. 누경씨와 나, 도훈, 상미씨, 그리고 내 선배도 갈 거예요. 인서 형."

"이름을 들어본 것 같아요."

"누경씨와 나 처음 본 날, 사실은 인서 형도 그 자리에 나오기로 약속되어 있었거든요. 인서 형이 그날 어긋난 것을 아쉬워했어요. 그날, 그 자리에서 만난 나와 누경씨가 단둘이 섬에 다녀온 것이 우리에겐 사건이었거든요."

기현이 얼굴을 붉히며 웃었다.

"실은 제주도 취재 건이 잡혀 있어요. 다음다음주 금요일 출발해서 월요일 오전에 돌아오는 일정이죠. 도훈과 인서 형은 이미 항공

권 예매가 되어 있어요. 상미씨와 의논되는 대로 바로 연락 주세요."

"그럴게요."

밀린 숙제라도 모두 마친 듯, 누경의 마음이 홀가분해졌다.

"섬에 갈 사람들, 언제 미리 어울려 맥주라도 마실까요?"

기현이 제안했다.

"그러죠."

누경도 흔쾌히 대답했다.

26

　누경, 어제는 바티칸시국 내에 있는 산피에트로 대성당에 갔었다. 대성당의 바닥엔 전 세계 모든 나라에서 보내온 돌들이 깔려 있어. 우리나라에서 온 돌도 있단다. 정말 우주의 한 중심 같은 장소야. 우리로선 이번 여행의 마지막 방문지였어. 그곳에 장미창은 없었다. 대신 산피에트로 대성당의 예배실 오른쪽에 미켈란젤로의 피에타가 있더구나. 마리아는 넓게 펼친 치마폭으로 죽은 예수를 편안하게 안고 있는데, 이 비탄상엔 울부짖는 인간적 슬픔이 없어. 인간적 슬픔을 초월했거나, 아니면, 애초부터 마리아에겐 신성만 있을 뿐 인간적인 모성이 없었는지 몰라. 마리아는 처녀의 몸이니까 말이다.

　발길을 돌려 나오다가 피에타의 마리아가 바로 산피에트로 대성당의 장미창이라는 것을 깨달았다. 성 베르나르도가 노래한 시, 생각나니? 유리공방에서 유선생이 읽어주었잖니.

우린 그것이 유리에 관한 가장 아름다운 찬미라는 데 의견 일치를 보았었지.

'태양의 빛살이 창문의 유리를 다치는 법 없이 지날 때, 초월적 빛살의 부드러움은 단단한 유리의 질료를 넘어서 범람하니, 빛살이 들고 나면서도 결코 유리를 조각내지 않는 것처럼, 주의 빛살이 처녀의 집과 닫힌 품을 드나들 때도 그러하였네⋯⋯'

유리만이 다치지 않고 빛살을 통과시키지.

누경이 유리에, 특히 스테인드글라스에 집착하는 이유는 잘 모르겠지만, 내 생각과 비슷한 이유일 거라고 짐작해. 스테인드글라스는 빛살을 중화시키고 내부로 빛을 범람하게 하지. 장미창은 사랑의 궁극적인 표상이야. 더 많이 더 깊이 사랑한 사람은 사랑으로 인해 다치지 않아.

문선생님이 보내준 마지막 메일에는 첨부파일이 없었다. 그러나 누경은 그 글 속에서 어떤 장미창보다 더 아름다운 스테인드글라스 장미창을 보았다.

27

섬으로 떠나기 나흘 진이었다. 누경과 기현이 먼저 도착해 자리
를 잡았다. 단둘이 맥주를 마시기 시작했으나, 시작한 지 얼마 지
나지 않아 상미가 게이 남자 친구를 데려왔고, 곧 도훈도 도착했
다. 인서는 조금 늦는다고 했다. 술이 몇 잔 돈 뒤에야 인서는 나타
났다.

입구에 들어선 그는 일행을 발견하고 어색한 미소를 짓더니 고
개를 숙였다. 내성적인 사람의 제스처였다. 그는 진공 같은 정적
속에서, 연속적인 순간 멈춤으로 이어지는 듯 느린 동작으로 테이
블을 향해 다가왔다.

일행이 서로 인사를 나누는 소리가 벽 저쪽의 소음처럼 들렸다.
오직 인서의 음성만이 누경의 몸 안까지 울렸다. 진공 속에서 인서
의 속눈썹의 깜박임까지 느껴졌다. 그의 심장박동 소리까지 들리
는 듯했다. 누경은 문득 정신을 차리고 숨을 내쉬었다. 한 숨과 한
숨 사이가 그렇게 멀 수 있다는 것이 놀라웠다. 그렇게, 예기치 않
은 순간에 한 남자가 누경의 마음 안으로 성큼 들어온 것이었다.

누경은 일행을 천천히 둘러보았다. 아무도 누경에게 일어난 일
을 모르는 것 같았다. 누경만 무시하면 아무도 모르게 지나갈 일이
었다. 그 남자조차 모르게.

청바지 위에, 베이지색 바탕에 그보다 옅은 색 줄무늬가 들어간
재킷을 타이트하게 차려입은 상미 친구는 인도주의 실천 의사협의

회에 소속된 치과의사였다. 그는 평화주의자이고 페미니스트이고 채식주의자라고 자신을 소개했다. 외모 역시 피부가 유난스럽게 곱고 자세가 곧고 체격은 가늘었다. 그는 별로 좋지 않은걸, 이라는 말을 자주 했다. 그와 세계 사이의 불편한 간격을 공손하게 조정하는 듯한 표현이었다. 다들 그 말을 따라 해보았다. 괴롭다거나 불쾌하다는 말 속에 함유된 개인적 감정을 걸러낸 관용구로 손색이 없었다.

오 년 동안 파리에서 지낸 적 있다는 인서가 파리 사람들이 즐겨 쓰는 관용어 하나를 화제로 꺼냈다. '세 노르말'. 이 표현은 극복하거나 피하기 어렵다는 점에 역점을 두지 않고 오히려 그것을 안고 일상적인 상황으로 돌아가자는 뜻으로 쓰인다고 했다. '세 노르말'. 인서의 음성은 낮고 단정해서 듣기 좋았다. 늘 그렇듯이 적당한 때에 상미는 일동에 대한 신원조사에 들어갔다. 그 자리에 모인 사람은 모두 독신이었다.

상미의 남자 친구는 시간이 지날수록 점점 더 여성적인 면모를 보이더니, 3차 자리에서는 자신을 '기집애'라 불러달라고 부탁했다. 아무도 문제삼지 않았기 때문에 건배를 한 뒤, 모두 입을 모아 흔쾌히 불러주었다. 기집애야 — 치과의사가 기뻐했다. 기현이 치과의사의 말투를 흉내내며, 별로 나쁘지 않은걸, 이라고 해 한바탕 웃음이 터졌다. 한 사람이 농담을 하면 다른 사람이 받아주고, 다 함께 웃음을 터뜨려 웃음과 말이 끊이지 않았다.

상미가 누경에게 몸을 기울이고 귓속말을 했다.

"저 기집애가 내게 정자를 주기로 했어. 모든 게 좋아. 외모도 지능도 성격도."

누경은 기발한 농담을 들은 것처럼 다시 웃음을 터뜨렸다. 그 갑작스러운 웃음 속에서 인서와 눈이 마주쳤다. 누경이 웃고 있는 동안 인서는 눈길을 거두지 않았다. 서로의 눈길이 엮이는데도 이물감이 전혀 없었다. 서로의 몸 안에서 눈을 뜨고 있는 것 같았다. 누경은 서서히 웃음을 그치고 그를 쳐다보았다. 그가 짧게 미소지었다. 의미심장한 대화라도 오간 것 같았다. 상미와 기현은 놀란 눈으로 누경과 인서 사이에 생겨난 우물을 쳐다보았다. 상미가 누경의 팔을 흔들었다.

"농담 아니야."

누경은 무슨 이야기로 웃었는지 잠시 잊었다.

"다음주에 저 기집애와 함께 산부인과에 가기로 했어."

누경은 방심한 채 겨우 응대했다.

"농담 아니라고?"

"아니라니까."

상미는 누구도 못 말릴 만큼 도전적이고 기발한 친구였다.

"성정체성은 문제 안 되니?"

"괜찮아. 이성애자가 더 행복하다고 누가 장담할 수 있니? 혹시 미래의 내 아이가 자라서 동성애자가 되어도 난 자연스럽게 받아들일 거야."

"싱글맘에 대한 복지정책이 강화될 때까지 기다린다고 했잖아?"

"국가정책 기다리다가는 폐경돼. 차라리 저자를 내 아이의 친척 아저씨쯤으로 엮는 게 나을 거 같아."

상미가 잔을 들어올리고 외쳤다.

"세 노르말."

"세 노르말."

누경도 웃으며 건배를 했다. 세 노르말, 어떤 일이 일어나도, 그것을 안고 일상적 상황으로 돌아갈 것이다. 그럴 것이다……

상미가 갑자기 목소리를 잔뜩 낮추어 물었다.

"너, 무슨 일이니?"

"뭐가?"

상미의 입술이 누경의 귓가에 바짝 다가왔다.

"저 남자, 인서씨 말이야."

"뭐가?"

"둘이 내내 서로 쳐다보고 있는 거 몰라?"

"아니야."

누경은 고개를 저었다.

"다른 사람과는 조금 다르게 보여. 그뿐이야."

"그런데 저 남자도 그런 것 같으니 문제다."

누경은 취기와 피로를 느끼며 고개를 저었다.

"매초마다 인간의 가슴이 찢어진다고 했어. 기현씨가 두 사람 보고 있으니 조심해."

누경은 기현 쪽을 보았다. 기현은 누경을 바라보고 있었다. 두 사람의 눈이 단단하면서도 평화롭게 마주쳤다.

"이상한 일이다. 너와 인서씨를 뻔히 보면서도 기현씨가 전혀 내
색하지 않으니……"

상미가 속삭였다.

술자리는 두시경에야 끝이 났다. 그날 밤 누경은 많이 취했다.
뒷좌석에 나란히 실려가던 차 안에서 누경은 비스듬히 쓰러져버렸
다. 기현은 누경의 몸을 길게 눕히고 머리는 자신의 무릎 위에 놓
았다.

김인서입니다…… 캄캄한 궤짝 속 같은 잠결에 낯선 남자의 목
소리가 들렸다. 뒤이어 누경이 포크를 떨어뜨려 테이블 아래로 몸
을 숙일 때 그 짧은 시간에 누경을 배려해주던 부드러운 음성도 들
렸다. 누경씨 기다려요. 그는 웨이트리스를 불러 포크를 새로 가져
오라고 주문했다.

좌절도 아니고 극복도 아닌, 가슴을 더 넓힌 포용이라는 일상의
힘을 불어의 관용어로 가르쳐주던 음성. 상미 친구에게 힘차게, 기
집애야, 하고 불러주던 음성, 그리고 마지막 음성은, 대리기사를
배려한 말이었다. 기사가 밖에서 기다리고 있어요. 그만 나갑시다.
세상에 대한 자상함과 일상적인 합리성을 경험할 때, 누경은 상대
에게 섬세하고 선량한 힘과 매력을 느꼈다. 그는 누경에게 작별인
사를 하지 않았다. 누경도 모두에게 했으나 그에게는 얼버무리고
지나갔다. 다만 짧게 서로의 눈이 마주쳤다가 흩어졌다.

오래 전에 누경은 인서라는 이름을 들었다. 기현을 처음 만났던 그 봄밤에, 그 이름을 들었을 때, 잠시 생각이 멈추어섰던가…… 언뜻 들은 그 이름이 씨앗처럼 몸 안에 파고들어와 있었던가. 이것이 무엇일까…… 이끌리면서도, 한편 누경은 불안감과 저항을 느꼈다. 온몸의 혈관을 잡아끌며 두 사람 사이에 깊은 우물이 고인다 해도, 그 찰랑이는 물을 쉽게 길어올릴 것 같지 않았다. 차라리 지금은, 기현과 인서, 도훈과 상미, 기집애라고 불러달라던 상미의 친구, 주변의 모두와 함께하는 웃음과 같이 도모하는 사소한 소란들이 더 소중하게 여겨졌다.

누경은 눈을 감았다. 기현의 질문이 떠올랐다. 두 사람을 하나의 꿈속에 빠지게 하는 사랑의 묘약이 무엇일까요? 그게 무엇이든, 사랑이라면 이제 검은 콩과 푸른 매실이 먼저 떠올랐다. 살림살이와 음식 냄새와 세월과 타인들…… 누경은 자신의 사랑이 그런 모습으로 변장해서 삶과 속살거리기를 바랐다.

아무런 슬픔도 없는데, 감긴 눈 속에 차가운 눈물이 고이더니 넘치듯 흘러내렸다. 긴 꿈에서 깨어나 이곳을 실감하는 존재가 흘리는 현존의 눈물이었다.

기현의 바지가 젖어갔다. 기현은 바지가 젖는 것을 느끼며 꼼짝도 하지 않았다. 기현은 자신의 일로는 울지 않았다. 위에서 쓴물이 올라와도, 결코 울지 않았다. 차라리 영화를 보거나 남의 이야기를 듣다가 잘 우는 남자였다. 양파를 썰듯, 기현은 인간들의 진실에 직면하면, 마치 까맣게 잊고 있었던 삶을 기억하듯, 참을 수 없이 울게 되었다.

누경은 시작부터 그를 적셨다. 진실이라는 이름 자체처럼, 기현의 삶을 아프게 찔러 폭풍처럼 울음을 터뜨리게 했다. 풀칠한 종이로 겹겹이 바른 무감각한 마음이 누경의 눈물에 젖어 자꾸만 찢어지는 것 같았다.

갖지도 못할 여자를, 단지 자기 인생의 앞마당을 지나가게 하기 위해, 그렇게도 아름다운 꿈을 꾸었던 것일까.

통증에 둔감하던 마음의 속살이 예리하게 아팠다. 그러나 기현은 아파하고 싶지 않았다. 자신의 아픔을 한사코 외면하려 했다. 지금 자신이 자신을 속이고 있다 해도 별로 나쁘지 않다고 생각했다. 어차피 진실의 향방을 그 누가 알겠는가. 세상일은 순리대로 흘러갈 것이다.

기현은 제주도에 가 있을 누경을 상상했다.

누경과 함께 애월의 해안에서 일몰을 볼 것이다. 오름에 올라 세찬 바람을 맞으며 함께 화산 분화구를 한 바퀴 돌 것이다. 검은 바위들의 해안을 지나고 용머리 해안을 맨발로 걸을 것이다. 김영갑 갤러리에서는 바람의 아픔에 통각이 저리기도 할 것이다. 해수욕장에서는 금실처럼 쏟아지는 태평양의 햇살 아래서 두 팔을 활짝 펴고 깔깔거리며 웃는 누경의 얼굴을 보고 싶었다. 상미와 함께 바다로 뛰어들어 파도와 놀거나 해안을 달리거나 모래 해변에 누워

버리거나 바위에 붙은 굴이나 말미잘을 무료하게 건드리는 것을 바라보고 싶었다. 심지어 인서 형과 누경이 나란히 모래밭을 걸어 아득히 멀어져간다 해도 눈을 떼지 않고 마음속 깊이 담을 것이다. 물론 속으로 몇 번 중얼거릴지도 모른다. 별로 좋지 않은걸…… 비 자림 숲속에서는 우연인 듯 뒤따라 걷다가 마음을 조금 더 털어놓을 수 있을지도 모른다. 그때 기현은 누경에게 해주고 싶은 말이 있었다.

"세상도, 삶도, 우리 마음도, 뜻대로 할 수 있는 것은 별로 없어. 우리가 할 수 있는 것은, 심연의 외줄 위에서 안간힘을 다해 현재를 제어하려는 아둔하고 흐릿하고 가냘픈 의식의 줄타기뿐이야. 야윈 불빛 깜박이는 그 가난 속에서 나는 당신을 사랑해. 그러니, 그 가난 속에서 당신은 나를 사랑하지 않아도 괜찮아. 이것이 젊음의 마지막에 빠져들었던 내 사랑의 이야기라 해도, 있었던 일 그대로 좋은 시간이었어. 난 괜찮아. 이렇게 가깝고도 먼 근처에서 당신을 바라볼게. 누경, 그러니 웃어. 당신은 편안하게 웃어……"

섬에 밤이 오면 해변에 나가 술을 마시고 취할 것이다. 첫날도 둘째 날도 셋째 날도…… 그렇게 다들 조금씩 더 친해질 것이다. 마지막 날쯤, 누경은 오늘밤 흘린 눈물의 이유를 말해줄지도 모른다. 누경이 어떤 말을 하든 기현은 고개를 끄덕이며 담담하게 들어줄 것이다. 사랑하며 살기를 바랐으나 사랑이 어긋나는 것을 받아들이며, 웃음과 눈물 사이에서 담담하게……

기현은 어둠 속에서 슬쩍 손을 뒤집어 손바닥을 쳐다보았다. 인

생이 고독할 거라고 했던가, 모든 것이 마구 흘러가버릴 거라고,
아무것도 곁에 머무는 것이 없을 거라고 했던가…… 그러나 알고
보면 누구나 그렇지 않은가. 붙잡아둘 수 있는 것은 없고, 다시 돌
아나가지도 못한다. 누구나 자신의 삶을 자기 방식으로 살 수 있을
뿐이다.

에필로그

이다음에, 우리 모두 많이 친해진 어느 맑은 날, 숲속 빈터의 풀밭으로 소풍 가요.

피크닉 바구니를 들고 가 파란 줄무늬 식탁보를 풀밭 위에 펼쳐요. 물가로 가서 산책한 뒤 야채처럼 깨끗하게 발을 씻고 보라와 하양과 노랑 풀꽃으로 꽃다발을 만들어요. 그리고 바삭하게 구운 빵에 치즈를 바르고 살라미와 야채샐러드를 얹고 붉은 와인을 잔에 부어요. 풋사과와 검붉은 포도도 먹어요.

맛있는 점심식사가 끝나고 한가롭게 쉴 때, 나무 우듬지 위 파란 하늘에 구름이 흘러가겠죠.

두 개의 구름은 천천히 만나 뭉쳐져서 양이 돼요. 털이 짧고 보슬보슬하죠. 쓰다듬기 좋은 편편한 이마, 작은 코와 날씬한 다리들과 둥근 꼬리가 차례차례 생겨나요. 한순간 다리를 펴고 앞으로 달려갈 듯 완전한 한 마리의 양이 하늘에 떠오를 거예요. 양이야……

내가 손을 들어 가리키면, 당신들은 놀라서 아, 할 거예요. 다음 순간부터 양은 가장자리가 허물어지며 빠르게 흩어지기 시작해요. 조각난 구름은 다시는, 결코, 양으로 돌아가지 못하고 무의미한 형상들로 뭉쳐져 여름비가 되어 내릴 거예요. 다시 땅으로 돌아와 슬픔처럼 고이고, 눈물처럼 흐르고, 비원처럼 사막으로 아득히 스며들어가겠지요. 당신들은 조금 비통한 표정을 지을 거예요. 때마침 그늘을 드리운 아카시아나무에서 흰 꽃이 후르르 떨어지겠지요. 클로버 꽃향기, 쑥향기가 우리의 얼굴을 덮을 거예요.

그런데 혹시 알고 있나요? 들판이 두근거린다는 것을, 들판이 숨쉬는 것을요. 들판은 멀리 서 지나가는 누군가의 발소리에도 떨린답니다. 들판은 생각보다 상냥하고 포근한 곳이랍니다. 그런 향긋한 냄새와 부드러운 바람과 따스한 온기는 들판에 누워본 사람만 알 거예요.

하지만 아무리 잠이 와도 풀밭 위에 누워 잠들면 안 돼요. 풀숲 어딘가에 헝겊인형이 버려져 있을지도 몰라요. 풀숲 어딘가에 날카롭게 깨어진 유리병 주둥이가 뒹굴고 있을지도 몰라요.

멀리서 기차 지나가는 소리가 들리고 새들의 울음소리가 들려올 거예요. 새들은 영원의 언어로 울지요. 이것은 진상이 아니라는 듯, 현재의 묶인 매듭을 풀어 어딘가로 물어가는 듯이 울어요. 어제의 무게를 내려놓아라. 그러지 않으면 추락한다…… 그것이 내가 들은 새들의 전언이에요. 새들이 허공으로 가벼이 날아오르면, 그때, 나를 보여줄게요.

뱀이 허물을 벗듯, 생의 바깥으로 나가 외기에 나를 내맡길게요. 한 겹 한 겹 남김없이 탈피할게요. 놀라지 말아요. 당신들은 양복을 입고 넥타이를 맨 그대로 하던 이야기를 계속하세요. 평소에 그대로, 태연하게 생의 안쪽에 앉아 있어요. 그대로…… 자 이제, 나를 보세요. 풀밭의 외기에 맨몸을 맡기고 당신을 똑바로 쳐다보는 나를요. 아무것도 피하지 않는 평온한 내 눈을 보세요.

사람들은 내 눈 속의 사랑을 보고 당황하죠. 그것이 무엇을 향한 것인지 알고 싶어했어요. 정체불명의 사랑이 내 눈 속에 낙화처럼 떠돈다 해도, 나의 웃음이 도처에서 사랑처럼 보였다 해도, 실은 그 누구를 향하는 것도 아니었어요. 그보다는, 정말 그보다는, 들에서 핀 꽃나무가 누구를 향하지도 않으면서 세상을 밝히며 활짝 피어나듯, 내 사랑도 그런 것이면 좋겠어요. ■

작가의 말

고통이 머물러 있는 곳이 내 글쓰기가 시작되는 지점이다. 올라가는 길을 찾는 동시에 더 어두운 상처의 근원을 찾아 더듬어 내려가면서 만들어지는 지극히 사적이고 내성적인 세계, 이 세계가 추구하는 것은 아마도 매 시간 독립된 현재일 것이다.

이번 소설 속에는, 소설을 쓰게 한 힘으로 작용한, 그러나 표면에 드러나지 않은 한 여자가 숨어 있다. 나는 어두운 방에 갇혀 있던 그 여자가 살아 있기를 바라면서 문장들을 썼다. 어떤 일이든 일상화시키면서, 살아 있기를……

사람들은 알까? 소설은 끝까지 쓰여지고 나서야 마침내 제 얼굴을 드러낸다는 것을. 초고가 끝난 뒤에도 다시 숙성의 시간을 지나 정제되고 심화되어서야, 이게 나예요, 한다는 것을. 소설을 쓰는 동안 의문과 방황이 나의 직업이라는 것을.

완성된 소설을 다시 읽으니, 겹겹의 흐름 속에서 몇 개의 단어가 표식처럼 선명하다. 팔 없는 비너스, 깨어진 유리조각, 치마, 검은

콩과 매실, 들판의 꽃 핀 나무 같은 것…… 풀밭 위의 식사가 의미하는, 상처를 간직한 역설적인 평온과 태연을 그 여자에게 전해주고 싶다.

지난날로부터 오는 결과와 미래의 준비 사이에 현재는 좁고 좁은 틈처럼 자각을 통해서만 존재한다. 소풍을 가거나 일이 끝난 저녁에 술 한잔을 마시거나 잠시 이웃을 만나 노닥거리거나, 홀로 산책을 하거나. 심지어 식탁에 앉아 밥을 한 숟가락씩 떠먹을 때, 연인과 사랑을 나눌 때, 햇빛 비치는 마룻바닥을 걸레질할 때에, 그저 멍하니 서서 나무 한 그루와 한 그루 사이의 안개를 바라볼 때, 우리는 그런 사소하고 가벼운 모습으로 현재에 있다. 생업은 아마도 가장 무거운 현재성일 것이다.

생각하면 과거의 짐과 미래의 불안으로부터 독립해 온전하게 현재에 존재하는 것이야말로 얼마나 초월적인지, 현재야말로 매순간 얼마나 눈부신 기회인지…… 평정을 유지하며 현재성 속에서 능동적으로 살아 움직이는 사람이야말로 소박한 초인이 아닐까.

어느 바람 없는 날, 스스로 신중하게 한 잎 한 잎 간격을 두고 떨어지는 나뭇잎을 바라보며 생각했었다. 내 문장들도 저랬으면 좋겠다고.

2010년 1월
전경린

문학동네 장편소설
풀밭 위의 식사
ⓒ 전경린 2010

1판 1쇄 │ 2010년 1월 28일
1판 2쇄 │ 2010년 2월 7일

지은이 전경린
펴낸이 강병선
책임편집 조연주 이경록 │ 디자인 엄혜리 유현아
마케팅 장으뜸 이귀애 서유경 정소영 │ 온라인 마케팅 이상혁 한민아
제작 안정숙 서동관 김애진 │ 제작처 영신사

펴낸곳 (주)문학동네
출판등록 1993년 10월 22일 제406-2003-000045호
주소 413-756 경기도 파주시 교하읍 문발리 파주출판도시 513-8
전자우편 editor@munhak.com │ 대표전화 031)955-8888 │ 팩스 031)955-8855
문의전화 031) 955-8890(마케팅) 031) 955-8864(편집)
문학동네카페 http://cafe.naver.com/mhdn

ISBN 978 89-546-0999-9 03810
∗ 이 책의 판권은 지은이와 문학동네에 있습니다.
  이 책 내용의 전부 또는 일부를 재사용하려면 반드시 양측의 서면 동의를 받아야 합니다.
∗ 이 도서의 국립중앙도서관 출판시도서목록(CIP)은 e-CIP 홈페이지(http://www.nl.go.kr/ecip)에서 이용
  하실 수 있습니다.(CIP제어번호: CIP2010000209)
www.munhak.com